霧隠才蔵 上

火坂雅志

角川文庫
15620

霧隠才蔵　上

目次

第一章　鬼の栖《すみか》

一

（ずいぶんと、山が深いな……）

霧隠才蔵《きりがくれさいぞう》は、おのが視界を高々とさえぎる屏風《びょうぶ》のような峰の連なりを見上げた。

夕暮れのなかで、山の稜線《りょうせん》は薄紫色にかすんでいる。

（あれが大日《だいにち》ヶ岳、あれが釈迦《しゃか》ヶ岳、あれが……）

頭のなかにしっかりと刻み込んできた地図を、才蔵は目の前に連なる山巓《さんてん》にあてはめてみた。

才蔵の生まれ故郷の伊賀《いが》も山里だが、この奥吉野《おくよしの》の地はさらに幽邃《ゆうすい》の感が深い。

集落は谷底を避けるように、山の斜面につくられている。

道はその集落を結んでいくのだが、集落から少しはずれれば、すぐに険しい渓谷があらわれる。切り立った岸壁からは幾筋もの細い滝が霞《かすみ》のように流れ落ち、激しい奔湍《はやせ》が川床の巨岩をたたき、滝壺《たきつぼ》は冷たく澄み渡った水を青々とたたえていた。

奥吉野北山郷《きたやま》――。

大和国《やまと》と紀伊国《きい》にまたがる重畳《ちょうじょう》たる山岳地帯である。あまりに山が深く、国境がどこにあるのかさえ定かではない。

慶長《けいちょう》十六年（一六一一）の晩秋。

その山里を、才蔵は渓谷を遡《さかのぼ》り、胸まであるクマザサを踏み分け、はるばるとたずねてきた。

（前鬼《ぜんき》の里は、もうすぐのはずだが……）

見上げると、山の木々はすでに紅葉のさかりを過ぎ、風が吹くと落ち葉が銀粉のように谷に舞い散っていく。

険しい山道を歩く才蔵の五体には、いささかの隙もない。

それもそのはず、才蔵は二十九歳になる今日まで、伊賀の忍びとして厳しい掟《おきて》と修行のなかに生きてきた。

俗に、忍びは半日で三十里（約一二〇キロ）の道を走ると言われるが、才蔵は五十里の道を息をも乱さずに走る。

術の冴《さ》えと玄妙さでは伊賀で三本の指に入ると言われ、つねに霧のごとく湧き、霧のごとく消える神出鬼没ぶりゆえに、

――霧隠

の名で呼ばれた。

身の丈、五尺八寸（約一七五センチ）。

身軽さが身上で小男の多い忍びのなかで、異例の長身である。

旅の途中ゆえ、才蔵は忍び装束《しょうぞく》を着けていなかった。濃紺の小袖《こそで》に同じ色の裁《た》っ着《つ》け袴《ばかま》を穿《は》き、背中に黒鞘《くろざや》の大刀《だいとう》をくくり着けている。一見して廻国《かいこく》修行の兵法者のごとき旅姿である。

頰が直線的で目つきが鋭い。

浅黒く陽焼けしているが、忍びの者と言うより、大和四座の能楽師のごとき洗練された風貌《ふうぼう》をしていた。

才蔵の横顔に物憂《ものう》げな哀愁がただよっているのは、晩秋の冷たい陽射しのせいばかりではない――。

横倒しになった大木の幹をかるがると跳び越えた才蔵は、クマザサの茂みをかき分け、木立《こだち》を抜けたところで、不意に足を止めた。

（これは……）

行く手は深い渓谷になっている。

渓谷には、向こう岸とのあいだに藤蔓《ふじづる》の吊り橋がかかっているのだが、その吊り橋が真ん中から切れ、橋の残骸《ざんがい》がだらりと両岸に垂れ下がっていた。

かつては里人が使っていた吊り橋が、古くなって腐れ落ちたものだろう。

川が音を立てて流れる谷底までは、ゆうに十丈《じょう》（約三〇メートル）はある。

対岸までの距離は、ざっと七間《けん》（約一三メートル）。

修行を積んだ忍びとはいえ、たやすく跳び越えられるような谷ではない。

才蔵はあたりを見まわした。

渓谷はゆるく曲がり、ほかに対岸へ渡る橋はない。

（前鬼の者たちは、よそ者との交わりを一切断って暮らしているのか……）

才蔵はかすかに口もとをゆがめた。

（まあ、よい。この霧隠が、彼らの結界を破ってみせようほどに）

才蔵はふところから麻縄を取り出し、崖《がけ》ぎわに生えた真竹に結ぶと、手に持った縄の端をぐいと引いた。

竹がしなり、半月のような弧を描く。

ぎりぎりまで縄を引き絞ったところで、才蔵はダッと軽く地を蹴《け》った。

瞬間、才蔵の体はしなった竹の反動でふわっと宙に浮き、はるか向こう岸にすらりと下り立っている。

背後でバサバサと竹が揺れる音がした。

才蔵はもはや振り返らず、何ごともなかったように歩きだした。

渓流を越えると、あたりの樹叢《じゅそう》はさらに深くなった。

日はとっぷりと暮れ落ち、山を渡る風がいっそう冷たさを増す。行けども行けども、目指す前鬼の里はあらわれない。

東の空に浮かんだ皓《しろ》い月が、山塊を照らしている。

（妙だな……）

才蔵は首をひねった。

さっきから、同じところを何度も歩いているような気がするのだ。

こころみに、イチイの木の小枝に燐《りん》を染《し》み込ませた布の目印をつけてみると、思ったとおり、ひとめぐり歩いてふたたび同じところに出た。

（すでに、かれらの術中にはまっているのか）

才蔵が瞳《ひとみ》の奥を光らせたときである。

風のなかに、獣の臭いがした。

耳を澄ますと、低く、

――ルルル……

と、威嚇《いかく》するような声がする。

狼の啼《な》き声だった。

それも、一匹や二匹ではない。闇のなかに、十四以上ひそんでいる気配がする。

この時代、山中で狼に遭遇するのは、けっして珍しいことではない。ましてや、人跡まれな奥吉野の山奥ともなれば、狼は多数棲息《せいそく》している。

森の中に点々と、青水晶のように光る双眸《そうぼう》が見えた。

獰猛《どうもう》な、飢えた獣の目である。

（どうする……）

この期《ご》におよんでも、才蔵は顔色ひとつ変えない。冷静に、狼の群れと自分との距離を目ではかり、走って逃げるのは無理と判断した。

足には自信のある才蔵といえど、野生の獣の走力にはかなわない。

人の匂いを嗅《か》ぎつけたのか、そのあいだにも、青い小さな光の群れが、ひたひたとこちらへ近づいてきた。

才蔵は、背中の刀を抜いた。

重ねが厚く、鍔《つば》も厚い、いわゆる忍刀《にんとう》である。

刃渡り一尺六寸。武士が腰に差す定寸の太刀より一尺短く、直刀と呼んでいいほど反《そ》りがなかった。

反りがないのは、忍びの刀法において、《斬》よりも《突》を多用するためである。相手のふところへ一気に飛び込み、脾腹《ひばら》を突いて仕留める——それが、忍びのもっとも得意とする刀法であった。

才蔵は身の構えを低くし、刀身を寝かせて地面すれすれに刃先を構えた。

そのあいだにも、狼の群れは、喉《のど》の奥で不気味な唸《うな》り声を発しながら近づいてくる。

狼の青い双眸が、殺気をはらんで光っている。

先頭の一匹が木立のなかから躍り出たとき、才蔵は狼に向かって疾風《はやて》のように駆け寄り、剣先で眉間《みけん》を突き刺した。

骨の砕ける手ごたえがあった。

ぐいと横に刀をねじり、狼を倒す。長い悲鳴を闇に残して、獣が草むらに転がる。

むっと、生臭《なまぐさ》い血の臭《にお》いが鼻をついた。

血の臭いを嗅いだ狼の群れが、牙《きば》を剝《む》き出し、狂ったように才蔵めがけて襲いかかってきた。

狼が跳んだ。

その喉笛を狙いすまし、ひと突きにする。

血を噴いてどっと地に転がった一匹と入れ替わりに、別の二匹が左右から同時にくる。

今度は才蔵が地を蹴って跳ぶ。

跳び上がりざま、左手でふところの棒手裏剣《ぼうしゆりけん》をつかみ、

——ザッ
と、放った。

手裏剣の切っ先には、トリカブトの根から採取した猛毒の附子《ぶす》が塗ってある。

後ろ首に手裏剣を突き立てた狼は、がくっと四肢を屈し、痙攣《けいれん》しながら草のなかにうずくまる。

才蔵は木立のあいだを怪鳥《けちょう》のように動き、狼を一匹、また一匹と倒していった。だが、
血の臭いに呼び寄せられるのか、狼はどこからかつぎつぎとあらわれ、斬り伏せても斬り

伏せてもきりがない。

さしもの強靭《きょうじん》な体力を持った才蔵も、全身に疲労をおぼえはじめた。

と、そのときである——。

突如、狼たちに異変が起こった。

青い双眸から危険な光が消え、身をひるがえして潮が引くように闇の奥へ走り去っていく。

やがて、山に静寂がおとずれた。

(どうしたのだ……)

忍刀を血ぶるいした才蔵は、狼たちの不可解な行動に眉《まゆ》をひそめた。

はっと上を見上げる。

見ると、頭上の暗い葉むらのなかに人影があった。いつからそこにいたのか、人影は森の木々のあちこちに身をひそめ、じっと才蔵を見下ろしている。

樹間からこぼれる月明かりに浮かび上がった彼らの顔を見て、才蔵は、

——あっ
と声を上げそうになった。

彼らの顔は丹《に》を塗ったように赤く、額《ひたい》からは鬼のごとく二本の角《つの》がぬっと生えていた。

「前鬼の者どもか」

才蔵は樹上の鬼に向かって、言葉を発した。

が、鬼どもは何も答えず、手に手に斧《おの》を握って、木の上からつぎつぎと舞い下りてくる。

才蔵は、鬼に取り囲まれた。

二

前鬼の里——。

この奇怪な集落の名には、古い由来がある。

文武《もんむ》天皇の世に、役《えん》ノ行者《ぎようじや》と呼ばれる呪術者《じゆじゆつ》がいた。役ノ行者は大和国葛城《かつらぎ》山中の岩屋に住み、孔雀王《くじやくおう》の呪法をおこなって、鬼神を思いのままにあやつった。

役ノ行者の呪力は世にあまねく知れ渡ったが、韓国連広足《からくにのむらじひろたり》という者が、

「かの者は妖術《ようじゆつ》をもって人心をまどわしております」

と朝廷に讒言《ざんげん》し、行者は伊豆大島《いずおおしま》へ配流《はいる》された。が、呪力にひいでた役ノ行者は、夜な夜な配流先の伊豆大島を抜け出し、都の者たちをあざ笑うように富士山へ飛行して遊んだという。

その役ノ行者が、流罪《るざい》になるより以前の話である。

あるとき、役ノ行者は奥吉野の大峯山《おおみねさん》（山上ヶ岳から熊野までの山脈の総称）へ修行に入った。岩峰連なる大峯山は、断崖《だんがい》あり、滝あり、洞窟《どうくつ》ありと、修験《しゆげん》の行場として格好の地である。

役ノ行者が笙《しょう》ノ岩屋に籠《こ》もって断食《だんじき》の行をつづけていると、深夜、生臭い風がさっと吹き込み、恐ろしい形相《ぎょうそう》をした二匹の鬼が襲いかかってきた。

並の人間ならば腰を抜かすところだが、役ノ行者は超人的な呪術者である。得意の孔雀明王の呪法を修し、反対に鬼どもを葛《かずら》の縄で搦《から》め捕ってしまった。

「なぜ、わしを襲った」

役ノ行者が鬼を見下ろして問うと、男鬼は肩を震わせ、

「われらはもともと大峯山麓《きんろく》に住む夫婦者であったが、病《やまい》で失った八人の子供たちの肉を、愛執のあまり、つぎつぎと食したがために恐ろしい鬼になり果てた」

と、涙ながらに告白した。

子供を食ったあと、鬼たちは大峯の山中で鳥獣を捕って命をつないでいたが、一度食った人肉の味がどうしても忘れられず、浅ましくも修行中の役ノ行者を襲ったのだという。

話を聞いた役ノ行者は鬼たちの身の上を哀れと思い、命を助けてやるのと引き換えに、これよりのちは大峯山の行場を守護せよと命じた。

役ノ行者に助けられた二匹の鬼は、釈迦ヶ岳の中腹に宿坊をかまえ、忠実に行場を守った。これが、前鬼の里のはじまりである。

以来、里には鬼の末裔《まつえい》が暮らし、五家に分かれて繁栄した。子孫はそれぞれ、

五鬼上《ごきがみ》

五鬼熊《ぐま》

五鬼童《どう》
五鬼継《つぐ》
五鬼助《じょ》
と、いずれも鬼姓を名乗っていた。

前鬼の者は、里人との交わりをいっさいせず、一族以外の者との婚姻を禁じ、適当な相手がいないときには兄妹相婚したと言われる。

——古来、前鬼の里は守護不入の地で、宗旨もなければ年貢もなく、地頭の支配も受けなかった。

と、江戸時代後期の文化《ぶんか》年間に奥吉野をおとずれた金谷上人《きんこくしょうにん》は手記（『金谷上人行状記』）のなかに書き留めている。

霧隠才蔵が見た鬼は、その前鬼の里の五鬼たちであった。赤鬼——と見えたのは、彼らが顔に木彫りの鬼の面をつけていたからである。

鬼の面をつけた者のうちで、もっとも威風堂々たる体軀《たいく》の男に向かい、

「おまえたちの頭《かしら》に会いたい」

才蔵は、底錆《さ》びた声で言った。

「頭とは、五鬼上のことか」

「この地での名は知らぬ。伊賀では、福地《ふくち》ノ与《よ》斎次《さいじ》と呼ばれていた男だ」

「…………」

男は石のように押し黙った。

才蔵はかまわず、

「言い遅れたが、おれは伊賀の住人で、服部《はっとり》才蔵という者だ。人は、霧隠と呼ぶが」

「その霧隠が、五鬼上に何の用じゃ。われらが前鬼の里は、よそ者がみだりに出入りすることを禁じておるでな。ことと次第によっては、生きて帰すわけにはゆかぬぞ」

「物騒なことだな」

鬼の面をつけた男たちが、全身に異様な殺気をみなぎらせているのを承知のうえで、才蔵は頰に不敵な笑みを浮かべた。

「何用だと言われても、おまえたちに答える義理はない。用向きは、頭に会って自分の口からじかに話す」

「なにをッ……」

と、鬼面の大男が声を険しくした。

まわりにいた男たちが、いっせいに低く斧をかまえる。

(忍びのような……)

とは、彼らの反応のすばやさを見た才蔵の印象である。

前鬼の者たちの動きは、たんなる山人と言うより、訓練された忍びのそれに似ている。

才蔵が狼との闘いに気を取られていたとはいえ、微塵《みじん》も気配を感じさせずに、樹上から才蔵を見下ろしていたさきほどの手並みといい、彼らがただ者でないことは容易に想像できた。

才蔵は、目の端で彼らの動きを牽制《けんせい》しつつ、

「いらぬ闘諍《とうじょう》は、たがいの身のためにならぬ。伊賀の才蔵が来たと言えば、福地ノ与斎次は分かるはずだ」

男はしばらく考えていたが、

「待っておれ」

命ずるように言い、藤布の山着のふところから小さな塊を取り出した。

貂《てん》であった。

薄茶色の毛並みがつややかに光っている。外へ出された貂は、男の手のなかで頭をもたげてきょろきょろしている。

男は、小動物の耳もとで二言、三言、何かささやき、

「行けッ」

と、野に放った。

貂は身をひるがえし、すべるように闇のかなたへ走り去っていく。

才蔵は待った。

鬼面をつけた前鬼の者たちも、斧をかまえたまま待つ。頭からの返答次第では、即座に才蔵の脳天をたたき割るつもりであろう。

(それにしても、面妖《めんよう》な術を使う……)

鳩の脚に文《ふみ》を結びつけて通信手段にするのは伊賀の忍びがよく使う手だが、貂を伝言役にもちいるとはめずらしい。あるいは前鬼の者は、長年山中で暮らすうちに、獣を思いのままにあやつる特殊な技を身につけたのかもしれない。

しばらくして、貂がもどってきた。

見ると、さきほどのとは別の貂である。男が放ったのは毛並みが薄茶色だったが、もどってきた貂は全身が雪のように真っ白な毛でおおわれている。

貂の色を目でたしかめた大男が、

「お頭が、お会いになるそうじゃ。お頭の命令には逆《さか》らえぬ。ついて参れ」

くるりと才蔵に背中を向け、森のなかの道を歩きだした。

そのあとに才蔵。

さらに、十五、六人の男たちが斧を手にしてつづく。

五鬼たちは、闇につつまれた道を松明《たいまつ》も持たずに歩いた。忍びもそうだが、彼らも夜目がきくらしい。

やがて、道は爪先《つまさき》上がりになった。急坂である。

十町（約一キロ）あまりのぼって尾根に出たとき、展望が開けた。

くろぐろと広がる原生林の一隅に、明かりが灯《とも》っている。

（あれが前鬼の集落か……）

一行は、明かりに向かってつづら折りの道を下った。

三

才蔵が連れていかれたのは、釈迦ヶ岳の中腹にある小邑《しょうゆう》であった。

戸数、わずかに五戸。

一軒一軒の家が、それぞれ斜面の石垣の上に築かれ、草葺《くさぶ》き屋根の堂々たる構えを見せている。

才蔵はなかでも、集落のもっとも高台にある一軒の屋敷に導かれた。門口にあかあかと篝火《かがりび》が焚《た》かれた玄関を入ると、すぐに土間になっていて、土間の奥に板戸で仕切られた小部屋が連なっている。

隅《すみ》取りした大黒柱は太く、その柱の上に祀《まつ》られた大黒天と恵比須《えびす》のすすけた木像が、底光りする目で才蔵たちを見下ろしていた。

「ここで待っておれ」

鬼面の大男は、廊下の突き当たりの一室に才蔵を押し込めると、仲間とともに外へ出ていった。

囲炉裏《いろり》ひとつない板敷の部屋である。部屋の隅に、秋の野を描いた六曲一双の古い屏風《びょうぶ》がぽつりと置かれていた。

寒い。

戸の隙間から吹き込む風に短檠《たんけい》の明かりが揺れ、足もとからじんじんと冷気が這《は》いのぼってくる。

才蔵は部屋の真ん中にあぐらをかき、目をうすく閉じて待った。

(福地ノ与斎次か……)

その名は長らく、才蔵ら伊賀の忍びのあいだでは禁句となっていた。

——伊賀の裏切り者
あるいは、

——伊賀を売った男
と、人々は与斎次のことを憎悪《ぞうお》と侮蔑《ぶべつ》を込めて呼んだ。

福地ノ与斎次が、伊賀で〝裏切り者〟呼ばわりされるようになったそもそもの発端《ほったん》は、いまから三十年前、天正《てんしょう》九年（一五八一）に起こった天正伊賀の乱にまで遡《さかのぼ》らねばならない。

当時、天下統一を目前にひかえていた織田信長《おだのぶなが》は、四万四千の大軍をもって伊賀国を攻めた。

古来より、伊賀国は無主《むしゅ》の地である。

伊賀の谷々には忍びの技を伝える地侍たちが蟠居《ばんきょ》し、彼らの合従連衡《がっしょうれんこう》により伊賀一国が形づくられていた。特定の領主もなければ、地侍たちをしばる強い力もない——それが伊賀独特の国風だったのである。

ところが、天下布武をめざし、諸国に着々と力を及ぼしつつある信長にとって、居城の近江安土《おうみあづち》に近い伊賀国の地侍たちは、じつに目ざわりで邪魔な存在であった。

伊賀の地侍、すなわち伊賀忍者は、金次第でいかなる主取りもし、偵察、間諜《かんちよう》、謀略、奇襲、後方攪乱《かくらん》と、さながら化生《けしよう》のごとく、得体の知れない動きをする。

合理的精神の持ち主で、みずからの意志に従わぬものを骨の髄まで嫌悪する信長は、伊賀の地侍を根絶やしにすべく伊賀盆地へ兵を送った。

怒濤《どとう》のように伊賀へ乱入した織田軍は、伊賀の民家、神社、仏閣に手当たり次第に火を放ち、老人、女子供などの非戦闘員も、誰彼の区別なく殺戮《さつりく》した。

そのときの惨状を、古記録は、

「男女老若《なんによろうにやく》によらず、俗在出家を言わず、日々に五百、三百首を刎《は》ねらる」

「霊仏以下聖経数多《あまた》、堂塔ことごとく破壊」

と、伝えている。

まさに、一木一草をも残さぬ、峻烈《しゆんれつ》きわまりない猛攻撃だったわけである。

伊賀は地獄の業火で焼きつくされ、焦土と化した。織田軍の苛烈《かれつ》な詮議《せんぎ》をかろうじて逃《のが》れた忍びたちは、散り散りに他国へ落ちのびていった。

が——。

忍びが一掃されたはずの伊賀の地で、故郷に安住することを織田軍からゆるされた一族がいた。

福地ノ与斎次を頭領とする、北伊賀の福地党である。

一流の忍者であり、人一倍目端のきく男であった与斎次は、早くから織田信長の実力に目をつけ、よしみを通じていた。それゆえ、信長が伊賀攻めに着手するや、故郷の仲間を裏切って織田軍の嚮導役《きょうどうやく》をつとめたのである。

与斎次が、伊賀の仲間から〝裏切り者〟呼ばわりされるようになったのは、まさにこのときからだが、もともと表裏背反《ひょうりはいはん》は伊賀者のならい、情よりも利で動くのが忍びの本性であった。

その意味で、福地ノ与斎次は、もっとも忍びらしい忍びであったと言っていい。

伊賀一国が平定されると、与斎次は褒美《ほうび》として、信長から北伊賀に千石の領地を与えられ、

――当国福者の第一なり
と言われるほどの権勢を誇るようになった。

しかし、福地ノ与斎次の得意絶頂の時期も、長くはつづかなかった。

翌天正十年六月、織田信長は京の本能寺《ほんのうじ》で、家臣明智光秀《あけちみつひで》の謀叛《むほん》にあい、四十九年の生涯を閉じた。

信長が死ぬと、諸国に散っていた伊賀の忍びたちが、つぎつぎと故郷へ帰還しはじめた。

伊賀へもどった彼らの怒りは、当然のごとく、裏切り者の福地ノ与斎次に向けられた。

「与斎次を串刺《くしざ》しにしろッ！」

憎しみに燃える伊賀の忍びたちは、大挙して阿山郡柘植郷《あやまつげ》にある福地城に押し寄せた。

だが、城にはすでに与斎次の姿はなく、残された福地一党は、そのほとんどが惨殺され、生きのびた者はごくわずかであった（のちに忍者俳人として知られる松尾芭蕉《まつおばしょう》も福地の一族で、現在、福地城跡に芭蕉の句碑が立っているのはそのためである）。

以来、伊賀で福地ノ与斎次の姿を見た者はいない。

だが――。

つい先頃、才蔵はひょんなことから与斎次の居場所を知った。懇意にしている大峯の山伏《やまぶし》が、

「与斎次は、奥吉野北山郷の前鬼の里におるようじゃ」

と、教えてくれたのである。

（与斎次に会って、あのことをたしかめねばならぬ……）

才蔵は胸に固い決意を秘め、はるばる前鬼の里をたずねてきたのだった。

部屋に通されてから、四半刻《とき》（約三〇分）がたった。

福地ノ与斎次は、いまだ姿をあらわさない。

（会うことを厭《いと》うておるのか）

与斎次はかつて、伊賀の仲間を裏切り、殺されかけた身である。いまさら伊賀の者と顔を合わせたいはずがない。

才蔵自身は与斎次が伊賀から追われた翌年の生まれで、事件をじかに見聞きしたわけで

はないが、伊賀の人間に対する与斎次の憎しみの深さは十分に推察できる。

(与斎次は、おれをわざと里におびき寄せ、殺す気ではあるまいな)

ちらと、才蔵は思った。

たとえ福地ノ与斎次が罠《わな》を仕掛けたとしても、才蔵には切り抜ける自信があった。しかし、できることなら諍《いさか》いを起こさず、落ち着いて話がしたい。

と、そのとき——。

才蔵は、うすく閉じていた目をふっとあけた。

笛の音《ね》が聞こえる。

しんと冷たく冴《さ》えた夜のしじまを震わせ、どこからともなく、嫋々《じょうじょう》と物哀しげな音色《ねいろ》が流れてくる。

才蔵は耳を澄まし、

(ん……)

と、眉《まゆ》をひそめた。

笛の音は、どうやら屋敷の外ではなく、屋敷のなかから響いてくるらしい。

近い。

おどろいたことに、笛の音は才蔵のすぐ近くから湧き上がっている。

才蔵は反射的に腰を浮かせた。

隙のない目つきで、室内を見渡す。

部屋には、銀色のススキの穂が一面にたなびく秋草図の屏風《びょうぶ》があったが、笛の音はその屏風のなかからこぼれてくるようである。

（あれか……）

（幻戯《げんぎ》だな）

才蔵にはすぐにわかった。

伊賀の忍びには、幻戯――すなわち、目くらましの幻術が伝えられている。もとをたどれば、西域の安息国《ペルシャ》あたりからシルクロードをへて、前漢の武帝《ぶてい》の時代に中国に伝来したもので、のちに散楽《さんがく》（猿楽《さるがく》）とともに我が国へ入ってきた。幻戯は、大麻などの麻薬を使ったり、あるいは手品、催眠術などを駆使して、相手に現実にはありえない幻を見せるものであった。

屏風のなかから笛の音が聞こえてくるのも、その幻戯の一種であろう。

（油断すまいぞ……）

才蔵が屏風をじっと見つめていると、屏風に描かれたススキの穂がさやさやと揺れ、草のあいだから、紅《あか》と紫の片身替わりの小袖《こそで》を着た妙齢の美女があらわれた。

女は形のいい紅唇に、漆塗《うるしぬ》りの横笛を押し当てている。

嫋々たる音色は、女の笛から湧き出るものだった。

やがて――。

屏風のなかの女が、笛から唇をはなした。才蔵のほうを見て、にっこりと笑う。男の心を蕩《とろ》かすような、媚《こび》をふくんだ艶冶《えんや》な笑いである。

女は口もとに微笑をたたえたまま、するすると小袖の腰帯をほどきだした。肌にまとっていた小袖を脱ぎ捨て、一糸まとわぬ裸形《らぎょう》になる。

(来て……)

と、女が絵のなかから才蔵を誘った。

豊かな乳房を誇るように突き出し、腰をみだらにくねらせる。柔肌《やわはだ》の甘くうるんだ匂いまで、ほのかに立ちのぼってくるようである。

並の男なら、屏風のなかの幻の女に魂を奪われ、頭がぼうっとし、幻戯にたぶらかされているところだ。自分でも気づかぬうちに際限もなく精を洩《も》らして、枯木のように生気を失い、果ては死に至るであろう。

だが、才蔵は修行を積んだ忍びである。自分で自分を押さえる術《すべ》を心得ていた。

(南莫三曼多《ノウマクサンマンタ》、縛曰羅《バアザラ》赧《タン》、憾《カン》……)

才蔵は、口のなかで低く、不動明王の陀羅尼《だらに》を唱えた。

唱えつつ、襟元に縫いつけた棒手裏剣を抜き取り、屏風の女の眉間《みけん》めがけて、ザッと放つ。

切っ先が女を刺しつらぬいた——と思った瞬間、女の白い裸身が屏風から跡形もなく消え失《う》せた。

才蔵の手裏剣は屏風を貫通し、

——ガン

と、何かにぶち当たって床に落ちた。

才蔵はすばやく駆け寄り、屏風を蹴倒《けたお》した。

屏風の向こうには、大きな青磁の香炉があり、それが真っ二つに割れて、灰が床にこぼれ散っていた。

(幻戯にかかったのは、このせいか……)

灰のなかにまじっていた茸《きのこ》を見て、才蔵は口もとをゆがめた。茸は幻覚作用のあるベニテング茸《だけ》であった。それを香炉で燃やし、幻覚を見せたのである。

と、突如、

「ふふふ……」

頭上からしわがれた笑い声が降ってきた。

四

才蔵は、はっと見上げた。

屋根裏の薄暗がりに、人の影がある。太い梁《はり》の上に、獣のように黒々とうずくまっていた。

「何奴ッ!」

才蔵が声を発するより早く、梁の上の影が動き、音も立てずにスッと才蔵の目の前に飛び下りてきた。

その者は床に片膝《かたひざ》をつき、才蔵を見る。

骨ばった瘦《や》せた体を、朽《く》ち葉の胴着と括《くく》り袴《ばかま》でつつんだ老人だった。

髪は白髪。肌の色は煤《すす》を塗ったように黒く、太く深い皺《しわ》の刻まれた顔の奥で、三日月のように細い目が炯々《けいけい》と光っている。

額の髪の生えぎわから左目の目尻《めじり》にかけて、斜めに古い刀傷が走っており、それが老人の顔全体の印象を不気味で陰惨なものにしていた。

齢《よわい》、七十は過ぎているだろう。

相手の全身にみなぎる異様な気配に、才蔵は思わずふつふつと肌が粟立《あわだ》ってくるのを感じた。

「福地ノ与斎次だな」

才蔵の問いに、

「おうさ」

老人は、意外なほど無造作《むぞうさ》に応じた。またたきの少ない目で、才蔵の顔をのぞき込むようにじっと見つめた。

「おぬしが伊賀の才蔵か」

「…………」

才蔵が黙っていると、老人はさらに言葉をつづけ、

「服部才蔵、またの名を霧隠。伊賀でも三本の指に入る術者だが、仲間うちの人交わりを嫌い、伊賀の忍家のはぐれ者となっておるげな」

「なぜ、そのことを……」

「おぬしのことなら何でも知っておる。おぬしが何のために、今日ここへわしをたずねて来たのかも承知しておるぞ」

喉《のど》の奥で低く笑い、福地ノ与斎次は床の上にあぐらをかいてすわった。

「まあ、おぬしもすわれ」

言われて、才蔵は与斎次と向かい合って腰を下ろした。

むろん、老人に対する警戒心は解いていない。それどころか、この得体の知れない老人に対して、ますます疑心暗鬼を深めている。

（油断ならぬ男だ……）

才蔵の胸のうちを見透かしたのか、与斎次は細い目の奥を冷たく光らせた。

「面倒な話は抜きにしよう、才蔵。いや、福地一党の血を引くわが甥《おい》と呼んだほうがよいかな」

「そこまでご承知か」

「ふふ……」

と、老人は青黒い染みの浮いた目尻に皺を寄せ、

「わしは、いまから三十年近く前に伊賀の地を追われたが、故郷のことはただの一時《いっとき》も忘れたことがない。それゆえ、前鬼の里の者をしばしば伊賀へ放ち、ようすを調べさせておるのじゃ。伊賀で起きたことで、この与斎次の耳に届かぬことは何ひとつないぞ」

「前鬼の里人に、伊賀の忍び技を仕込んだのは与斎次どのだな」

「うむ」

与斎次は悪びれるふうもなく、ニッと唇の端を吊り上げる。

「前鬼の者どもは、伊賀国を追われ、行くあてもなくさすらって奥吉野の山中でついに力尽きて倒れたわしの命を救うてくれた。彼らに忍び技を教えたのは、その返礼をしたまでのこと」

「里人を幻戯でまどわし、頭に成り上がったわけか」

才蔵は皮肉を込めて言った。

「ふふ……。わが術、おぬしにはあっさり見破られてしもうたな」

ちらりと、与斎次は割れた香炉にするどい視線を投げてから、

「しかし、わしが前鬼の頭になったのは、あのような子供だましの幻戯のためではないぞ。わしは、わしを故郷から追い出した伊賀の者どもをいつか見返してくれようと、前鬼の里の者に成りきり、先代五鬼上の娘と契《ちぎ》ってようやく頭となったのじゃ。唯一の血縁のおぬしがたずねて来るまで、思えば長い年月であったわ」

「…………」

「それにしても、よう似ておる」

　と、与斎次は才蔵の顔を、あらためて嘗《な》めるように眺めまわした。

「その切れ長な目のあたり、賢《さか》しげな口もと、まこと、わが腹違いの妹の志野《しの》に瓜《うり》二つじゃ」

「母者《ははじゃ》は、福地の一族としてみなに蔑《さげす》まれながら、十五年前に死んだ。そのこと、伯父上《おじうえ》はご承知か」

「知らいでか」

　与斎次の冷徹な顔に、はじめて翳《かげ》が揺らいだ。

「志野にはすまぬことをした。あのとき、妹が身重《みおも》と知りながら伊賀へ打ち捨てていったのは、わが命さえも危うかったからじゃ。いかに伊賀者が冷酷非情といえど、身重の女にまで無残な仕打ちをすまいと思うたしな」

「殺されはしなかったが、母者は死ぬよりも辛《つら》い思いをした。福地の村はずれの荒神堂でおれを産み落としたあと、母者は伊賀一ノ宮の神官をつとめる服部采女《うねめ》の側女《そばめ》となった。側女とはいっても、裏切り者の一族ゆえ、あつかいは下女と同じだ。母者がよく、牛小屋の隅で声を殺してすすり泣いていたのを覚えておる」

　才蔵の暗い記憶であった。

　服部家で育てられた才蔵は、物心のつかぬうちから、伊賀の下忍《げにん》となるべく、忍びの技をたたき込まれた。

刀術、体術、手裏剣術、砲術をはじめ、忍びの六道具の使い方、人を殺すための毒薬の調合、変装術、さらには忍びとして生きるためのありとあらゆる非情の心得まで、才蔵はみずからの意志と関係なく身につけるにいたったのである。

「おれは、忍びの技を見込まれて服部家の養子となった。だが、おれの体を流れる福地一族の血が消えたわけではない」

「わしを恨んでおるのか」

福地ノ与斎次が白い眉《まゆ》をかすかに吊り上げた。

「いや」

「そうであろう。おぬしが恨むべきは、むしろ、信長さまに楯《たて》突き、時流を見あやまった伊賀の古老たちのほうじゃ。やつらが福地一党を逆恨《さかうら》みするほうがどうかしておる」

「いまさら、時流うんぬんもなかろう。織田信長はとうの昔に本能寺に横死《おうし》し、その跡を継《つ》いで天下を取った豊臣秀吉《とよとみひでよし》も、すでに十三年も前に世を去っている」

才蔵が言うと、

「ちがいない。世間から遠く離れた山里に長く身をおいていると、昔の出来事がつい昨日のことのように思えてならぬ」

与斎次は自嘲《じちよう》するように苦笑いをした。

「だいぶ冷え込んできたようじゃ。ひとつ、酒でも呑《の》むか」

与斎次が、ヒュッと指笛を吹いた。

しばらくして、廊下に小さな足音が聞こえた。部屋の板戸がすっと開き、戸の隙間から身の丈二尺ほどの市松《いちまつ》人形が入ってくる。

白い陶器でできた小さな両手を目の前に上げ、朱塗りの丸盆をささげ持っている。盆の上には、素焼きの徳利《とっくり》と酒盃《しゅはい》が載っており、いかなる仕掛けがしてあるのか、人形は盆を持ったまま与斎次に近づいてきた。

人形の手から徳利と酒盃を取り上げた与斎次は、

「下がってよいぞ」

と、人形の頭にさわった。

市松人形はくるりと方向を転じ、コトコトと音を立てて部屋を出ていく。

「これも幻戯か」

才蔵は目を細めた。

「なんの、からくり人形じゃ。この前鬼の里の者は、みな手先が器用でな。山から木を伐《き》り出してきては、削り、暮らしに必要なものは何でも作る」

与斎次は手酌《てじゃく》でまず一杯、うまそうに酒を呑み、ふたたび酒盃になみなみと酒を満たして才蔵に差し出す。

「おぬしも呑め」

「遠慮なく」

才蔵は酒盃を受け取り、ひと息にあおった。

濁《にご》り酒である。どろりと濃い。

冷たい酒が喉《のど》から胃へ流れ落ち、はらわたにきりきりと染み渡るようである。

「前鬼の里の者は、ふだんから鬼面をつけているのか」

気になっていたことを、才蔵は与斎次に聞いてみた。

「いつもというわけではない。今宵《こよい》、役ノ行者を祀《まつ》る里の祭礼がおこなわれるゆえ、みな、ああした面をつけておるのじゃ」

「役ノ行者か」

「前鬼の里人は、役ノ行者に仕えた鬼の子孫と言われておるでな。祭りの晩に、おぬしがやって来たのも何かの縁じゃ。世にもめずらしい前鬼の祭りを見物してゆくがいい」

「それより、伯父上」

と、才蔵は酒盃を置き、真顔になって膝《ひざ》をすすめた。

「おれは祭り見物に来たわけではない。伯父上に会い、どうしてもたしかめたいことがあって、ここへ来たのだ。それを聞かぬうちは伊賀へは帰れぬ」

「ほ、さようか」

「伯父上はさきほど、おれが何をしにここへ来たのか、分かっていると言われたな」

「おお。おぬしがいつの日か、わしの居所を探り当て、そのことを聞きに来るであろうと、とうの昔から見当がついておったわ」

与斎次は酒臭い息を吐き、げらげらと笑った。

「何がおかしい」

才蔵は与斎次を睨《にら》んだ。

「ははは、これが笑わずにいられるか。おぬし、父の名が知りとうて、わしをたずねて来たのであろう。親もなければ子もない、草木同然の忍びが親を恋うるとは、まったくもって笑止《しょうし》なことじゃ」

五

霧隠才蔵は、おのれの父親の名を知らない。

福地城落城のとき、母はすでに才蔵を身ごもっており、落城から半年のち、才蔵を産んだ。

「父は誰じゃ、わが父は」

と、才蔵は母に何度となく聞いた。

だが、白百合《しらゆり》のように美しい母は、そのたびに哀しく微笑《ほほえ》み、何もこたえてはくれなかった。

名を語れぬ父なのか。自分は、伊賀の裏切り者である福地一党の血を引いているうえに、父の名すら明かせない祝福されざる生まれなのか――。

才蔵が伊賀の忍びのなかでも、人嫌いの一匹狼となったのは、みずからの出生《しゅっしょう》に、つねに暗い負い目を感じていたからだと言っていい。

才蔵は、最初から父はないものと思い込もうとした。ただでさえ、人の見る目が厳しい伊賀の里で生きていくためには、父の名を知ることより、まずは自分自身が忍びとして力をつけねばならない。

才蔵が修行に明け暮れているうちに、母が死んだ。

母は最後まで、父の名を明かさなかった。

才蔵は、伊賀でただひとりの肉親であった母を失ってあらためて、おのれの正体が知りたくなった。

父に会いたいのではない。

自分という人間のなかに流れる血の源《みなもと》を見届けたいのだ。

(見届けてどうする……)

その答えが出ないまま、伯父《おじ》の福地ノ与斎次が奥吉野の前鬼の里で生きていることを知った。

母の兄である与斎次なら、才蔵の出生の秘密を知らぬはずがない。

(おのれが何者か分からないまま朽ち果てるのは御免だ)

思った才蔵は、いまこうして、伯父の与斎次の前にすわっているのである。

「伯父上、おれの父は誰だ」

「どうしても親父《おやじ》の名を知りたいか」

与斎次が才蔵の目を見た。

「知りたい。母者はついに誰にも語ることなく、病で死んでしまった。なぜ、息子のおれに最後まで打ち明けてはくれなかったのか」

「もし、志野がそれを語っておれば、いまごろおぬしはここにおらぬ」

「どういうことだ」

才蔵は聞き返した。

「どうもこうもない。伊賀の者どもがおぬしの父親の名を知れば、おぬしは赤子《あかご》のうちに嬲《なぶ》り殺しにされていたであろう。それゆえ、志野は何も言わずに死んだのじゃ」

「おれの父は、福地の一族か」

「ちがう」

与斎次は首を横に振った。

「では……」

「教えてやってもよいが、それを知ればおぬし、ますます伊賀では生きにくくなるぞ」

「もとより、天涯孤独の身。しょせん忍びは、独りで生きるしかない」

「ならば聞くな。聞かぬがよいこともある」

そのとき、笛の音がした。

今度は部屋のなかからではない。屋敷の外から、篳《ささら》、小鼓の音とともに、賑《にぎ》やかに響いてくる。

「おう、祭りがはじまったな」

与斎次が顔を上げた。

「話のつづきは明日にしよう。里の頭が祭りの場におらぬでは、役ノ行者さまに申しわけが立たぬ」

「伯父上……」

「今宵一夜は無礼講じゃ。役ノ行者さまの御前で、おぬしも憂《う》き世を忘れよ」

与斎次は立ち上がり、廊下を抜けて玄関から外へ出ていった。

やむなく、才蔵も外へ出る。

音のするほうへ歩いていくと、集落からやや上手の斜面に篝火《かがりび》が真昼のようにあかあかと焚《た》かれ、その向こうに巨石が累々と積み重なっているのが見える。

(岩座《いわくら》か……)

才蔵は口のなかでつぶやいた。

岩座とは、古代の祭祀《さいし》場のことである。かつて、積み重なった巨石の上に巫女《みこ》が立ち、神のお告げを聞いたと言われる。

伊賀にも千方窟《ちかたくつ》という岩座があるが、この前鬼の里の岩座のように、いまだに祭祀の場として使われているものはめずらしい。

岩座のまわりには、鬼の面をつけた里人たちが集まっていた。

三十人近くいるだろう。彼らは岩座に向かってうやうやしく拝礼し、呪文《じゅもん》のような言葉をしきりに唱えている。

玉《たま》ならば　昼は手に取りや
夜はさ寝《い》め
手々にゃ夜はさ寝め
聴説晨朝《ちょうせつしんちょう》、清　浄偈《しょうじょうげ》や
今夜の月のただここに坐《ま》すや
ただここに坐すや

呪文を終えると、鬼面の男たちのうちから七、八人が立ち上がり、丸木の弓に鏑矢《かぶらや》をつがえて真夜中の森に放った。

ヒョーッ
ヒョーッ

と、音を長くふるわせ、矢が漆黒《しっこく》の闇につつまれた原生林につぎつぎと吸い込まれていく。

深い闇だった。

千古の昔から変わることのない、底知れぬ神秘の闇である。その闇のどこかに神が坐《いま》すのを、前鬼の里人たちは感じているのであろう。

ふたたび、呪文がはじまった。

四方山《よもやま》の守りに頼む梓弓《あずさゆみ》
神の宝に今しつるかな
梓弓春来るごとにすめ神の
豊《とよ》の遊びにあわんとぞ思ふ
石《いそ》の上《かみ》ふるや男の……

やがて、森のなかから、胡蝶《こちょう》が舞うように小柄な人影があらわれた。白い薄絹の衣を身につけた里の女たちである。

男たちのように、鬼面はつけていない。

篝火に照らされた女の顔は、いずれも若く、美しかった。

女たちは笹の葉を手に持ち、腰をくねくねと振りながら踊った。衣の裾《すそ》が乱れ、張りつめた臑《すね》から膝《ひざ》、そして太腿《ふともも》が剝《む》き出しになるのもかまわずに踊る。

岩座に、異様な熱気が満ちてきた。

踊っているうちに、女たちの肌は桃色に色づき、頰が上気しはじめる。

食い入るように踊りに見入っていた鬼面の男が、近くに生えていたナナカマドの枝を手《た》折《お》り、女のひとりに差し出した。

女は笑って紅葉した枝を受け取り、長く垂らした黒髪に挿《さ》す。

それが何かの合図になっていたのだろう。鬼面の男は、女の体を太い両腕で引っさらうように抱きかかえ、森の奥へと消えていく。

べつの男が、ナナカマドの枝を女にささげた。今度は女にすげなく拒否される。拒《こば》まれる男もいれば、受け入れられる男もいた。

同じような光景が、あちこちで展開された。

少し離れたところでようすを見ていた才蔵は、

（伯父上が無礼講と言っていたのは、このことだな……）

はじめて合点《がてん》がいった。

と、そのとき——。

才蔵の袖《そで》を後ろから引く者があった。

振り返った才蔵は、我にもなく、うろたえた。

すぐ後ろに女がいた。黒々と沈んだ闇のなかに、美しく化粧した若い女が白い花のように立っている。

才蔵がおどろいたのは、篝火に浮かび上がった女の顔が、与斎次の幻戯で見せられた、屏風《びょうぶ》のなかの女にそっくりだったからである。

女は、長身の才蔵を見上げて妖《あや》しく笑った。

濡《ぬ》れるような黒い瞳《ひとみ》で、

（来て……）

と、誘《いざな》う。

屏風の女と同じく、男なら誰しも抗《あらが》いがたい魅力を持っている。しかも、今度は正真正銘、生身《なまみ》の女だった。

女は才蔵の右手をやわらかく両手でつつみ、自分の薄絹の衣の襟元に導いた。

女の乳房が手に触れた。

しっとりと肌がうるんでいる。持ち重りするほどの豊かな乳房である。

女がふうっと、甘いため息を洩《も》らす。

（ええい、ままよ）

才蔵は女の体を抱きすくめると、そのまま木の茂みのあいだに倒れ込んだ。

六

「そなたの名は――」

才蔵は女の腰紐《こしひも》をほどきながら、耳元でささやくように聞いた。

草の上に仰臥《ぎょうが》し、早くも息をあえがせはじめている女は、

「名など、どうでもよいではありませぬか」

「よくはない。男は体でなくて、頭で犯す。名が分からなくては抱いた気がせぬ」

「そう……。男は獣と同じに、体で女を抱くものとばかり思っておりました」

「ほかの者は知らぬ。少なくとも、おれはそうだ」

「あたしの名は、木ノ実《こ み》」

女が赤い唇をかすかに動かしたとき、才蔵の手が下腹の茂みに伸びた。

――あっ
と、女が喉《のど》の奥から声を上げる。

「あなたは……。お頭をたずねてきた伊賀の霧隠才蔵さまでございましょう」

「里の者から聞いたか」

「そんなことより、早く……」

木ノ実が、じれたように唇をとがらせた。

才蔵は女の濃い茂みをまさぐり、股間《こかん》の奥の秘め処《どころ》をさぐった。巧みな手技で愛撫《あいぶ》しているうちに、そこは蜜壺《みつつぼ》のように熱くなってくる。

木ノ実は白い喉をそらせ、切なげなあえぎ声を洩らした。

美しい女体だった。腕は細くしなやかに伸び、草むらに投げ出された脚もカモシカのようにすらりと伸びやかである。

(人里離れた山奥で暮らしていると、女の体はこうもみずみずしく育つものか)

才蔵は、妙なことに感心した。

才蔵が体を割って入ると、木ノ実はたちまち惑乱した。激しい乱れようからして、むろん生娘《きむすめ》ではあるまい。

だが、木ノ実の体にすさんだところは微塵《みじん》もなく、才蔵は存分に堪能した。

忍びの鍛練のせいで、才蔵はみずからは一度たりとて精を洩らさず、女を三度絶頂へと導いた。

岩座《いわくら》の篝火《かがりび》が燃えつきるころ、さすがに女は疲れ、やすらかな寝息をたてて眠りに落ちる。山育ちだけあって、野山で寝ることも恐ろしくないとみえる。

才蔵は脱ぎ捨てられた衣を女にかけてやると、むくりと身を起こした。

あたりは火が消え、青白い月明かりだけが静かに満ちている。

人の姿はなかった。

みな、森のなかで思い思いの相手と添い寝しているのであろう。

才蔵は身を低くし、茂みのなかを走った。

途中、灌木《かんぼく》の陰で忍び装束にあらためる。

忍び装束と言っても、着ていた上着と裁《た》っ着《つ》け袴《ばかま》を裏返し、蘇芳《すおう》色の裏地をおもてに出して身につけるだけのことである。

忍びの装束は黒ずくめのものと思われがちだが、じつは、闇夜では黒よりも蘇芳色のほうが人目につきにくい。伊賀の忍びは、夜間は赤茶けた蘇芳色、昼は鼠色の装束をまとい、敵の城や館《やかた》へ忍び込むのが基本であった。

才蔵は闇を走り、もとの五鬼上の屋敷にもどった。

屋敷は、森閑《しんかん》としている。祭りの夜のこととて、みな外へ出ているか、さもなくば酔いつぶれて寝静まっているのであろう。

才蔵は正面の玄関へは入らず、屋敷の裏手へまわった。

（どこかに蔵があるはずだ）

闇を透かしてあたりを見まわすと、案にたがわず、背後に山を背負って土蔵が三つ並んでいる。

足音を忍ばせて蔵のひとつに駆け寄り、才蔵は漆喰《しっくい》の扉の前の土を指ですくってなめてみた。

（塩辛い……）

蔵の前の土が塩辛いということは、なかには塩が入っているにちがいない。塩蔵の場合、塩俵を運び入れるときに塩がこぼれ、長い年月のうちに蔵の前の土が塩辛くなるのである。

この土をなめる方法は、忍び独特の智恵と言える。

山中で道が二股《ふたまた》に分かれてどちらが里へ下りる道か迷った場合、忍びは道の土をなめてみて、塩の味がするほうをたどるものだと、伊賀の藤林家に伝わった忍術伝書『正忍記《しょうにんき》』にもある。人の通る道であれば、必ず塩の味が染み込んでいるからだ。

才蔵は、塩蔵などに用はない。

となりの蔵の前の土をなめると、今度は最初の蔵ほどではないが、かすかに塩辛い味がした。経験で、味噌《みそ》蔵だと容易に見当がつく。

残る三番目の蔵の土だけが、舌に何の味も伝えてこなかった。

(ここが雑物《ぞうもつ》蔵だな)

目の奥を暗く光らせた才蔵は、細い金釘《かなくぎ》一本で錠前を造作なく開け、するりと蔵へ忍び入った。

ふところから蠟燭《ろうそく》を取り出して、携帯用の袖火《そでび》で灯《ひ》をともす。蔵のなかが蠟燭の火で薄明るくなった。

ざっと見渡した。

入り口近くに、唐櫃《からびつ》、箱膳《はこぜん》、石臼《いしうす》などが埃《ほこり》をかぶっている。奥のほうに棚があり、桐の箱が積んであった。

(あのあたりか……)

蠟燭を手に奥の棚に歩み寄った才蔵は、箱をひとつひとつ調べ、やがて目当てのものを見つけ出した。

細長い桐箱の箱書きには、

——愛宕裏百韻《あたごうらひゃくいん》
と、墨で書かれている。

(これだ。間違いない……)

才蔵が、前鬼の里をたずねてきたのは、じつはおのが父の消息をたずねるためではなかった。父の名を知りたいというのは、福地ノ与斎次に近づくための口実で、才蔵の真の目的は伯父《おじ》が秘蔵している〝愛宕裏百韻〟を手に入れることにあった。

才蔵は中身をたしかめるべく、紐《ひも》をほどき、箱の蓋《ふた》をあけた。

(む……)

才蔵は眉《まゆ》をひそめた。

箱のなかには、巻物ひとつ、紙切れ一枚入っていない。

(どういうことだ)

瞬間、才蔵は背後に気配を感じ、蠟燭を消して横へ跳んだ。

ビュッ
と、空を切り裂き、刃物が飛来する。

土蔵の壁に、黒くいぶした鋭利な棒手裏剣が刺さり、尾を震わせる。

「よくぞかわした、才蔵」

蔵の入り口で声がした。

着地しながら振り返ると、福地ノ与斎次が、高窓から差し込む月明かりに白髪を青白く光らせて立っている。

「やはり、おぬしの目当ては愛宕裏百韻であったか」

与斎次が唇をゆがめた。

七

「伯父上は、はじめから知っていたのか。おれが愛宕裏百韻を奪いに来たことを」

与斎次の動きに油断なく目をくばりつつ、才蔵は楯《たて》になりそうな唐櫃の陰にわずかに身をずらした。

「ふふん。若造の考えそうなことなど、すぐに分かるわ」

才蔵と与斎次は、蔵のなかでするどく睨《にら》み合った。

「おぬしを雇い、ここへよこしたのは誰じゃ。江戸の徳川《とくがわ》か。それとも、大坂の豊臣か」

与斎次の問いに、才蔵は眉根ひとつ動かさず、

「雇い主のことは、口が裂けても語らぬのが忍びの掟《おきて》。よもや伯父上も、お忘れではあるまい」

与斎次は低く笑い、

「しかし、せっかく奥吉野の山奥までやって来たはいいが、とんだむだ足になってしまったようじゃな」

「愛宕裏百韻をどこへ隠した」

「べつに隠してなど、おらぬわ」

「なに」

才蔵は表情を険しくした。

「へたな隠し立ては身のためになりませぬぞ。伯父上が去《い》んぬる本能寺の変ののち、かの物を愛宕山から盗み出したことは、さる筋から聞いて承知している」

「その、さる筋というのが、おぬしの雇い主か」

「…………」

「おぬしのあるじが徳川か豊臣か知らぬが、本能寺から三十年近くたったいまも、執念深く愛宕裏百韻の行方を捜し求めておったとは、よくよく恐れ入ったものよ」

与斎次はクッ、クッと、しわがれた喉《のど》を細かく震わせた。

才蔵は、与斎次を睨みすえたまま、

「執念深くもなろう。愛宕裏百韻が白日のもとに晒《さら》されれば、徳川の世は間違いなく覆《くつがえ》る。徳川幕府の信用は失墜し、砂上の楼閣のごとく崩れ去るであろう」

「まあ、そういうことになろうな。あれは、徳川将軍家の命脈を断《た》つ刃《やいば》じゃ」

「渡してもらおう、伯父上。どうしても嫌だと申されるなら、こちらにも考えがある」

言い放つや、才蔵はさっと手首を動かした。

才蔵の手のうちから細縄が伸び、与斎次の皺首《しわくび》にひゅるひゅると巻きつく。

ただの縄ではない。麻縄に玻璃《ガラス》を溶かして染み込ませた忍び縄である。刃物で断ち切ろうとしても、容易には断ち切ることができない。

才蔵は縄の端をぐいと引いた。

「伯父上は伊賀一の術者と聞いていたが、老《お》いて腕が鈍りましたかな。愛宕裏百韻のありかを教えていただこうか」

「わしは、たしかに京の愛宕山からあれを盗み出した。しかし、すでに手放し、いまは持っておらぬ」

「箱があったではないか」

「残っているのは箱だけじゃ」

「いつわりを申すと、血を分けた伯父上とて容赦はしませぬぞ」

才蔵が縄を引く手に力を込めると、福地ノ与斎次は顔色も変えず、軽く首を横に振った。

いかなる技を用いたものか、玻璃を染み込ませた丈夫な忍び縄が皺首からはらりと解け、床に落ちる。

「おぬしもよい忍びになった。だが、まだ若いな」

「勝負はまだついておらぬ」

背中の刀を抜こうとする才蔵を、

「やめよ、才蔵。わしが愛宕裏百韻を手放したのはまことじゃ」

と、与斎次が制した。

「二十九年前のあのとき、伊賀の服部一党が、わしを殺さんものと、死に物狂いで追ってきた。追われ追われて、南山城《やましろ》の木津《きづ》川のほとりに至り、ついに逃げきれぬと死を覚悟したとき、わしは巻物を真っ二つに斬り、一方を最後までそばに付き従っていたくノ一に、いま一方を近くの大雄寺《だいゆう》の住職にたくした」

「いつわりではあるまいな」

「いまさら、嘘を言って何になる。だいいち、わし自身があれを持っておれば、とうの昔に徳川か豊臣に高く売りつけ、ふたたび世に出るための手立てに使《つこ》うておるわい」

「………」

「その後、わしは服部の追っ手と激しく斬り結び、額にこうして傷を負ったものの、命ばかりはかろうじて永らえたというわけじゃ。前鬼の里の者に救われたのは、そのあとのことよ。どうだ、得心がいったか」

与斎次が才蔵の目をのぞき込んだ。

「それでは、愛宕裏百韻はいまどこに……」

と、才蔵は半信半疑の表情で老いた伯父を見返す。

「わしにも分からぬ」

「ばかな」

「前鬼の里へ隠れ住んでから十年あまりのあいだ、わしは伊賀の者どもに見つかるのを恐れ、ひたすら山に籠《こ》もっておったでのう。わしが里の頭になってようやく外へ使いを送ったときには、片割れを預けた大雄寺の住職は病死し、もう一方を預けたくノ一も、どこへ逃れたものか、行方知れずになっておったわ」

「そのくノ一の名は？」

「音羽《おとわ》と申した。わしに献身的に仕えてくれた、よいくノ一であった。だが、才蔵」

と、福地ノ与斎次は一瞬、冷たく双眸《そうぼう》を底光りさせ、

「血を分けた伯父《おじ》として、これだけは言うておく。愛宕裏百韻には、かまえて深入りするな。深入りすれば、おぬしは冥府《めいふ》魔道へ堕《お》ちるであろう」

「どういうことだ」

「わけは言えぬ。とにかく、この件からは手を引け。それがおぬしの身のためじゃ」

「伯父上の忠告か」

「さよう。おぬしがわしのことをどう思っているかは知らぬが、木石《ぼくせき》のごとき忍びにも、人としての情は通うておる。不幸のまま死なせた妹志野の忘れ形見が、魔道へ堕ちてもがき苦しむさまを見とうはない」

「これは、冷酷非情をうたわれた福地ノ与斎次のお言葉とも思われぬ」

才蔵は言うと、頰に翳《かげ》りのある笑いを刻んだ。

「伯父上にはいろいろと世話をかけた」

「行くのか、才蔵」

折しも、高窓から差し込んでいた月明かりが雲にさえぎられ、与斎次の表情は見えない。

「せめて、おぬしのまことの父の名を教えてやろうか」

「いや、いい」

才蔵は首を横に振った。

「伯父上は、聞かぬがよいと申された。聞けば、余計な執着心が生じるであろう」

「ふふ……。やはりおぬしはよい忍びになった」

言い残すと、与斎次は背中を丸めて蔵を出ていった。

才蔵も外へ駆け出る。

森を抜け、山の尾根をのぼると、明かりの消えた前鬼の集落は闇の底に沈み、どこにあったのかすら分からなくなった。

夜空の星が、手が届きそうな近さで冷たくまたたいていた。

第二章　隠密《おんみつ》御用

一

宇治《うじ》は茶どころである。

初夏の新茶の季節ともなれば、焙炉《ほいろ》で生芽《なまめ》を煎《い》る香ばしい匂いで里はむせ返らんばかりになる。

日本に茶を伝えた鎌倉時代の僧、栄西《ようさい》禅師は、『喫茶《きっさ》養生記《ようじょうき》』のなかで、つぎのように書いている。

「あぶる棚には紙を敷く。紙の焦げざる様に火を誘ひ、工夫して之《これ》をあぶる。緩《ゆる》めず、怠らず、竟《つい》に夜眠らずして、夜の内にあぶりおはるべきなり」

と――。

宇治の地が茶どころとして知られるようになったのは、室町時代。時の将軍足利義満《あしかがよしみつ》に重用《ちょうよう》され、宇治茶の名は一気に諸国にひろまった。

以来、足利将軍家、織田信長、豊臣秀吉、徳川家康《いえやす》と、歴代の権力者が宇治の茶を愛飲し、手厚く庇護《ひご》したため、洛南《らくなん》の三室戸《みむろと》と黄檗《おおばく》を結ぶ宇治の街道ぞいには、多くの茶師の屋敷が軒を並べるようになった。

その宇治の里に、

——三林
と、呼ばれる名家がある。

「上林《かんばやし》」

「宮林」

「梅林」

の三家である。

三林は宇治の茶師の代表格で、ことに大名なみの白壁の長屋門を構える上林家は、宇治の茶頭取として天下に名を知られていた。

「この忙しいのに、お父さまはどこへお出でになったのかしら」

上林家のあるじ、上林徳順《とくじゅん》の娘小糸《こいと》は、色白の可愛らしい頬をぷっと膨らませ、茶の匂いのする拝見場を見まわした。

小糸は今年、二十《はたち》になる。

この時代の娘としては、もうとっくに嫁に行っていなければならない年だが、四年前に亡くなった母に代わって上林家の奥向きを差配《さはい》してきたために、ついつい嫁《とつ》ぐ機会をのがしてきてしまった。

幼いころから利口で勝ち気、商家の娘らしいしっかり者である。しかも、宇治小町と言われるほどの器量よしだったから、小糸にはいまだに降るほどの縁談があった。

しかし、小糸自身はといえば、

「意に染まぬ男に嫁ぐくらいだったら、実家で自由気ままに家を切り盛りしていたほうがよほど楽しい」

と、言ってはばからず、そろそろ娘の嫁ぎ先を決めてやらねばと考えている父の徳順の、頭痛の種にもなっていた。

拝見場では、店の者たちがきびきびと立ち働いている。

新年の祝いの茶席に使う大福《おおぶく》の茶を、それぞれ得意先の公家《くげ》や禅寺、大名家の注文に合わせて吟味《ぎんみ》し、茶壺《ちゃつぼ》に詰めねばならぬので、この時期の茶師の家は猫の手も借りたいような忙しさである。

「もうじき、近衛《このえ》さまのお使いが茶を受け取りにお見えになるというのに……。誰か、お父さまを探して来ておくれ」

小糸が若い衆に言うと、ちょうど拝見場に通りかかった番頭の喜兵衛《きへえ》がひょいと禿《は》げ上がった頭をこちらへ向けた。

「だんなさまなら、奥の蘇鉄《そてつ》の間《ま》におられますが」

「蘇鉄の間?」

「へえ」

「誰か、お客人とお会いになっているの」

「へえ」

「お客はどなたです」

「それが……」

喜兵衛は首をひねり、困ったような顔をした。

「どうしたの。喜兵衛も知らない人ですか」

「へえ」

うなずく番頭を見て、

（おかしなこと……）

小糸は、かすかに眉《まゆ》をひそめた。

あるじの徳順をたずねて来る客は、番頭の喜兵衛が取り次ぎするから、たいていの顔は喜兵衛が見知っている。その喜兵衛さえ知らないとなると、よほどの珍客ということになる。

「蘇鉄の間のお客は、どんな方？　顔は見たのでしょう」

「まだお若い、数寄者《すきしゃ》のような身なりをした方でございました。名も名乗らず、ただ〝霧〟が来たと、主人に伝えよと申されるのです。妙だとは思いながらも、お取り次ぎいたしましたところ、だんなさまはいつになく慌てたようすで、客人とともにすぐに蘇鉄の間へ引き籠《こ》もっておしまいになりました」

「霧……」

何のことか、小糸には分からなかった。それより気になるのは、近衛家の使いが到着する時刻が迫っていることである。

「どのようなお客かは知りませぬが、わたくしがちょっと行って、ようすを見てまいります」

「あ、小糸さま……」

喜兵衛が、立ち上がりかけた小糸を手でさえぎった。

「だんなさまから、部屋へ人を近づけぬようにと厳しく申し渡されております。しばらく、ご遠慮なさったほうがよろしいかと存じますが」

「ぐずぐずしていたら、近衛さまのお使いが店にお見えになってしまいます。蘇鉄の間のお客人には、わたくしがうまく取り繕《つくろ》っておくから大丈夫」

番頭に向かって軽く笑うと、小糸は背筋を伸ばして廊下を歩きだした。

立ち姿の綺麗《きれい》な娘である。

小柄だが、立居振舞いが凛《りん》として、武家の娘といってもおかしくない毅然《きぜん》とした気品がある。

蘇鉄の間は、広壮な上林家の屋敷のなかでも奥の奥、渡り廊下で結ばれた離れにあった。部屋に面した庭に、薩摩坊津《さつまぼうのつ》の地から取り寄せたみごとな大蘇鉄が植えてあり、先代上林掃部丞《かもんのじょう》がことのほか、この蘇鉄を愛したことから、離れは〝蘇鉄の間〟と呼ばれている。

小糸の父徳順も大蘇鉄が何よりの自慢で、冬のさなかであっても、小春日和《こはるびより》のあたたかい日には、客に見せるためにわざと障子を開けっ放しにしていることが多かった。

渡り廊下を渡って離れに近づいた小糸は、

（あら……）

と、首をかしげた。

いつも開け放たれているはずの障子が、どうしたことか、今日はぴたりと閉ざされているのである。

（よほど大事な話をなさっているのかしら）

少し気おくれしたが、父が人払いまでして会っているという客人の顔を見てみたくもあった。

小糸は離れの縁側に膝《ひざ》をつき、

「失礼いたします」

と、声をかけてみた。

部屋のなかから返事はない。しん、と静まり返っている。

「お父さま、小糸でございます。入ってもよろしゅうございますか」

しばらく待っても返事がないので、もう客は帰ってしまったのかと思い、小糸が障子を開けようとしたときである。

カラリ
と、内側から障子が開いた。

瞬間、顔を上げた小糸と、障子を開けた男の目が合った。

「そなたは、上林どのの娘御《ご》か」

「あ、はい……」

うなずきながら、小糸は胸の動悸《どうき》が激しくなるのを、自分でも押さえることができなくなった。

男は役者にでもしたいような、すずしげな美男であった。

それでいて、鷹《たか》のごとく目がするどい。

男のするどい目に見つめられていると、自分の何もかもがあらわに見透かされるような気がして、小糸は思わず恥ずかしさに目を伏せた。

「あの、父はどこに……」

「上林どのは、いま用事があるといって蔵のほうへ行っておられる。それにしても、みごとな庭だ」

男は小糸の困惑もかまわず縁側へ出て、庭の植え込みを見渡した。

番頭の喜兵衛が言っていたとおり、男は数寄者のような唐桟留《とうざんどめ》の道服を着ている。それが男の長身によく映り、水ぎわだった男ぶりを際立《きわだ》たせていた。

「この庭の蘇鉄は、先代の上林掃部丞どのが薩摩坊津からわざわざ船で取り寄せたものだそうな」

「よくご存じですね」

「しかし、さすがは宇治の茶頭取をつとめる上林家だ。庭の蘇鉄ひとつ取ってみても、大名顔負けの富裕のほどがうかがえる」

「あなたさまは、父のどのようなお知り合いでございますか」

小糸は、相手の話の腰を折るように聞いた。

「これは失礼をした」

と、男は小糸のほうを振り返り、

「それがし、お父上の風雅の友にて、霧山孤舟《きりやまこしゅう》と申す連歌師でござる。どうか、お見知りおきを」

「霧山さま……。それで〝霧〟と……」

小糸が噛《か》むように口のなかでつぶやいたときである。

「そなた、そこで何をしておる」

と、声がした。

見ると、顔面を蒼白《そうはく》にした上林徳順が、廊下の向こうから物凄《ものすご》い目で娘と若い連歌師を睨《にら》んでいた。

二

「まったく、しようのない娘じゃ……」

障子を閉め、床の間を背にしてすわった徳順は、苦虫を嚙みつぶしたように顔をしかめた。

床の間には、虚堂智愚《きどうちぐ》の墨跡《ぼくせき》。その下の黒釉《こくゆう》の花入れには、白いサザンカの花が露を浮かべている。

にわかに時雨《しぐ》れてきたのか、ぱらぱらと庭のヤツデの葉をたたく雨の音がした。

徳順と向かい合ってすわった連歌師は、冷たい時雨の音に耳を傾けながら、

「娘御はご存じなのでしょうか。この上林家が、先代の掃部どの以来、徳川家の裏御用をつとめていることを……」

「やッ、滅多なことを申されるな。どこで人が聞いておらぬものでもない」

上林徳順は目に見えてうろたえ、おびえたように障子のほうへ視線をやった。

いまから五年前、徳順は六十五歳で没した父の掃部丞久茂《ひきしげ》のあとを継いで上林家の当主となった。上林家を宇治一の茶師ならしめた初代掃部丞は、商人らしからぬ剛毅《ごうき》な気性の人物であったが、二代目の徳順は父とは対照的に、温厚で人当たりがやわらかい趣味人である。

「霧山孤舟などと偽名を名乗り、昼間から堂々とたずねて来るのも考えものだ。娘や店の者たちが、いったい何と思うことか」

徳順は、連歌師に向かってとがめるように言った。

男はうっすらと微笑し、

「それでは上林どのは、それがしが深夜、忍びの姿で寝所に参上するほうをお望みか」

「それは、ぞっとせぬな」

上林徳順は苦り切った顔でうなずいた。

徳順が、霧山孤舟と名乗る連歌師——またの名を霧隠才蔵と呼ばれる伊賀の忍びと出会ったのは、いまから三月前のことである。

場所は、洛東知恩院《ちおん》。

同席者に、徳川将軍家兵法《ひょうほう》指南役をつとめる柳生但馬守宗矩《やぎゅうたじまのかみむねのり》がいた。

徳順の上林家と但馬守宗矩の柳生家は、それぞれ表向きの顔とは別に、裏の顔と役目を持っている。

——徳川家隠密《おんみつ》御用
が、それである。

そもそも上林家が、徳川家と浅からぬ因縁を持つようになったのは、先代掃部丞のときである。

本能寺の変のおり、泉州《せん》堺《きかい》に滞在中だった徳川家康が伊賀越えを断行して本国三河《みかわ》へ逃げ帰るのを手助けし、以来、上林掃部丞は、表向きは朝廷や公卿《くぎょう》に顔の広い宇治の茶頭取をよそおいながら、そのじつ、徳川家の畿内《きない》出先機関として、西国大名の情勢をひそかに家康に送りつづけてきた。

掃部丞が死に、徳順が当主となったいまも、上林家が果たす隠密の役割はまったく変わっていない。

上林家と同じく、大和柳生の小土豪だった柳生家も、武芸好きの家康の信頼を受け、徳川家と深《しんかげ》いかかわりを持つようになった。

柳生新陰流剣術の開祖である父石舟斎《せきしゅうさい》の推挙で家康のもとに近侍するようになった但馬守宗矩は、どちらかといえば剣術よりも知略にひいでた男で、その怜悧《れいり》な頭脳をもって、主君家康の幾多の密謀に加担してきた。

いわば、上林家と柳生家は、家康の天下取りに必要欠くべからざる陰の存在だったのである。

知恩院に会した徳順と宗矩は、連歌師のなりをした伊賀の忍びに、容易ならざる使命を与えた。

宗矩は本来の兵法指南役としての役目を果たすために江戸へ帰ったが、江戸への連絡役となった徳順は、一日千秋《いちじつせんしゅう》の思いで才蔵からの知らせを待っていたのである——。

「これは当座の軍資金だ。取っておけ」

徳順は蔵から持ってきた慶長小判十枚を紫の袱紗《ふくさ》に載せて差し出した。

才蔵は黙って受け取り、ふところにしまう。

「で、愛宕裏百韻はどうなった」

徳順が、せっかちな口調で才蔵に聞いた。

「残念ながら……」

「まだ、手に入っておらぬのか」

「はい」

才蔵は軽く顎《あご》を引いてうなずいた。

「但馬守さまの話では、そなたは伊賀で三本の指に入る忍びと聞いていた。しかも、愛宕裏百韻を所持しているのは、そなたの伯父《おじ》。手に入れられぬ道理があろうか」

「わが伯父、福地ノ与斎次のもとには、すでにありませなんだ」

才蔵は奥吉野の前鬼の里でのいきさつを手短に話した。

「それでは、愛宕裏百韻は真っ二つに裂かれ、散り散りになったと……」

徳順は眉《まゆ》をひそめた。

「はい。片割れは音羽なるくノ一に、もう一方の片割れは南山城の大雄寺の住職にたくしたと、与斎次は申しておりました」

「その大雄寺とやらへは、むろん行ってみたのだろうな」

「言われるまでもござらぬ」

愚かなことを聞くな、といった顔を才蔵はした。

仕事のことで素人《しろうと》に口を出されるのは、不愉快以外の何物でもない。

「大雄寺は、住職が死んだあとは、寺を継ぐ者もなく、破《や》れ寺同然になっておりました。念のため、寺のなかを隈《くま》なく探してみましたが、それらしい巻物はどこにも見当たりませなんだ」

「住職なきあと、寺の什器《じゅうき》類とともに売り払われてしまったのであろうか」

「売るといっても、愛宕裏百韻の意味を知らぬ者には、ただの破れた反古《ほご》にしかすぎませぬ。いま一方のくノ一の行方同様、いずこへ消えたものか」

「そのような、頼りのないことでは困るのだ。万が一、あれが大坂城にいる秀吉の遺児秀《ひで》頼《より》と、生母の淀《よど》殿の手に入りでもしたら……」

「豊臣家にいくさを仕掛けてたたき潰《つぶ》すどころか、かえって江戸の徳川幕府が窮地に立たされましょうな」

才蔵は、ぬけぬけと言った。

「うむ」

徳順はうなずき、

「駿府《すんぷ》に隠居されている大御所家康さまは、愛宕裏百韻が福地ノ与斎次なる伊賀の裏切り者とともに、とうの昔にこの世から消え失《う》せたと思っておられた。それが、いよいよ豊臣家討滅に乗り出そうという最近になって、豊臣方が必死になって愛宕裏百韻の行方を追っていることがわかったのだ」

「それゆえ、大御所さまは、あわてて柳生但馬守さまとあなたさまに、愛宕裏百韻の探索をお命じになったというわけですな」

「そうだ」

徳順は言った。

「豊臣方では真田《さなだ》左《さ》衛門佐《えもんのすけ》幸村《ゆきむら》が動いているらしい」

「真田が……」

「幸村は、関《せき》ヶ原《はら》合戦で西軍に属して敗れて以来、高野《こうや》山のふもと、九度山《くどやま》に蟄居《ちっきょ》していたが、近ごろではおのが身辺に忍びを集め、愛宕裏百韻の行方を探らせていると聞く。何としても、真田に先んじて愛宕裏百韻を手に入れ、この世から抹殺してしまわねばならぬ」

温厚な徳順の顔に、一瞬、悽愴《せいそう》な翳《かげ》が浮かんだ。

「徳川と豊臣が手切れということになれば、真田どのは真っ先に大坂城に入城されましょうな」

「まちがいあるまい」

「ならば、愛宕裏百韻を手に入れるよりも先に、真田左衛門佐幸村を殺してしまってはいかがです」

「そなたがやってくれるというのか」

「いや、そこまで深入りするつもりはございませぬ」

才蔵は首を横に振った。

「礼金なら、はずむ」

「結構」

才蔵は目を細め、

「それがしは、一介の忍び。おのれとは何のかかわりもない徳川と豊臣の争いごとに、命まで賭《か》ける義理はないでしょう」

「しかし、現にこうしてわれらに力を貸しておるではないか」

「それは、わが伯父が持ち出したという愛宕裏百韻に興味をおぼえたまでのこと。首尾よく手に入れ、豊臣方が目もくらむような高値をつけてきたときには、寝返るやもしれませぬぞ」

「そ、そなた……」

「冗談でござります」

才蔵は笑った。

「とにかく、豊臣方より早く愛宕裏百韻を手に入れぬことには話にならぬ。頼んだぞ、才蔵」

才蔵は無言で一礼すると、障子を開けて廊下へ出た。

上林徳順がつづいて出たときには、才蔵の姿はどこにもない。

（どこへ消えた……）

冷たい雨が、大蘇鉄《そてつ》を静かに濡《ぬ》らしていた。

三

一刻後——。

才蔵は東山《ひがしやま》の草庵《そうあん》から、雨にけぶる京の町を眺めていた。

才蔵の住む草庵は、

「ぬれて紅葉《もみじ》の長楽《ちようらく》寺」

と、俗謡にもうたわれる、洛東長楽寺の細長い石段の南側にあり、いにしえの歌人、西《さい》行《ぎよう》法師が隠棲《いんせい》した双林《そうりん》寺にも近い。

才蔵は、東山の草庵で霧山孤舟の名を名乗り、花鳥風月を友とする連歌師として暮らしていた。

むろん、連歌師とは表向きのことで、用があれば、いつなりとも庵《いおり》を抜け出して忍び働きをしている。

連歌師のことゆえ、隠密行で長いあいだ庵を留守にしても、風雅の旅に出ているのであろうと、行動をあやしむ者はない。また、山伏や雲水に身を変えた忍び仲間が頻繁に出入りしても、人に不審を抱かれることはなかった。

才蔵にとって東山の草庵は、この上ない格好のねぐらであった。

(愛宕裏百韻か……)

才蔵は、草庵の板の間に肘枕《ひじまくら》をして寝そべり、天下に風雲の種を撒《ま》き散らしている巻物のことを考えていた。

愛宕裏百韻――。

名のみ聞いているばかりで、才蔵もそこに書かれている内容をくわしく知っているわけではない。

世に、『愛宕百韻』というものがある。

天正十年(一五八二)、本能寺に主君信長を襲うことを決意した明智光秀は、京の戌亥《いぬい》(西北)にある愛宕山にのぼり、戦勝祈願のために連歌の会を催《もよお》した。愛宕百韻は、その席で詠《よ》まれた百句の連歌、すなわち百韻連歌のことである。

連歌の会衆は、光秀を頭人として、息子の十兵衛《じゅうべえ》光慶《みつよし》、愛宕山威徳《いとく》院の住職行祐《ぎょうゆう》、同じく大善院《だいぜんいん》の宥源《ゆうげん》、さらに連歌師の里村紹巴《さとむらじょうは》と高弟たちがいた。

光秀は、愛宕山威徳院の連歌の席で、

ときは今あまが下しる五月哉《さつきかな》

と、発句《ほっく》を披露し、信長討滅の決意のほどをあきらかにした。

当たり前に解釈すれば、句の意味は何のことはない。

いよいよ、天が下しる（天下を治める）五月がやって来た——と、今まさに、天下を統一せんとする勢いにある織田軍の戦勝祈願をしているようにみえる。おりしも明智光秀は、主君信長の命令で中国の毛利《もうり》氏攻めに出陣する直前であった。

しかし、光秀の真意は、織田軍の戦勝祈願にあったのではない。

光秀の詠んだ「ときは今」の〝とき〟という言葉は、美濃《みの》の名族土岐《とき》氏と懸詞《かけことば》になっている。明智氏は、美濃土岐氏の支族であるから、土岐氏の流れをくむ自分が天下をつかみ取るときがついにやって来たと、光秀は発句にことよせて高らかに宣言したのである。

光秀の発句につづく脇句《わきく》は、威徳院の住職行祐がつけた。

水上《みなかみ》まさる庭の夏山

五月雨《さみだれ》が降りしきり、水上から流れてくる川の瀬音が高く聞こえる、と眼前の庭の風景をうたって光秀の句を受けた。

つづいて、連歌師の里村紹巴が第三《だいさん》を詠んだ。

花落つる池の流れをせきとめて

紹巴の句を受けた大善院宥源の第四句。

風に霞《かすみ》を吹き送る暮れ

連歌はつづき、明智十兵衛光慶の、

国々は猶《なお》のどかなるころ

で百句目を閉じた。

光秀は、百韻の連歌を愛宕山に奉納して山を下り、三日後の六月二日早暁《そうぎょう》、本能寺に信長を襲った。主君信長を弑殺《しいさつ》した光秀は、望みどおり天下を取ったが、中国大返しを演じた羽柴《はしば》（のちの豊臣）秀吉に敗れ、小栗栖《おぐるす》の竹藪《たけやぶ》で土民の槍《やり》にかかって殺された。

秀吉は、光秀が奉納した百韻の連歌を愛宕山から取り寄せ、連歌の会の宗匠《そうしょう》をつとめた里村紹巴を問責した。

「そのほう、光秀が謀叛《むほん》の志《こころざし》を知っておったであろう」

むろん、紹巴は光秀の発句に込められた謀叛の意志を知っていたが、

「〝あまが下しる〟とあるのは、執筆《しゅうひつ》の書きあやまりでございます。明智さまは、連歌の席で〝あま（雨）が下なる〟と詠み、たんに雨の降りしきる五月の景色をうたわれたのです」

と、連歌師らしく巧みな言い逃れをし、死罪をまぬがれた。

愛宕裏百韻は、その愛宕百韻と対《つい》をなすものであるという。対をなすものでありながら、愛宕裏百韻の存在は秘中の秘とされ、長く人の口の端《は》にものぼることはなかった。

じつは、愛宕百韻がおこなわれた同日深夜、愛宕山で隠密裡《おんみつり》にもうひとつの連歌の会がもよおされていた。連歌の会衆は、明智光秀と里村紹巴をのぞけば、愛宕百韻とまったく異なるメンバーであったとされる。

愛宕山に集まった会衆は、光秀から事前に挙兵を打ち明けられるか、あるいは光秀と心を合わせて信長打倒をはかる者たちばかりで、連歌では信長を呪《のろ》う鬼気に満ちた句が詠まれたという。

だが、本能寺の変後、愛宕山に忍び入った福地ノ与斎次が連歌を持ち去ったため、愛宕裏百韻は世に出ることなく忘れ去られた。連歌を詠んだ会衆の名も知られることなく、時が過ぎた。

（しかし、徳川家康はなにゆえ今さら、愛宕裏百韻を大坂の豊臣方に奪われてはならじと目の色を変えているのか……）

才蔵は、柳生但馬守や上林徳順から、そのわけまで教えられてはいないが、

（徳川幕府が必死になるのは、愛宕裏百韻に家康自身が名をつらねていたからにちがいない）

と、読んでいた。

当時、織田家の客将《かくしょう》であった家康は、信長に対して深い恨みを持っていた。

本能寺の変より三年前、信長の非情ともいえる命令により、家康は妻の築山殿《つきやま》、そして嫡子《ちゃくし》の信康《のぶやす》を死に追いやっている。この事件が、家康の心に深い傷痕《きずあと》を残し、信長に対する恐怖心、反感を植えつけたことは容易に想像がつく。

信長は、明智光秀にとって苛酷《かこく》な暴君であったように、織田と同盟を結ぶ家康にとっても暴君であったのだ。

本能寺で異変が起きる直前、家康は信長に招かれ、わずかな供回りの者たちとともに上洛《じょうらく》していた。

(愛宕裏百韻の連歌の会に、家康がひそかに顔を出すことは十分可能だったはずだ……)

家康は本能寺の変が起きると、土民蜂起《ほうき》の嵐のなか、伊賀越えで三河へ無事逃げ帰っているが、それも事前に変の起きることを知っていたと考えれば説明がつく。

(とにかく……)

と、才蔵は思う。

(もし万が一、愛宕裏百韻に家康が名をつらねていることがおおやけにされれば、家康は光秀同様、謀叛人呼ばわりされることになろう)

その結果、何が起きるか——。

才蔵はうすく目を閉じた。

家康が江戸に開いた幕府は、まだ八年しかたっておらず、基盤が弱い。西国大名のなかには、大坂城にいる秀吉の遺児の秀頼にいまだに心を寄せている者も多い。

家康が関ヶ原合戦で多くの大名たちの支持を勝ち得たのは、ひとえに家康自身の、

〝律義〟

〝篤実《とくじつ》〟

という人間性ゆえであった。

「徳川どのは決して人を裏切らぬ」

と、諸大名は家康を信頼している。

その家康がじつは、信長殺しの陰の黒幕であったと知れれば、家康に集まっていた声望は一気に地に落ちる。

「なんだ、やつもただの悪党だったのではないか」

ということになり、大坂の豊臣秀頼をかついで反徳川の旗色を鮮明にする者もあらわれるかもしれない。

愛宕裏百韻は、徳川家康にとって、もっとも恐るべき脅威なのである。

才蔵が愛宕裏百韻と徳川家との因縁を問いただすと、仕事の依頼主である柳生但馬守と上林徳順は、そのことについて否定も肯定もしなかった。暗黙のうちに、認めたと言っていい。

しかし――。

まだ分からぬこともある。

才蔵の伯父《おじ》、福地ノ与斎次は、才蔵に向かって、

「愛宕裏百韻にかかわると、おぬしは冥府《めいふ》魔道へ堕《お》ちるであろう」

と断言した。

（いったい、なぜだ……）

才蔵と愛宕裏百韻のあいだに、どんなつながりがあるというのか。愛宕裏百韻の行方をもとめることが、なにゆえ自分を冥府魔道へ堕とすというのであろうか。

（ただのこけ脅かしか。それとも……）

たとえ何と脅されようと、才蔵はこの仕事から手を引く気はなかった。依頼主の柳生や上林への忠義立てではない。才蔵自身、愛宕裏百韻とおのれとのかかわりに、いつしか強い好奇心をかき立てられはじめている。

（地獄へ堕ちるなら堕ちるでもいい。何としても、おれの手で愛宕裏百韻を探し出してみせる。愛宕裏百韻を手に入れれば、伯父上の言葉の意味も分かるであろう……）

四

それからしばらく、霧隠才蔵は東山の庵《いおり》を動かなかった。

愛宕裏百韻の探索は配下の者に命じてある。

才蔵の配下とは、

〝稲負鳥《いなおいどり》〟

〝都鳥《みやこどり》〟

〝呼子鳥《よぶこどり》〟

と、呼ばれる三人の忍びたちであった。

年は十七、八と若いが、技は切れる。いずれも、伊賀の福地一族の生き残りで、才蔵を慕って故郷から出てきた若者たちであった。伊賀にいれば彼らもまた、裏切り者の一族として白眼視されるのである。

「才蔵さま」

と、稲負鳥が庵をたずねてきたのは、年も明けた正月三日のことだった。

長身の稲負鳥は腰蓑《こしみの》をつけ、背中に呉竹《くれたけ》をさし、頭に黒い烏帽子《えぼし》をかぶっていた。放下《ほうか》師《し》のなりをしているのである。

放下師とは、町の辻々《つじつじ》で品玉、軽業《かるわざ》などの曲芸をおこなう遊芸人のことで、関所の通行が自由であったため、山伏《やまぶし》、虚無僧《こむそう》などと並んで、放下師に変装する忍びが多かった。

「どうだ、何か手掛かりがつかめたか」

庵の障子を稲負鳥が開けたとき、才蔵はちょうど、雑煮《ぞうに》に入れる丸餅《まるもち》を火鉢であぶっていた。

「おっ、雑煮でございますか」

若い稲負鳥は嬉《うれ》しそうな顔をした。忍びといっても、まだ修行中の身である。正月ともなれば、故郷の雑煮の味が恋しくなるのであろう。

「京風の白味噌《しろみそ》の雑煮ではなく、伊賀風の豆腐と葱《ねぎ》の醤油《しょうゆ》味の雑煮をつくった。そなたも食っていくがよい」

「よいのですか」

「そなたの好きな柘植《つげ》村の黒豆もある」

「あいや」

稲負鳥は背中の呉竹を縁側に立てかけると、草鞋《わらじ》をぬぎ、そそくさと庵に上がり込んできた。

「やはり、伊賀の雑煮は格別でございますな」

椀《わん》の汁をうまそうにすすりながら、稲負鳥が言った。

「それより、探索の件はどうなった。巻物の行方について、耳寄りな話はなかったか」

「そのことでございます」

稲負鳥は、箸《はし》を持つ手を止め、

「おもしろい話を聞きつけてまいりました。洛北大原《おおはら》の妙蓮《みようれん》院という尼門跡《あまもんぜき》寺に、天狗《てんぐ》の爪で二つに裂かれたという巻物があるというのです」

「なに、天狗に……」

「はい」

「巻物が天狗に裂かれたとは、どういうことだ」

「これは、近在の者に聞いた話でございますが」

と、前置きして、稲負鳥が語るには——。

巻物はもともと、妙蓮院にあったものではなく、洛北のべつな寺に秘蔵されていたものだという。

ある夜、寺の住職が寝ていると、本堂のほうでカタコトと音がする。不審に思って見に行ってみたところ、鼻の高い大天狗が寺秘蔵の巻物を奪って逃げ出すところであった。

おどろいた住職は、無我夢中でそばにあった数珠《じゅず》を天狗めがけて投げつけた。数珠は天狗の手に当たり、巻物は本堂の床に転げ落ちた。天狗はすぐに拾い上げようとしたが、住職は奪われてはならじと巻物に飛びつき、奪い合いになった。そのとき、巻物は天狗の爪で二つに裂けたという。

のちに、金に困った住職が〝天狗の巻物〟と称して裂けた片割れを売りに出し、流れ流れて大原の妙蓮院に奉納されるにいたったというのである。

「たしかに、おもしろい話だ」

才蔵は興味を持った。

「巻物というが、中身は経典《きょうてん》ではあるまいな」

「そこまでは……」

「分からぬか」

「はい」

稲負鳥は神妙な顔でうなずいた。

才蔵は黒豆を箸でつまんで口に放り込み、奥歯で嚙《か》みしめると、

「二つに裂けた愛宕裏百韻の片割れが、天狗の因縁話とまぎれて市井《しせい》に流れ出たということもある。これは、たしかめてみねばなるまい」

「尼寺へ忍び込むのでございますか」

「うむ。寺は大原にあると申したな」

「大原寂光院《じやつこういん》の近くにある寺でございます。後伏見《ごふしみ》天皇の皇女、信子《よしこ》内親王が仏門に入ったときに、浄土、天台、禅、律の四宗兼学の道場として開創されたとかで、のち、皇女の入寺がつづき、当代の尼門跡で十四代目にあたります」

「そうか」

「格式高く、人の出入りも少ないため、うかつには近づけませせぬ」

「そなたには荷が重そうだな」

「は……」

「ご苦労だった。あとはおれがやる」

その夜——。

大原の尼寺へ忍び込むため、夕暮れから仮眠をとっていた才蔵は、浅い眠りのなかで夢を見た。

寂しい夢である。

荒涼たる枯野《かれの》を、たったひとりで走っているのだ。枯野は、どこでおわるとも知れず、果てしなくつづいている。

（おれはなぜ走っているのか……）

夢のなかで才蔵が思ったとき、枯野のかなたから笛の音が響いてきた。ひどく物哀しく、ふるえるように美しい音色である。

才蔵は立ち止まり、耳を澄ました。

聞き覚えのある節まわしであった。どこかで同じ調べを耳にしたような気がする。才蔵は思い出そうとしたが、どうしても思い出すことができない。

考えあぐねているうちに、ふっと笛の音がやんだ。

と同時に、才蔵も夢から醒《さ》めた。

立てつけの悪い障子の隙間から夜風が吹き込み、鼻の先が冷たくなっている。

（夢だったのか）

身を起こした才蔵の耳に、ふたたび笛の音が聞こえてきた。

今度は夢ではない。風が庭の木々を揺らす音にまじって嫋々《じょうじょう》と、聞く者の胸をかきむしるように物哀しく響いてくる。

（そうだ、あの音色は……）

夢から醒めた才蔵は、はっきりと思い出した。笛の音は、いまから一月あまり前、奥吉野の前鬼の里で耳にしたのと同じ調べであった。

(まさか、伯父上《おじうえ》がやって来たのではあるまいな)

才蔵は用心のために枕元にあった小刀をふところに入れ、庵《いおり》の障子を細めに開けた。

外は闇である。

庭に黒松の大木があり、枝がさわさわと風に騒いでいる。

あたりに人の姿は見えなかった。ただ、夜空に煌々《こうこう》と輝く月の光だけが、庭の木々を青く濡《ぬ》らしている。

才蔵は障子を開け放ち、素足のまま外へ出た。

足の裏に、土の感触がひんやりと伝わる。

才蔵が庭を歩いていると、笛の音は闇に吸い込まれるように途絶えた。

(やはり、誰もおらぬ……)

庵のまわりには、人どころか、猫の子一匹歩いている気配はない。

(たばかられておるのか)

幻戯の達人福地ノ与斎次ならば、これくらいの悪戯《いたずら》はやりかねない。暗闇の向こうから、才蔵のようすをじっとうかがっているのかもしれない。

(ばかばかしい)

思った才蔵は闇に背を向け、庵にもどった。

と――。

いままで明かりひとつ灯《とも》していなかった庵の障子に、灯影《ほかげ》が揺れている。

「誰だッ」

才蔵が声を発すると、影が立ち上がった。障子のあいだから、顔を出す。

（あっ）

と、才蔵は声を上げそうになった。

片身替わりのあでやかな小袖《こそで》に身をつつんだ若い女が、才蔵を見て妖艶《ようえん》に微笑んでいる。

「そなた、たしか前鬼の里の……」

「木《こ》ノ実《み》でございます。覚えていてくださいましたか」

女は軽く頭を下げた。

最初の出会いから、謎めいたところのある女である。上目づかいに才蔵を見つめる表情が、ぞっとするほどなまめかしい。

日ごろは女に心を移すことのない才蔵も、星明かりの下での激しい交わりを思い出し、胸があやしく騒いだ。

「どうしておれの居場所が分かった」

「さあ……」

木ノ実は曖昧《あいまい》に笑っている。

忍びの才蔵にも、女の心はつかみようがない。

「あなたさまが恋しくなっただけです」

木ノ実は恥じらうように目を伏せたが、赤い唇が男を誘うようにぬめぬめと濡れて光っている。

「里長の与斎次、いや、五鬼上《ごきがみ》は知っているのか。あの祭りの夜のことを」

「つまらないことを気になさいますのね」

「なに」

木ノ実は喉《のど》の奥でくつくつと笑い、

「祭りの夜のことですもの。誰と寝ようが気にかける者はありませぬ。気にしているのは、あなたさまだけ」

「おまえはどうなのだ」

「あたしは……」

と言って、木ノ実は夜気に当たって冷たくなった男の手を自分の両手でやわらかくつつみ、才蔵を庵のなかへと導いた。

「あなたさまのことが忘れられないから、こうして前鬼の里から会いに来たのです」

「…………」

木ノ実は才蔵にもたれかかった。

才蔵は木ノ実の唇を吸い、板の間に押し倒した。腰紐《こしひも》をほどき、小袖の襟元をはだけると、雪をもあざむく白い乳房が灯明《とうみよう》の明かりにさらされる。

豊かな乳房であった。

この前は夜の山のなかで抱いたから、しかとは見届けなかったが、女の胸は持ち重りするほどに実り、乳首はツンと上を向いている。

才蔵は乳房をもみながら、桑の実のような乳首に口を近づけた。

女の体からは、しめった森の匂いがした。

その匂いは、才蔵の愛撫《あいぶ》に女があえぎ、うっすらと紅潮した肌に汗をかくと、いっそう強くなる。

才蔵はむせかえるような匂いにおぼれ、本能のままに動いた。女の伸びやかな脚を押し広げた。

「いや……」

女はいやいやをするようにかぶりを振った。長い黒髪が床に乱れてこぼれる。

「才蔵さま……」

木ノ実がうわごとのようにつぶやいた。

おのが袴《はかま》の紐を解こうとした才蔵は、その手を途中で、

(む……)

と、止めた。

背中に、針で刺すような人の視線を感じる。

「どうなさったのです」

才蔵が動きを止めたのを知って、木ノ実がうすく閉じていた目を開いた。

「黙っておれ」

「え……」

と、木ノ実が声を上げた瞬間、才蔵の右手がすばやく動いた。

ふところの小刀を抜き、さっと投げ上げる。

ドスッ
と、天井裏の梁《はり》に刃物が刺さった。

五

ほとんど同時に、天井から飛び下りてきた者がいる。

黒い忍び装束を身にまとった男だった。

覆面でおおっているので、顔はよく分からない。

音もなく床に下り立った男は、すばやく身をひるがえし、才蔵めがけて黒い刃物をひらめかせてきた。

苦無《くない》である。

苦無は、土を掘るときや土蔵に穴を開けるときに忍びがもちいる鉄片だが、時として対人用の武器にも使われる。

才蔵は木ノ実の裸身を抱いたまま、わっと横へ転がった。

男の苦無が空を斬る。

(甲賀者《こうが》か)

才蔵はとっさに思った。

伊賀者は、夜は蘇芳《すおう》色、昼は鼠色の装束をもちいるが、甲賀者はつねに黒一色の忍び装束を身につける。

これは、甲賀忍者の出身地、近江《おうみ》国甲賀郡に湧き出る、

――クレ湧き

と呼ばれる、鉄分を多く含んだ水とかかわりがある。

クレ湧きの水で染め物をすると、紺色の藍《あい》染めが黒く変色する。甲賀地方の農民たちは、クレ染めを野良着《のらぎ》として使っていたが、甲賀の忍びもまた、同様にクレ染めの黒い装束を身にまとうようになったのである。

才蔵がすっと手を伸ばし、枕元にあった忍刀《にんとう》をつかむと、黒装束の忍びは障子を蹴破《けやぶ》り、外へ駆け出た。

才蔵も刀の鞘《さや》を払い、外へ出る。

男と才蔵は庭に下りて向かい合った。

風が吹き渡っている。男の黒装束が風をはらんではためく。

小柄な男であった。身の丈、やっと五尺といったところであろう。

が――。

男の構えには隙がない。たわめた背中が野の獣のような強靭《きょうじん》さをみせている。一流の忍

びであることが、直感で分かった。
「甲賀者だな」
才蔵は目を光らせた。
甲賀でも名のある忍びといえば、伊賀の才蔵の耳にも届いている。
芥川兵太夫《あくたがわへいだゆう》
伴加兵衛《ばんかべえ》
夏見久内《なつみきゆうない》
それに、若手の術者としては、
望月佐助《もちづきさすけ》
の評判が高い。
望月佐助は小柄で敏捷《びんしょう》、切り立った崖《がけ》も岩から岩へ、猿《ましら》のように身軽に飛び移ることから、
――猿飛《さるとび》佐助
の名で呼ばれた。
才蔵の目の前にいる男の姿かたちは、音に聞く甲賀の猿飛佐助にぴたりと符合している。
「おぬし、猿飛とみたが」
ずけりと言った才蔵の言葉に、
「ふん」

と、男が鼻で笑った。

「霧隠才蔵。いつかは、あいまみえたいものと思うていた」

「やはり、おぬしは猿飛佐助」

「さすがは伊賀に霧隠ありといわれた男じゃ。よう見抜いた」

男の声は、なぜか嬉しそうに聞こえた。

「甲賀の猿飛が、おれに何の用だ。まさか、人の色ごとをのぞき見に来たわけではあるまい」

「おぬしなかなか、好き者じゃのう」

ふざけたことを言いながらも、猿飛佐助の小柄な体には殺気がみなぎっている。

才蔵は忍刀を低く構えながら、

「つまらぬ軽口はよせ。おぬし、おれを殺しに来たのであろう」

「さっきは仕損じたがな」

覆面の奥の金壺眼《かなつぼまなこ》が笑っている。

「甲賀の猿飛佐助ほどの男が動くとは、尋常なことではあるまい」

佐助はうなずき、

「おぬしが江戸に頼まれて愛宕裏百韻を探していることを不愉快に思うておられる方がいる。その方に代わり、わしがおぬしを消しに来たというわけよ」

才蔵は佐助をするどく睨《にら》んだ。

「おぬしのあるじは、九度山の流人《るにん》だな」

「…………」

饒舌《じょうぜつ》な男がにわかに口を閉ざしたところをみると、才蔵の言葉は図星だったのであろう。猿飛佐助は、九度山の流人――すなわち、真田左衛門佐幸村に従っているらしい。真田幸村が忍びを使い、愛宕裏百韻を必死に探させていることは、才蔵も柳生但馬守や上林徳順から聞いて知っていた。

（そうか、甲賀の猿飛が真田についたか……）

甲賀や伊賀の忍びは、金で雇われれば、どのような相手のためにも働く。そこには、人としての好悪《こうお》の情は微塵《みじん》も存在しない。

ただ雇い主との契約を果たさんがために行動する。昨日のあるじであっても、今日敵にまわせば顔色も変えずに寝首をかく――それが、合理的な忍びの考え方なのである。

「九度山の流人の背後には、太閤《たいこう》の莫大《ばくだい》な遺宝をたくわえる大坂城がひかえている。さだめし、流人は大枚の金でおぬしの腕を買ったのであろう」

才蔵が皮肉を込めて言うと、

「申しておくが、わしは金のために動いているのではないぞ」

黒覆面の佐助は意外な返答をした。

「金のためではないと……」

「おうさ」

「われら忍びが、金以外の理由で腕を売るということがあろうか」

「ある」

「大坂の豊臣秀頼に肩入れしておるのか」

「ちがうな」

「では、なぜだ」

我ながらくどいと思いながらも、才蔵は聞かずにいられなかった。猿飛佐助ほどの男が、金のためにあらずして、なにゆえ一介の流人に仕えているのか、同じ忍びとして興味がある。

「あるじに惚《ほ》れたのよ」

じりじりと才蔵との距離を狭めつつ、佐助が言った。

「惚れただと？」

「ああ、男が男に惚れた。あの方の御ためなら、わしはおのが命を捨てても惜しくないと思う」

「ばかな。甲賀に猿飛ありといわれた男の言葉とも思われぬ」

才蔵は冷笑した。

「忍びに心はない。雇い主に忠義心を抱いてどうなる」

「才蔵、おぬしは分かっておらぬ。わがあるじは、ほかのあまたの武将とはちがう。心なき忍びの胸を熱くさせるほど、魅力を持ったお方よ」

「……………」

「あの方には、ありあまるほどの智恵がある。しかも、ただ智恵があるだけではない。無私の志を持っておられるお方じゃ」

「それほどすぐれた無私の男が、人の寝込みを襲わせるか」

「ふふ」

才蔵の言葉に、佐助が覆面の奥で笑った。

「わがあるじの邪魔をするおぬしのほうが悪い。もっとも、愛宕裏百韻から手を引き、今後一切、江戸とかかわりを持たぬというなら、命を助けてやらぬでもないが」

「ほざけッ」

才蔵は地を蹴《け》って跳んだ。

六

跳びながら、才蔵は忍刀を高くかかげ、肩口からザッと袈裟《けさ》がけに斬り下ろす。

闇に銀光が走った。

が、つぎの刹那《せつな》、佐助の姿はそこになく、忍刀はむなしく夜気を裂いている。

「ここじゃ、才蔵」

いつの間に動いたのか、佐助はさっきと寸分たがわぬ姿勢で、二間ほど後ろの椿《つばき》の木の陰に立っていた。

「さすがは猿飛、やるものだな」

着地した才蔵はニヤリと笑った。

ひさびさに手ごたえのある好敵手を得て、全身の血が熱く燃えている。才蔵の必殺の一太刀をやすやすとかわすとは、やはり甲賀の猿飛佐助は尋常な忍びではない。

「まだまだ。これくらいでおどろいているようでは、勝負にならぬぞ」

言うなり、佐助の手から苦無《くない》が放たれた。

重い刃物が、

――ぶん
と、うなりを上げ、才蔵の顔面めがけて飛来する。

才蔵は横へ跳んだ。

刃物をかわしたところへ、今度は佐助が餅縄《もちなわ》を投げつけてきた。

餅縄は、甲賀郡の忍家のうちでも北甲賀の諸家に伝わる独特の武器である。葛《くず》の縄に鳥餅《もち》がつけてある。ひとたび手足にからまると、身動きができなくなるため、江戸の町奉行所が捕り物に使おうとしたが、

――忍び道具は品《ひん》なし
ということで、沙汰《さた》やみになったという話がある。

佐助は十本の餅縄を同時に投げつけてきた。

蜘蛛《くも》の糸のごとく粘ついた縄が、才蔵を襲う。

逃げる暇はなかった。

やむなく、才蔵は忍刀を風車のように旋回させ、餅縄を斬り払った。

(くそッ!)

縄が体にからみつくのだけは、かろうじて避けたが、忍刀にべったりと鳥餅が貼りつき、使い物にならなくなる。

才蔵は刀を投げ捨てた。佐助に背を向け、走る。

「待てッ、逃げるか」

佐助の叫び声が聞こえたが、才蔵は振り返らない。

山の斜面を才蔵は駆け上がった。

才蔵の庵《いおり》の裏山は、葉を落とした山紅葉の林になっている。

才蔵は道なき道を駆けのぼり、山の上に出た。

山といっても、東山三十六峰のひとつ、華頂《かちよう》山につらなる小丘陵である。あたりは、三井《みい》寺の子院観称《かんしよう》寺という古寺のあったところで、いまは寺のあとに太い老杉が生い茂り、木立のなかに、なにがしの僧都《そうず》が住んでいたという破《や》れ堂や、新羅《しんら》明神の祠《ほこら》、朽ち葉の積もった小さな古池があった。

才蔵は振り返った。

目のはしに、後ろから風のように疾走してくる猿飛佐助の黒い影がとらえられる。

（来たな……）

才蔵は杉の幹に跳び移り、葉むらの陰に身をひそめた。

目を閉じ、呼吸を止める。とたん、才蔵の全身からふっつりと気配が消え、山の草木に同化した。

伊賀で、

――狸退《たぬきの》き
と呼ばれる術である。

狸退きは樹上に隠れ、気配を断つ秘術だが、やみくもに高いところに身をひそめればよいというものではない。ちょうど、人の視線から斜め上、四十五度の角度に隠れると、死角に入って見つかりにくくなる。具体的には、地上から三メートル前後の高さが手ごろである。

熟練した忍びは呼吸を停止し、狸退きをしたまま、十分でも二十分でも気配を消していることができる。

才蔵が気配を断つと同時に、佐助が丘の上に姿をみせた。

あたりを見まわし、

「ちっ」

と、舌打ちする。

「やつめ、恐れをなして逃げ出したか……」

才蔵が樹上から見下ろしているとも知らず、佐助は林のなかを歩きまわった。

破れ堂をのぞき、祠の陰を調べ、才蔵がどこにもいないのを確認すると、

「口ほどにもない男じゃ。木ノ実を使うまでもなかったようだな」

佐助は闇に向かってつぶやいた。

口ぶりから察すると、木ノ実はどうやら猿飛佐助の手先だったようである。女を使って才蔵の気をそらし、不意を襲おうとしたのであろう。

（そうか。木ノ実が……）

女の魂胆を見抜けなかった自分のうかつさを思い、才蔵は苦い顔になった。

（しかし、前鬼の女が大坂方に通じていたとは……）

思いもかけぬことであった。

福地ノ与斎次は情報収集のため、ときおり里の者を外へ放っていると言っていたが、木ノ実と大坂方との関係は、あるいは、そのあいだにできたのかもしれない。

（大坂方へ、愛宕裏百韻のことを洩《も》らしたのは木ノ実か……。うかつに女を信じると、えらいめに遭《あ》う）

才蔵はおのれをいましめた。

地上の猿飛佐助は、どうやら才蔵探しをあきらめたようである。才蔵のひそんでいる老杉に背を向け、山を下りだした。

その後ろ姿に、才蔵は隙を見た。

（いまだッ）

瞬間――。

才蔵はムササビのごとく、樹上から舞い下りていた。

背後から、佐助に躍りかかる。

佐助を枯れ草の上に押し倒した才蔵は、相手の首を腕でぐいと締め上げた。

「きさま、……」

佐助がうめくように声を絞り出した。

「おぬし、木ノ実とつるんでいたな」

才蔵は言いながら、佐助の首を締める腕に力を込めた。

――うぐ……。

と佐助がもがく。

これでもかと才蔵が締めつけると、相手の顔をおおっていた黒覆面がずれて、めくれ上がった。

月明かりに、猿飛佐助の素顔がさらされる。

（まるで猿だな……）

才蔵は思った。

まだ年は二十五、六と見えるのに、顔に皺《しわ》が多く、お世辞にも好男子とは言いがたい。

だが、くりっとした金壺眼《かなつぼまなこ》に妙な愛嬌《あいきょう》があり、唇の厚い口元がいたずら小僧のようで、憎めない顔立ちをしている。

才蔵を見上げて、佐助が、

――ニッ
と笑った。

とたん、才蔵の顔にペッと飛んでくるものがあった。

才蔵は顔を押さえた。佐助が唾《つば》を吐きかけたのである。

(しまった)

唾をまともに浴びた才蔵は、両目にひりひりと燃えるような痛みを感じた。佐助の唾には、トウガラシの粉が含まれていたらしい。

思わず腕の力をゆるめた隙に、佐助がダッと木の枝に跳び上がった。

「木ノ実は、よいくノ一じゃ。あれの色仕掛けに蕩《とろ》かされて、命を落とした男はいくらでもいる」

「前鬼の里長の福地ノ与斎次も、大坂方についたのか」

「答える義理はあるまい」

「なにをッ」

「今夜は痛み分けということにしておこう、才蔵。おぬしの首はいずれまた、もらいに来ることにする」

「待て、猿飛……。なぜいま、決着をつけぬ」

才蔵は痛む目を猿面《さるづら》の忍びに向けた。

「さあ、なぜかな」

佐助が笑う。

「才蔵、今夜はよい術くらべをさせてもらったぞ」

言い残すと、猿飛佐助は木から木へと飛び伝い、闇の向こうへ消えてゆく。

あとには風の音と才蔵だけが残った。

第三章　尼寺非情

一

「御前さま、御前さま」

　と呼ばわる声が、庭の柴折戸《しおりど》の向こうから遠く響いてきた。

（ああ、侍者《じしゃ》の声だな……）

　妙蓮院《みょうれん》の庭をそぞろ歩いていた静香尼《せいこうに》は、草履をはいた足をふと止め、目の前に咲く白玉椿《つばき》の一枝に細くたおやかな指をのばした。

　妙蓮院の裏庭は、陽当たりのよい南斜面になっており、一面に椿の木が植えてある。

　胡蝶侘助《こちょうわびすけ》、白侘助、天ヶ下《あま》、昔男、峯《みね》の白雪、難波潟《なにわがた》、摺黒《すりぐろ》、滝の白糸、蟬《せみ》の羽衣《はごろも》、三光、寒夜の民、高麗錦《こうらいにしき》、源氏、菊の盃《さかずき》、唐錦《からにしき》、桂の花、優曇華《うどんげ》、石山寺《いしやま》、洛中洛外といった、いずれ劣らぬ銘椿が百種近く、初春の淡い陽射しのなかで妍《けん》を競うように咲きほころんでいる。

椿の大半は、先代の尼門跡《あまもんぜき》が集めたものだが、静香尼も先代におとらず椿の花を愛し、どこかの公家《くげ》の庭にめずらかな品種があると聞けば、労をいとわず使いをやって花をもとめた。

静香尼は、後陽成《ごようぜい》天皇の第七皇女である。

十五の年に仏門に入れられ、三十を過ぎた今日まで、大原《おおはら》妙蓮院の尼門跡として、ひたすら俗世とのまじわりを断《た》って清い暮らしを送ってきた。

おとずれる人とてまれな、単調な尼寺の暮らしのなかで、静香尼の心を唯一なごませているのが椿の庭である。

椿を眺めているときだけ、静香尼は本来の女である自分を取りもどし、高雅な美しさをたたえた白蠟《はくろう》の顔容《かんばせ》に、ほのかな微笑を立ちのぼらせることができるのだった。

「御前さま」

と、柴折戸を押し開け、墨染の衣に身をつつんだ初老の尼がやってきた。椿の木の陰に静香尼の姿を見つけ、小走りに駆け寄ってくる。

「どうしたの、貞秀尼《ていしゅうに》。そんなにあわてて。汗までかいているではありませぬか」

静香尼は不思議そうな目で、幼少のころから自分のそばに仕えている初老の尼を見つめた。

年長《た》けても、みずみずしい美しさを残している静香尼とちがい、貞秀尼と呼ばれた尼は木石《ぼくせき》のごとく色香を失っている。

「門前に、人が倒れているのでございます」

初老の尼は、息をはずませながら言った。

「人が？」

「はい」

「行き倒れですか」

静香尼はかすかに眉宇《びう》をひそめた。

若狭《わかさ》街道に面した妙蓮院の門前には、ときおり病で行き倒れた者が打ち捨てられていることがあり、寺ではそのつど、哀れな死者をとむらって手厚く供養《くよう》してやるのである。

今日もまたそれかと思い、憂鬱《ゆううつ》になったが、初老の尼は首を横に振り、

「まだ、死んではおりませぬ。ですが、下腹のあたりを押さえ、ひどく苦しんでおりまして……」

「急な病ですね」

「であろうと存じます。いかがいたしたらよいか、御前さまにうかがおうと、さきほどからお探しいたしておりました」

「聞くまでもあるまいに」

静香尼は毅然《きぜん》とした顔で言った。

「病に苦しむ者を救うのは、人として当然のことです。すぐに行って、助けて差し上げなさい」

「ですが、御前さま。相手は男でございます」

「男……」

「それも若い男です。格式高い尼門跡寺院に、男を入れてよいものかどうか……」

「女を助けて、男を助けぬという法がありましょうか。わたくしが許します。弱き者、困っている者、病者を助けるのは、御仏《みほとけ》のみこころにもかなっております」

「は、はい」

初老の尼は、おろおろしながら山門のほうへと駆けもどって行った。

妙蓮院の門前に倒れ込んでいた男は、霧隠才蔵であった。

才蔵は、男子禁制の尼寺にもぐり込むため、策を弄《ろう》した。病者をよそおい、寺の門前に倒れ伏したのである。

仮病を使って寺や屋敷の門前に倒れ込むのは、忍びの用いる常套《じょうとう》手段である。

伊賀の忍術伝書は、縁故のない邸宅へ取り入る方法のひとつを、次のようにしるしている。

――ある時に、その門にて急に虚病を作り、門前に休み居て、下人を以て薬にても、湯にても、或いは水にても所望《しょもう》するなり
すなわち、目当ての屋敷の門前で仮病をよそおい、連れている下人に、

「主人が急病で苦しんでおりますゆえ、薬でも湯でも、さもなければ水でもいただけませぬか」

と、言わせる。

行きずりとはいえ、苦しんでいる病人を見捨てることはできないから、屋敷の者は哀れんで湯水の一杯も与えてくれるであろう。

あとは、お陰さまで楽になりましたと門のうちへ入って礼をのべ、一応顔見知りになって帰る。後日、礼物を持ってふたたび屋敷をおとずれ、さらに親密になるのである。

これはじつに、人間の深層心理をついた忍びらしい策といえる。

人は、世話になった人間よりも、自分が世話をしてやった人間のほうに好意を持つ。いったん世話になってしまうと、相手に対して精神的な負い目ができるが、逆に自分が人に世話をしてやった場合、その者に対して優越感を持つ。情けをかけた相手とは会っていても気楽で、つねに自尊心がくすぐられるのである。

仮病を使って屋敷に入り込む策は、まさにその人の心の綾《あや》をたくみについたものであった。

ただし、才蔵の手口はさらに念が入っている。仮病ではなく、ほんとうの病者となって門前に倒れ込んだ。

腹痛を起こすのはいともたやすい。才蔵は薄汚れたドブ川の水を一升《しょうの》呑んだ。効果はてきめんにあらわれ、才蔵は演技ではなく、ほんとうに額から脂汗《あぶらあせ》を流すほどの腹痛にみまわれた。

才蔵は尼たちの手で寺に運び込まれた。

尼たちは書院に床《とこ》をのべ、才蔵の体を静かに横たえてくれる。

才蔵は蝦《えび》のように体を二つに折り曲げ、うめき声を上げて苦しんでいたが、やがて痛みが薄らぎ、浅い眠りに落ちた。

ときおり、寺の者が障子を開けてようすをうかがって行くのが、ぼんやりした意識の隅でわかる。

二刻《とき》ほど眠った才蔵は、人のいない隙をみはからって、こっそりと毒消しの丸薬を飲んでおいた。

(動き出すのは、夜を待ってからだな……)

才蔵はふたたび眠った。

二

やがて――。

夕暮れになった。

才蔵の腹痛はすっかりおさまっている。

本堂のほうで、読経《どきょう》の声がした。尼寺であるから、声はむろん女人のものである。

宮家ゆかりの尼門跡のものなのか、声は奥ゆかしく、透きとおるように典雅な響きで才蔵の耳に聞こえた。

夕方の読経が終わると、勝手元で雲板《うんぱん》が打ち鳴らされる。

雲板は食事の合図である。

尼寺では、朝食は粥座《しゅくざ》（粥と漬物一切れ）、昼食は菜座《なざ》（飯と漬物と味噌汁《みそしる》）、夕食は原則としてとらないのが建前だが、薬石《やくせき》と呼んで、朝と昼の残り飯を雑炊《ぞうすい》にして食べる。つつましやかな尼寺の食事は、出家したばかりの若い尼も、やんごとない身分の尼門跡も変わりがない。

半刻ほどたって、才蔵の寝かされている書院に、初老の尼が漆塗りの膳《ぜん》をささげて入ってきた。膳には、雑炊と薬湯《やくとう》の入った茶碗《ちゃわん》がのっている。

才蔵は狸寝入りをやめ、床の上に身を起こした。

「お加減はいかがでございます」

老尼が、才蔵の枕元からやや離れたところにすわった。すでに色香の失《う》せた尼ながら、若い男の才蔵に警戒心を抱いているのであろう。

才蔵はおかしくなり、

「おかげさまで、腹の痛みはだいぶよくなりました。しかし、体に力が入らず、当寺の美しく心優しい尼さまがたに満足なお礼を申し上げることもできませぬ」

と、神妙な顔で言った。

幾つになっても、女人は褒《ほ》められると嬉《うれ》しいものらしい。

とたんに、尼は表情をやわらげ、

「礼などよいのですよ。それより、ゆるりと休んで、早くよくなってくだされ」

「禁を破って男のそれがしを寺へ運び入れていただいたうえに、そのようなお優しい言葉をかけていただけるとは……」

才蔵は目を伏せ、はらはらと涙を流した。人前で自由自在に涙を流すくらいの芸当は、忍びの才蔵には何でもない。

才蔵が気弱げに涙をこぼすのを見て、尼は母性本能を刺激されたようである。

「この薬湯は、芍薬《しゃくやく》の根を煎《せん》じたものです。腹痛には、ことに効き目がございます。よろしかったら、わたくしが呑ませて差し上げましょうか」

「いえ、いくら何でもおそれおおい」

才蔵は、尼が差し出す薬湯の茶碗を礼を言いながら受け取り、呑み干した。雑炊は、まだ食欲が湧かないと言って断わる。

「こちらの尼門跡寺の開山、信子《よしこ》内親王こと法覚尼《ほうかくに》さまは、たしか二十八首の歌が勅撰《ちょくせん》集に入っておられる名高い歌人でございましたな」

「おくわしゅうございますこと」

尼が目をみはった。

「それがし、東山に庵《いおり》を結ぶ霧山孤舟と申す連歌師でございます。和歌には、いささかおぼえがございます」

「さようでございましたか」

老尼はうなずき、

「じつを申せば、いまの尼門跡の静香尼さまも、和歌の上手と言われておられます」

「ほう。尼門跡さまは、どのような和歌をお詠みになるのです」

才蔵は聞いた。

「わが恋は言はぬばかりぞ大原の、去らば我のみ燃えや渡らむ。静香尼さまの最近の御詠《ぎょえい》でございます」

「恋の歌でございますな」

「はい。つれづれなるままに物語などを読み、見ぬ恋に思いを馳《は》せておられるのでございましょう」

「連歌師のそれがしが、和歌にゆかりの深い尼門跡寺に助けられたのも何かの縁。御仏《みほとけ》のお導きかもしれませぬな」

「まことに……」

言葉をかわすうちに、初老の尼は才蔵にすっかり気をゆるしたようであった。

「ところで」

と、才蔵は尼の目を見つめ、

「人の噂で、この妙蓮院には世にもめずらしい天狗《てんぐ》の巻物があると聞いたことがあります。噂はまことでございましょうか」

「天狗が爪で裂いたといわれる巻物のことでございますか」

「そう、それ」

「たしかに、そのような由緒《ゆいしょ》の巻物が寺に伝わってございます。言い伝えがほんとうかどうかは存じませぬが、たしかに巻物は二つに裂けておりまする」

「尼どのは、ご自分の目で巻物を見たことがおありか」

才蔵が水を向けると、

「とんでもございません」

老尼は恐ろしそうに肩をすぼめた。

「巻物は寺の大事な宝です。尼門跡さま以外の者は、見てはならぬ定めになっております」

「ほほう、さぞや霊験《れいげん》あらたかな巻物でございましょうな」

「はい。巻物が寺に奉納されてから、大原の里では火事が一度も起きておりませぬ。里の者はみな、愛宕山の神札よりも火伏せに験《げん》があると、本堂の厨子《ずし》の奥深くにしまわれた巻物を、遠くから拝んでいきます」

そこまで聞いた才蔵は、

「む、腹が……」

顔をしかめて下腹を押さえた。

「どうなさいました。また痛むのですか」

「さきほどよりは楽ですが、またうずうずと痛みがぶり返して……」

「いけませぬ」

尼は、すっかり同情顔になった。

「わたくしから尼門跡さまに頼んであげますゆえ、今夜はここでゆるりと休んでまいられるがよい」

「かたじけのうございます」

三

（巻物は、本堂の厨子におさめられていると言っていたな……）

才蔵は闇のなかで目をこらした。

尼寺の就寝は早い。祇園《ぎおん》や北野《きたの》あたりの茶屋で、ようやく三味線の音がこぼれはじめるころ、尼たちは眠りにつく。

朝も早く、まだ夜が明け切らぬ午前三時ころには起きだして、蒲団《ふとん》を片付け、顔を洗って身じまいをし、本堂で般若心経《はんにゃしんぎょう》を上げるのである。

才蔵は、寺のうちがすっかり寝静まるのを待って、寝床から抜け出した。

用意してきた忍び装束と頭巾《ずきん》を手行李《てごうり》から取り出し、すばやく着衣をあらためる。病に倒れた連歌師に代わって、化生《けしよう》のごとき忍びが闇のなかにあらわれた。

（本堂は、境内の南側にあったはずだ）

尼たちの手で庫裡《くり》の書院に運び込まれるあいだに、寺の見取り図は、ほぼ才蔵の頭に入っていた。

才蔵は襖《ふすま》に耳をつけ、あたりに人気《ひとけ》がないのをたしかめてから部屋を出た。

部屋の外は長い廊下が延びている。

明かりはない。

真っ暗である。

廊下の左側はすぐに行き止まりで、右手は本堂のほうへ通じているようであった。

才蔵は廊下を忍び歩いた。

忍びの使う足袋《たび》の底には、綿がつめてある。

ために、廊下を走っても足音が立ちにくい。しかも無足《むそく》の術を使って歩くから、音はいっさい響かない。

無足の術のやり方は、歩くとき、足の指をぐっと強く下へそらす。すると、足の裏の土踏まずと指の間に丸くこんもりと肉が隆起する。その肉をやわらかく前へ押しつけるようにして、かかとを床につけずに歩くのである。

廊下をツッと進み、右へ曲がったとき、近くの部屋から、低く声が洩《も》れてくるのが聞こえた。

（まだ起きている者がいたのか……）

才蔵は口のなかで小さく舌打ちした。

声が洩れてくるのは、物をしまっておく納戸《なんど》のようであった。

（いまごろ、納戸で何をしている）

不審に思った才蔵は、念のため、納戸の板戸にするすると近づき、節穴《ふしあな》からなかをうかがった。

忍びは幼少のころよりの訓練によって、夜目がきく。並の人間には、墨を流したような闇にしか見えない納戸のなかのありさまも、おぼろげながら見て取ることができる。

納戸のなかには、二つの人影があった。

どちらも髪を剃《そ》った尼である。

ひとりはまだ少女といってよいほど若く、もうひとりは顎《あご》や手足に豊かに肉がみのった中年増の女である。

二人の尼は真っ暗な納戸のなかで、黒染の衣を脱ぎ捨て、全裸でからみあっていた。

「そなたの肌は、赤子のようになめらかじゃのう」

「あ、ああッ、殿司《でんす》さま……」

「ふふ……。よいか。このこと、誰にも語ってはなりませぬぞ」

年かさの尼のほうが若い尼を抱き締め、相手の首すじから胸へ、唇を這《は》わせているようであった。

年かさの尼が頭を動かすたび、あッ、あッと若い尼が切なげに声をほとばしらせ、白い喉《のど》をそらせる。

（こういうことか……）

才蔵は忍び頭巾をつけた顔を、そっと後ろへ遠ざけた。

男と交わることを終生禁じられた尼僧が、欲望のはけ口をもとめ、女色《にょしょく》に走るのはけっしてめずらしいことではない。男の僧侶《そうりょ》の世界でも高僧と稚児《ちご》との男色が暗黙のうちに認められており、いびつな行為が日常茶飯事《さはんじ》のごとく繰り広げられていた。

納戸のなかの尼たちも、体の渇きに耐え切れず、人目を忍んで密会を重ねているのだろう。

（哀れなものだな）

才蔵は、女人としての本能を押さえつけられて生きる尼の暮らしに、ふと憐憫《れんびん》の情をもよおした。

だが、いまはそんなものにかかわっている暇はない。

才蔵はふたたび廊下を歩きだした。

廊下を曲がり、寺の本堂に出る。

五十畳近い広さの本堂は冷えびえとしていた。むろん、人の姿はない。

（厨子はどこだ……）

才蔵は板の間を横切り、本尊を安置してある内陣に近づいた。

妙蓮院の本尊は、丈六《じょうろく》の阿弥陀如来《あみだにょらい》である。

格子戸から洩れる月明かりを受け、金箔《きんぱく》を押した仏像の肌がにぶい光沢《こうたく》を放っている。

見ると、本尊の横に小さな厨子《ずし》が五つ並んでいた。

厨子のひとつにおさめられた法衣《ほうえ》姿の女人の木像は、寺の開山である法覚尼の姿を刻んだものであろう。その横に、地蔵像、観世音菩薩《かんぜおんぼさつ》像、勢至《せいし》菩薩像と並び、いちばん端の厨子の扉だけが閉ざされている。

(あれだな)

才蔵は厨子に歩み寄った。

厨子の扉に鍵《かぎ》はかかっていなかった。扉をあけると、奥のほうに、みごとな錦《にしき》の布につつまれた長さ一尺ばかりのものがおさめられている。

才蔵は手を伸ばして取り上げ、用心深く布包みをひらいた。

なかからあらわれたのは、半分に裂かれた巻物である。紺色の巻物はぜんたいに古色《こしょく》を帯び、ぼろぼろになっていた。

(これが、徳川の天下を覆《くつがえ》す愛宕裏百韻か……)

さすがに胸が高鳴った。

中身をあらためようと、才蔵が巻物の紐《ひも》に手をかけたときである。

才蔵は背後にかすかな気配を感じた。

反射的に振り返る。

本堂の入り口に、人影があった。

見ると、ほっそりとした小柄な尼が立っている。厠《かわや》に行った途中にでも通りかかったのか、白い寝巻姿であった。

尼が、厨子の前に立っている才蔵の姿に気づき、

——あっ
と、顔をこわばらせた。

(まずい……)

思った才蔵は、風のような速さで本堂を突っ切り、尼のかぼそい肩をつかんだ。

「声を上げてはならぬッ。騒げば命はないぞ」

才蔵は尼の耳元で、押し殺したようにささやいた。

「…………」

才蔵が脅すまでもなく、女は恐怖のあまり、声も出せないらしい。覆面で顔をおおった才蔵を見上げ、唇を小刻みにふるわせている。

尼は若くはない。

年は三十前後であろう。

切れ長な目もと、堅く引き結ばれた形のよい唇のあたりに、ほかの者とは明らかにちがう、おかしがたい気品がただよっている。

「もしやそなたは、この寺の尼門跡どのか」

才蔵は声の調子をやわらげて聞いた。

女が、ふるえながらうなずく。

「そうか……。尊貴の身に、無体《むたい》なことをしてあいすまぬ。そなたがおとなしくしていれば、手荒なまねはせぬ」

「あなたは……」

尼門跡──静香尼の黒く濡《ぬ》れた瞳《ひとみ》が、才蔵の手に握られた天狗《てんぐ》の巻物に、ふと吸い寄せられた。

「その巻物は……」

「わけあって、巻物は頂戴《ちょうだい》してまいる。悪く思われるな」

「あなたは盗賊でございますか」

才蔵の物言いが礼をわきまえているのを知って、やや落ち着きを取りもどした静香尼が聞き返した。

「ではない」

「それでは、巻物の片割れを取り返しに来た大天狗……」

「そういうことにしておこう」

覆面からのぞく才蔵の目が、ふっと哀しげに笑った。

(なんて、淋《さび》しそうな目をした人だろう……)

静香尼が思ったとたん、才蔵の左手がすばやく動き、白い寝巻の裾《すそ》を割った。下腹の茂みの奥の、まだ男を知らぬ秘め処《どころ》に、才蔵の指がふかぶかと侵入する。

「あ……」

いままで経験したこともない甘美な感覚が、静香尼の全身をつらぬいた。

伊賀の忍びには、指で女体を蕩《とろ》かす、

――淫指術《いんし》
という秘術がある。こんにゃくに人差し指と中指を突き入れ、こんにゃくが水となるまで揉《も》みほぐし、指を鍛えるのである。

淫指術にかかった女は、腰が立たぬほどの愉悦に襲われ、失心する。静香尼はこれまで男をまったく知らぬだけに、よけい効き目が早かった。

静香尼は、

（いや）

とは、頭で思いながらも、男の指に触れられたそこが熱く火照《ほて》り、とろとろに蕩けてしまいそうになる。

「尼門跡さま」

（え……）

と、静香尼はうつろな眸《め》を虚空にさまよわせた。

「今夜のことは、すべてお忘れになるがよい。今夜、ここでそなたが見たものは、すべて夢だ」

「夢……」

「さよう。わしは大天狗だ」

才蔵が静香尼の耳もとでささやいた。

静香尼は全身の力が抜け、気を失った。

(許されよ……)

心のうちで詫《わ》びると、才蔵はぐったりとした尼の体を本尊の前に横たえた。

巻物をふところに入れ、外へ出る。

叢雲《むらくも》が月を隠していた。

本堂の縁側から飛び下りた才蔵は、庭木のあいだを駆け抜けると、寺の築地塀《ついじべい》に飛びつき、闇に向かってたかだかと飛んだ。

と——。

才蔵が去った妙蓮院の境内で、本堂の縁の下から影のように這《は》い出てきた者がいる。

「殺してやる……。やつが四人目だ」

鬼気をはらんだ褐色の顔が、黒くつぶやいたのを、才蔵は知らない。

四

里に、春の匂いが満ちはじめた。

正月が過ぎ、梅の蕾《つぼみ》もふくらみはじめている。

とはいえ、里から遠く離れた高野山の山中ともなれば、谷々に白い残雪が厚く積もっていた。

朝陽を浴び、まばゆいばかりに輝く雪の上を、壮年の男が歩いていた。腰に毛皮の引敷《ひっしき》をつけ、足にはかんじきをはいている。

男の名は、真田左衛門佐幸村——。

永禄《えいろく》十二年（一五六九）、信州上田《うえだ》の城主、真田昌幸《まさゆき》の次男として生まれた幸村は、天下分け目の関ヶ原合戦にさいして西軍方につき、父とともに上田城に籠《こ》もって、徳川秀忠《ひでただ》ひきいる三万八千の兵を十日間にわたって翻弄《ほんろう》した揚げ句、秀忠軍が戦場に駆けつけるのを阻止した。

だが、真田父子の戦功むなしく、関ヶ原合戦は西軍の敗北に終わった。昌幸、幸村は所領を没収され、紀州高野山のふもとの九度山《くどやま》村に追放されたのである。

幸村が九度山で暮らすようになって、はや十二年がたつ。

そのあいだ、幸村は来《きた》るべき徳川方との決戦にそなえ、配下の忍びを放って諸国の事情を偵察させ、真田紐（太い木綿糸で編んだ組紐）を行商で売りさばかせて、ひそかに軍資金をたくわえてきた。

父の昌幸は、昨年、豊臣家の行くすえに心を残しながら世を去ったが、父ゆずりの幸村の智謀は、いまもいささかのおとろえをみせてはいない。

「佐助、いたぞ」

雪のなかで立ち止まった幸村は、彼方《かなた》を指さし、後ろに従う猿のような顔をした小男をちらりと振り返った。

猿飛佐助である。

東山の草庵《そうあん》に才蔵を襲った佐助は、京でのくさぐさの所用をすませ、九度山のあるじのもとにもどって来ていた。

「おお、おりましたな」

佐助は伸び上がるように、幸村の指さすほうを見る。

なるほど、葉の落ちた灌木《かんぼく》の根元に一羽の野兎が身をひそめていた。

野兎は、夏は茶色の毛におおわれているが、冬になると真っ白な毛に生えかわる。色が白いため、雪中では見つけることが難しい。

「よくぞ、目ざとく兎を見つけられましたな」

佐助が感心すると、

「遠目のきく忍びでなくとも、兎を見つけることは簡単だ」

幸村は微笑しながら言った。

「兎はのう、巣穴に身を隠すときには、犬や狐にあとをつけられぬよう、わざと後ろへもどったり、横へ跳んだりして足跡を乱しながら、いったん巣の近くの灌木の陰に身を隠すものじゃ。それゆえ、兎の乱れた足跡を見つけたら、その近くに必ず身をひそめていると思って探せばよい」

「さすがは、殿。ようご存じじゃ」

「この話は、信州四阿山《あずまや》の猟師から聞いた」

「四阿山と申せば、殿のおられた上田城の近くでございますなあ」

「うむ」

とうなずいた幸村は、胸の紐《ひも》をゆるめ、背中に結《ゆ》わえつけてきた狩り道具を手に取った。

藁《わら》を円形に編んだものである。小さな丸盆くらいの大きさで、真ん中にぽっかりと穴があいていた。

「何でございますか、それは」

猿飛佐助が幸村の手元をのぞき込んだ。

「知らぬのか」

「狩りのことには、かいもく不案内なれば」

「これはワラダと申して、猟師が兎狩りに使うものじゃ」

「ワラダでございますか」

「そうじゃ」

「どうやって使うのでござる」

「そなたに説《と》いているあいだに、兎が逃げてしまうわ」

幸村が言った瞬間、人の気配を感じたのか、野兎が雪の上をダッと駆け出した。

「おッ」

と、佐助が叫ぶより早く、幸村の手が動き、円形のワラダが兎に向かって水平に投げつけられていた。

　ワラダが音を立てながら飛んでいくと、下を走っていた兎が突然止まり、みずから雪に頭を突っ込んだ。

「ありゃ、いかがしたのでござろうか」

「ワラダの飛ぶ音を、天敵の鷹《たか》の羽音《はおと》と勘違いしたのだ。兎は天敵から身を隠すため、あわてて雪に頭を突っ込んだ」

「ほう」

　佐助が感心したようにうなずいた。

　幸村はもう一度ワラダを投げ、野兎をおどした。兎はますます深く、雪のなかへ頭を突っ込んでゆく。

「あれを捕らえるのは簡単でござる」

　佐助が雪の上を飛ぶように走り、野兎をつかまえた。雪のなかから引き出して兎の両耳をつかみ、あるじに向けてたかだかとかかげる。

「さすがは猟師の道具、よく考えたものでございますな」

　佐助が叫んだ。

「山で生きる者の、長年の智恵が積み重なってできたものだろう」

　後ろからやって来た幸村は、見るからに知性的な、流人《るにん》らしからぬ品格と威厳をそなえた顔で言った。

「それより、佐助。この近くに炭焼き小屋がある。獲物を焼いて腹ごしらえせぬか」

「よいですな。冬の兎は木の皮ばかりを食べているので、肉に木の香りがしてたいそううまいと申します」

半刻後——。

真田幸村と猿飛佐助の主従は、炭焼き小屋の囲炉裏端《いろり》で、ちりちりと音を立てて焼ける兎肉を前に、竹筒の濁り酒《にご》を酌《く》み交わしていた。

竹串《たけぐし》にさした肉からは、香ばしい匂いが立ちのぼっている。

「霧隠とやら申す忍び、なかなかの術者だそうじゃな」

青竹を割った器を唇につけ、幸村はうまそうに燗《かん》をした熱い酒を呑《の》みほした。

「佐助ほどの男と対等に渡り合ったか。とすれば、油断ならぬ相手じゃ」

「はッ」

佐助は、焼き上がった兎肉の竹串を、囲炉裏端から抜き取ってあるじに差し出し、

「お恥ずかしい話ながら、あやうく、してやられるところでございました。敵ながらあっぱれ、殺すには惜しい男で」

「殺すには惜しいか」

「はい。できますれば、お味方に引き入れたいものでございます」

「ふむ」

幸村は肉の塊にかぶりついた。熱い肉汁が流れ、幸村の唇を濡《ぬ》らす。

「霧隠が仲間に加われば、殿にお仕えする手だれの忍びは、ちょうど十人そろいます。十人がそれぞれ一騎当千のつわものなれば、殿が徳川と雌雄《しゆう》を決せられるときの大きな力となりましょう」

「しかし、霧隠才蔵は徳川の忍びとして、われらと同じ、愛宕裏百韻のゆくえを追いもとめておる。そう簡単に、味方に引き入れることができるのか」

「手はいろいろございます。忍びのことは、忍びのそれがしにおまかせくださいませ」

猿飛佐助は自信ありげに、くりくりした金壺眼《かなつぼまなこ》を光らせた。

「それよりも、いまは愛宕裏百韻じゃ」

幸村が言った。

「京での調べで、何かつかめたか」

「いえ、まだこれといった手掛かりは……」

「よいか、佐助」

と、幸村は顔つきを厳しく引き締め、

「われらは何としてでも、徳川方より早く、愛宕裏百韻を手に入れねばならぬ。駿府にいる家康は、大坂城の豊臣家取り潰《つぶ》しの機会を虎視眈々《こしたんたん》と狙うておる。先年、二条城で豊臣秀頼さまと会見の折りも、さも秀頼さまが臣下であるかのような振舞いにおよび、秀頼さま生母の淀《よど》殿ら、豊臣方の怒りをあおったと聞く。あれは、豊臣方をわざと挑発し、一戦《ひといくさ》起こさせようという家康の老獪《ろうかい》なやり方にほかならぬ」

幸村の言葉は事実である。

そもそも、天下人となった豊臣秀吉の在世中、徳川家康は豊臣政権の五大老筆頭の地位にあった。ところが、慶長三年（一五九八）に秀吉が世を去ると、家康は天下人への野望をあらわにし、秀吉の遺児秀頼を奉ずる五奉行の筆頭、石田《いしだ》三成《みつなり》と決戦におよんだ。世にいう、天下分け目の関ヶ原合戦である。

合戦は、家康ひきいる東軍の勝利に終わった。西軍の首謀者であった石田三成は、捕らえられて斬首。大坂城の豊臣秀頼は、摂津《せっつ》、河内《かわち》、和泉《いずみ》、わずか六十五万七千石の一大名に格下げされた。

関ヶ原合戦から三年後、家康は征夷《せいい》大将軍となり、江戸に幕府を開いた。

このとき家康は、

「わしは、まだご幼少の秀頼さまが成人されるまで、一時的に天下を預かっているにすぎぬ。秀頼さまご成人ののちは、天下を大坂へ返す所存」

と、殊勝《しゅしょう》なことを言い、大坂城の秀頼淀殿母子や、いまだ豊臣家に心を寄せる西国諸大名の怒りをなだめた。

が、しかし——。

その舌の根もかわかぬうちに、家康は将軍職を息子の秀忠にゆずり、徳川家の世襲による天下支配を確立してしまったのである。

「卑怯《ひきょう》な」

と、大坂城の人々は憤慨した。

だが、家康はもとより、秀頼に天下を返上する気など毛頭ない。むしろ、目の上のコブである豊臣家を、みずからの目の黒いうちにたたき潰し、後顧《こうこ》の憂《うれ》いを断っておかねばと考えていた。

「それゆえ、愛宕裏百韻を一刻も早く手中におさめ、家康の本性《ほんしょう》を天下にあばきださねばならぬ」

幸村は昂然《こうぜん》と顔をそらせた。

「よく聞け、佐助。徳川家康は信長を裏切ったのみならず、さらに明智光秀をも裏切ったのだ」

「どういうことでございます」

佐助が首をひねった。

「本能寺の変が起きたとき、家康は泉州堺にいた。変の一報を聞くや、家康は堺を逃げ出し、伊賀の山中を越えて伊勢《いせ》白子《しろこ》へ出、そこから船に乗って領地の三河岡崎《おかざき》へもどっておる。まるで、変が起きるのを事前に知っていたかのような、あざやかな遁走《とんそう》ぶりではないか」

「たしかに」

「げんに、家康とともに上洛《じょうらく》していた甲斐《かい》の武将、穴山梅雪《あなやまばいせつ》は畿内《きない》から逃げ遅れ、山城の土民に囲まれて非業《ひごう》の死を遂げておる」

「本能寺の変を前もって知っておらねば、家康も梅雪と同じ目に遭《あ》っていたであろうということでございますな」

「そうじゃ」

幸村はうなずいた。

「おそらく、明智光秀と家康のあいだには、本能寺の変が起きる以前に、天下簒奪《さんだつ》の密約が結ばれていたのであろう」

「しかしながら、三河へもどった家康は、ついに光秀に呼応して、再上洛しなかったではございませぬか」

「わしが家康のことを、明智をも罠《わな》にはめた二重の裏切り者と申すのはそこじゃ」

幸村が語気をするどくした。

「よいか、佐助。家康という男は、ただの狸《たぬき》ではない」

「は……」

「いかに明智と組んで信長を倒したとはいえ、天正十年のあの時点で、家康が一気に天下人となるのは難しかったはずだ。中国には秀吉さま、北陸には柴田《しばた》勝家《かついえ》と、諸国には織田家の実力者が健在でいる。主君信長討《う》たるの報を聞けば、織田家の諸将が兵をひきいて上洛し、血みどろのいくさとなるは必定《ひつじょう》」

「じっさい、中国大返しを演じた秀吉さまが、山崎天王山《やまざきてんのうざん》で明智軍を破り、光秀の天下をわずか十日あまりで終わらせたのでございましたな」

「そのとおり」

と、幸村は佐助を見返し、

「家康には、はじめから明智の末路が見えておった。ともに信長を倒さんものと、光秀とのあいだに密約を結びながら、家康はもっと深い謀略を働かせていた」

「と申されますと？」

「家康の真の狙いは、信長亡きあと、ただちに天下を奪い取ることではなく、変の混乱に乗じて、みずからの所領を拡大することにあったのじゃ。そのなによりの証拠に、三河へ逃げもどったあとの家康は、兵をひきいて上洛する姿勢をみせながら、なかなか重い腰を上げなかった。家康が三河岡崎城を出立して、西へ向かったのは、国許《もと》へもどってからじつに十日後。その後も東海道をのろのろと進軍し、ようやく三河池鯉鮒《ちりゅう》に至ったところで、山崎の合戦で明智軍が敗れたとの報を受け取った」

「はあ」

「知らせを聞くや、家康は方向を東へ転じ、甲斐、信濃《しなの》へどっと攻め入って、わずか一月《ひとつき》のあいだに二カ国の切り取りに成功した。それまで持っていた三河、遠江《とおとうみ》、駿河《するが》とあわせ、じつに五カ国の太守となったのだ」

「それこそまさに、家康の最初からの狙いであったと、殿はお考えなのでございますな」

「うむ」

幸村は、濁り酒で軽く唇を湿らせ、

「信長の跡を受け継いで天下人となったのは、明智光秀を倒した秀吉さまであった。しかし、本能寺の変のお陰で五ヵ国の太守となった家康は、秀吉さまに一目も二目も置かれるほどの重い存在となり、いまこうして、天下を思いのままに動かす実力者となっている」

「許せませぬな」

佐助は頬を赤くした。

赤くなったのは、酒のせいばかりではない。人を裏切りながら、ぬけぬけと天下を取った家康に対して、言葉にしがたい義憤を感じたのである。

「むろん、すべてはわしの推量じゃ。しかし、この推量、当たらずといえども遠からずと思うがどうじゃ」

「ご明察、水鏡《すいきよう》のごとしと存じまする」

「わしの推量、正しきものと天下に知らしめるためにも、愛宕裏百韻は手に入れねばならぬ。そのとき、仁義礼智を標榜《ひようぼう》する家康の化けの皮は、もののみごとに剝《は》がれよう」

「ますますやる気が湧いてまいりました。おまかせください。東海道へは筧十蔵《かけいじゆうぞう》、穴山小助《あなやまこすけ》、東山道へは根津甚八《ねづじんぱち》、海野六郎《うんのろくろう》、北陸道へは望月六郎《もちづき》、山陰道へは三好清海入道《みよしせいかい》、伊三入道《いさ》兄弟、山陽道へは由利鎌之助《ゆりかまのすけ》をそれぞれ放ち、愛宕裏百韻のゆくえを探させております ゆえ、まもなくありかも知れましょう。それがしもこれより、探索にまいります」

「頼んだぞ、佐助」

「ははッ」

佐助はあるじに深々と一礼した。

五

同じころ——。

才蔵は、窓から庭を眺めていた。小さな枯山水《かれさんすい》の壺庭《つぼにわ》である。

一間ばかりの狭い庭には、白い化粧砂がしかれ、苔蒸《こけむ》した石灯籠《いしどうろう》が立っている。石灯籠のわきに、呉竹《くれたけ》が三本生えているほかは、草木はいっさいない。

水の流れもなければ花もない殺風景な庭を、才蔵は三日のあいだ眺めていた。よくしたもので、空模様や時刻によって、庭の風景は刻々と変わって見える。

ゆえに、庭を見ていて飽きるということはない。が、才蔵は憂鬱《ゆううつ》だった。

才蔵がいるのは、洛中島原《しまばら》にある、

——葛籠屋《つづらや》
という遊郭であった。

あるじの葛籠屋半内《はんない》は、伊賀出身の者で、表看板の遊郭とはべつに忍び稼業をおこなっている。

客や遊女が出入りする店の部分は普通の造りなのだが、ひとたび裏へまわれば、隠し部屋、回転扉、落とし穴、忍び梯子《はしご》といった、敵襲にそなえたさまざまな仕掛けが作ってあり、年に一度か二度、酩酊《めいてい》して出口を間違えた酔客が落とし穴に落ちて、命を失うこともあった。

才蔵のいる壺庭に面した四畳半の部屋は、そうした隠し部屋のひとつである。

大坂方の猿飛佐助に東山の庵《いおり》を襲われ、安全な住処《すみか》を失った才蔵は、三日前から古くからの顔なじみである葛籠屋半内のもとに転がり込んでいるのだった。

（とんだ骨折り損であったな）

才蔵は庭を見つめながら、煎《い》ったカヤの実をかじった。

骨折り損というのは、大原の妙蓮院で奪ってきた天狗《てんぐ》の巻物のことである。半分に裂かれた巻物を、才蔵は愛宕裏百韻の片割れであると信じていた。

だが——。

（まさか、あれが偃息図《おそくず》であったとは……）

才蔵は顔をしかめた。

偃息図は、男女の痴態を描いた春画のことにほかならない。いにしえより、朝廷や公卿《くぎょう》の蔵に秘蔵され、めったに世間に流れ出たことはなかった。

その偃息図が、どのような理由で半分に裂かれ、大原の尼寺に伝わっていたのか理由は分からない。

想像するに、仏門に入った代々の尼門跡の心をなぐさめるため、朝臣のひとりが寺へ寄進したものではないかと思うが、才蔵にとって、もはやそんなことはどうでもよかった。

（本物の愛宕裏百韻はどこにあるのだ。すでに失われてしまったのか。それとも、まだどこかで眠っているのか……）

才蔵が、カヤの実の皮をペッと吐き出したとき、

――コツコツ
と、部屋の板壁が鳴った。

「才蔵さま、都鳥《みやこどり》でございます」

聞き覚えのある若者の声が、壁の向こう側から響く。

才蔵は立ち上がって壁に近づき、引き手を横にずらした。

壁がくるりと裏返しになり、外から雲水《うんすい》のなりをした若者が入ってくる。才蔵の配下のひとり、都鳥であった。

長身の稲負鳥《いなおいどり》とちがって、都鳥はどこかひよわげに見え、女のようにばら色の頬をしている。

じっさい、腰元に化けて城へ忍び入ることもある。山陰のさる城へ潜《もぐ》り込んだときなど、好色な城主と一夜を共にしながら、男と見破られなかったという異常ともいえる秘技を持っている。

「浮かぬ顔をしておられますな」

都鳥はつるりとした色白の顔を才蔵に向けた。

「ああ。稲負鳥から話は聞いたであろう」

「残念でございましたな」

「そうやすやすとは、愛宕裏百韻が見つかるとは思っていなかった。一度や二度の無駄足はやむを得ぬ」

「しかし、今度は才蔵さまに無駄足はさせませぬ」

「たしかな情報《ツル》でもつかんできたか」

「はい」

都鳥はうなずいた。

「才蔵さまは、愛宕裏百韻の片割れを持って逃げたのは、音羽という名のくノ一だと申されました」

「うむ」

「その音羽なるくノ一のゆくえが分かりましてございます」

「おお、それは……。三十年も前に姿をくらました女のゆくえが、いまになって、よくぞ分かったものだ」

「灯台もと暗しというやつでございます」

都鳥は得意げに頬を染め、

「音羽なるくノ一は、福地ノ与斎次どのと別れたあと、歩き巫女《みこ》となって諸国を放浪し、のちに伊賀へ帰郷したそうにございます」

「なに……。伊賀へもどっておったのか」

「はい。伊賀の国見《くにみ》山の山中に祠《ほこら》を祀《まつ》り、狐落としや祈禱《きとう》をおこなって暮らしをたてていたとか」

「国見山か」

才蔵は、むろん知っている。国見山は伊賀一ノ宮敢国《あえくに》神社の裏山で、子供のころ、よく山中を駆けまわった覚えがある。

そういえば、山の北側の谷に注連縄《しめなわ》を張った赤い鳥居があり、奥に祠と御堂があったのをかすかに記憶している。

（あそこに音羽が住んでいたのか……）

才蔵は不思議なめぐり合わせを感じた。

「では、いまも音羽は国見山にいるのか」

「いいえ。すでにおりませぬ。諸国の霊山をめぐると言って十年前に伊賀を立ち去り、それきりもどって来なかったそうです」

「やはり、愛宕裏百韻のありかは分からずじまいか」

才蔵が落胆すると、

「話はまだ終わっておりませぬ」

と、都鳥が不服そうに唇をとがらせた。

「伊賀を立ち去る前、音羽のもとをひとりの武士がたずねて来たとか」

「ほう、武士が」

「音羽のところで下働きをしていた老婆がおり、その者に聞きました。老婆の話では、音羽は武士から銭千貫《かん》を貰《もら》い、かわりに半分にちぎれた巻物を渡したそうです」

「それこそ、愛宕裏百韻にちがいない」

才蔵は色めき立った。

「音羽をたずねて来た武士とは、何者だ」

「名は分かりませぬ。ただし、さる西国大名家の使いで来たと申していたそうで」

「西国大名家だと」

「はい」

「その大名家とは……」

「才蔵さま、お耳を」

都鳥が才蔵に近づき、耳元でかがみ込むようにささやいた。

「そうか、分かった」

才蔵は壺庭の石灯籠を見つめた。

第四章　明石大門《あかしおおと》

一

翌日、才蔵は京を発《た》った。

黒の十徳《じっとく》に木賊《とくさ》色の野袴《のばかま》をつけ、菅笠《すげがさ》をかぶった旅姿である。桐油《とうゆ》紙《がみ》でつつんだ手行李《てごうり》を振り分け荷物にして肩にかけ、手には白樫《しらかし》の道中杖《づえ》を持っていた。

一見して、旅の数寄者《すきしゃ》にしか見えないが、道中杖には刃渡り二尺の直刀が仕込んである。後ろ姿に隙がなく、足運びにも無駄がなかった。

京を出た才蔵は、西国街道を西へ向かった。

桂《かつら》川を渡り、半里ほど歩いて、竹林の多い長岡《ながおか》の里まで来たところで、

(はて)

と、才蔵は後ろを見た。

街道を、さりげなくつけて来る二人の男がいる。柿色の鈴掛《すずかけ》をまとい、首からいらたか

念珠を下げ、頭には兜巾《ときん》をつけた山伏姿に身を変えてはいるが、するどい目つきや歩き方から、明らかに忍びと分かる。

(猿飛佐助の手の者か)

才蔵はかすかに苦い顔をした。

才蔵の動きを見張るため、佐助が配下の甲賀者を放ったのであろう。

(断じて、やつらに行く先を知られてはならない……)

知らぬそぶりで街道を歩きつづけた才蔵は、昼過ぎ、山崎《やまざき》の宿《しゅく》に着いた。

山崎は淀《よど》川べりの川湊《みなと》で、油商《あきな》いでは天下一の賑《にぎ》わいをみせ、街道沿いに多くの油問屋が軒《のき》を並べている。川の両岸の山地が地峡《ちきょう》のようにせばまっているため、古くは関所が置かれ、中国大返しをした秀吉が明智光秀と雌雄を決した場所でもあった。

右手に天王山《てんのうざん》。

川をへだてた向かい側に、男山の丘陵が川面《かわも》に翠《みどり》の影を映していた。

山崎から対岸の男山のほうへは、渡し舟が出ている。

渡し賃は、五文《もん》。

男山の石清水八幡宮《いわしみずはちまんぐう》へ参詣《さんけい》する者は、この渡し舟を使って向こう岸の橋本の集落へ渡った。

岸辺を埋めつくす葦《あし》のあいだに、丸木で組まれた桟橋が突き出し、杭《くい》に渡し舟がつながれていた。

才蔵は、渡し舟に乗り込んだ。ちらりと振り返ると、後からやってきた山伏姿の男たちも、あわてて乗り込んできた。

(ここで、やつらが襲ってくることはあるまい)

才蔵には分かっていた。

甲賀者たちは、才蔵の行き先を知りたいのである。才蔵を追って行けば、愛宕裏百韻のありかが突き止められると思っているのだろう。

へたに途中で手を出し、才蔵を警戒させてしまっては、元も子もない。才蔵の行き先を突き止め、愛宕裏百韻を横合いからかっさらうつもりなのである。

(そうは問屋がおろすものか)

舟は葦原を分けて進み、すぐに対岸の橋本に着いた。橋本から男山の山頂にある石清水八幡宮へは、長く急な石段がくねくねと曲がりながらつづいている。

才蔵は息も乱さず、石段を足早に駆けのぼった。

二百段ほどのぼって、ちらりと振り返ると、やはり甲賀者はついてくる。

(来たな……)

才蔵は道が大きく右へ折れたところで、さっと石段わきの藪《やぶ》のなかへ身をひそめた。

少し遅れて、二人連れの甲賀者が来た。

石段を見上げ、才蔵の姿がどこにもないのに気づいて、あわてふためいて周囲を見まわす。

あたりに、ほかの参詣者はいない。

才蔵は仕込み杖の鞘《さや》をはらって藪から走り出るや、近くにいたひとりの脇腹をズブリと刺した。

刃は脇腹から肝臓に突き抜けている。

才蔵が刀を引き抜くと、急所を刺された男は血を噴きながら石段に倒れる。

もうひとりの忍びが、腰の黒鞘の太刀に手をかけた。

その手を、才蔵は斬った。

斬り落とされた手首が、石段に転々と転がる。

才蔵は踏み込み、男の左胸を刺しつらぬいた。

二人の敵を倒すのに、ものの数秒もかからない。

才蔵は刀の血を懐紙《かいし》でぬぐうと、藪のなかに落ちていた白樫の杖を拾い上げ、刀をおさめた。

衣服に返り血は一滴もついていない。

(無益な殺生《せっしょう》をした……)

だが、苛酷《かこく》な忍びの世界で生きるには、時として冷徹無情な鬼にもならねばならない。

たとえそれが、みずからの意に染まぬことであったとしても——。

才蔵は顔を伏せると、踵《きびす》を返し、石段を下りだした。

ふたたび山崎にもどり、その日は西国街道を夜通し歩きつづけた。

翌日——。

才蔵は、播磨《はりま》国明石《あかし》に着いた。

明石は瀬戸内海でも有数の繁栄をみせる湊町である。潮の匂いのする通りには、獲《と》れたての活きのいい蛸《たこ》や鯛《たい》を食べさせる料理屋が多い。

魚の煮付けが大皿に並ぶ一膳《いちぜん》飯屋で遅い昼飯をすませた才蔵は、湊のほうへ足を向けた。

海べりへ出ると、目の前に、あおあおと広がる明石海峡をへだて、淡路《あわじ》島が長く横たわっているのが見える。

瀬戸内海の要津《ようしん》だけあって、千石《せんごく》船や漁師の小船を取り混ぜ、湊には入りきれぬほどの船がつながれていた。

才蔵は、水先案内の艀《はしけ》の胴の間を洗っていた、褌《ふんどし》姿の水主《かこ》に声をかけた。

「淡路島へ渡る船を探しているのだが」

「あいにくだが、今日はどこの船も出ねぇよ」

赤銅《しゃくどう》色に陽焼けした水主が、無愛想に言った。言葉は荒いが、人は悪くなさそうな男である。

「なぜだ。今日は天気もよく、波もおだやかではないか」

才蔵が海のほうを目でしめすと、

「素人《しろうと》は何も知らねぇから困る。この南風《マジ》じゃあ、風向きが悪くて淡路へは渡れねぇんだ」

「明日は出るのか」

「さあて、風のことは風に聞いてみねえとなあ」

「では今夜、せいぜい霧が出ないように祈りたいものだな」

才蔵の低いつぶやきを聞いたとたん、水主がおどろいた顔をした。

「夜霧が濃いと南風が吹くってえのは、おれたち水主の諺《ことわざ》だが、だんなはよく知っていなさるねえ」

「まあな」

才蔵ら忍びには、観天望気《かんてんぼうき》の心得がある。山にかかる雲の形を見て翌日の天気を予測したり、蜘蛛《くも》の巣の張り具合を調べて（風雨のときには蜘蛛は巣を作らない性質がある）雨を予知するのである。

夜霧が出ると南風が吹くというのは忍びには当たり前の知識だが、水主はそれを知っていたというだけで才蔵に一目置いたようである。

「だんなは、今夜お泊まりになる宿のあてはありますかね」

「いや。今日は船で淡路まで渡るつもりだったからな」

「そいつはいけねえ」

水主は表情をくもらせた。

「湊の船が出ねえから、今日は明石の旅籠《はたご》屋はどこも混んでいる。よかったら、知り合いの旅籠屋を紹介しますよ」

「すまぬな」

「なあに」

男が町のほうを振り返り、

「魚三楼《うおさぶろう》って名の旅籠屋だ。少々宿賃は張るが、うまい料理を食わせてくれるって評判さ。店の小女に、艀の七兵衛《しちべえ》から聞いてきたと言えば、悪くはしねえはずです」

「おまえ、その女と親しいのか」

「へへ、そんなんじゃねえよ」

水主はいかつい相好《そうごう》を崩し、照れたように笑ってみせた。

二

才蔵は湊《みなと》に背を向け、水主から教えられた魚三楼という旅籠屋に足を運んだ。船が風待ちをしているせいか、なるほど、町には人があふれている。

通りを歩いていくと、

——魚三楼
と、書かれた看板が見えてきた。

黒板塀の立派な門構えの店である。亭々《ていてい》と茂る庭の赤松の木が、塀を越えて道にまで枝を伸ばしている。

ただし、水主の話とはちがい、旅籠屋ではなく料理屋である。

(店を間違えたか……)

と、才蔵は思ったが、念のため、門を入って店の小女に話を聞いてみた。

すると、何ということはない。たしかに料理屋が本業だが、知り合いの者にかぎって、奥の座敷に客を泊めているのだという。

才蔵が、湊で会った水主の名を出すと、

「ああ、七兵衛さんの」

小女は心得顔にうなずいた。下《しも》ぶくれの頰をほのかに赤く染めたところをみると、水主といい仲の女であろう。

小女の案内で、才蔵は店の奥へ入った。

料理屋の入り口とは別に、仕舞屋《しもたや》のような小体な造りの玄関があり、泊まりの客はそこで草鞋《わらじ》をぬぐ。

才蔵は玄関の水桶《みずおけ》で足を洗い、板の間へ上がった。

通されたのは、眺めのいい八畳間だった。

襖《ふすま》に墨絵で松が描かれ、床の間の香炉に香が焚《た》かれている。

縁側へ出ると、ツツジを植え込んだ庭の向こうは、白砂の浜になっていた。やや靄《もや》が出てきたせいで、海峡をへだてた淡路島は薄紫色にかすんで見える。

まだ、夕飯の時刻までには間があった。

美しい海の眺めに、ふと歌心をおぼえた才蔵は、縁先にあった下駄を履き、宿の庭へ下りた。

才蔵は連歌師として孤舟という号を持っているが、たんなる見せかけだけの偽名ではない。天下に名高い連歌師の松永貞徳《まつながていとく》に弟子入りし、孤舟の名を与えられたのである。

連歌師になったのは、連歌の会衆として、普通では近づきにくい武将や公家《くげ》と同じ席に連なり、情報《ツル》を得やすくするためであった。連歌師であれば、誰にあやしまれることもなく諸国の大名のあいだをめぐることもできる。

そうした実際的な理由を抜きにしても、才蔵には昔から風雅を愛《め》でる心があった。

美しい風景や、草花を見ると、しぜんに歌心があふれてくるのである。忍びには不要な心であったが、才蔵はそれを完全に捨て切ることができない。

おのが心の弱さ、優しさをさとられぬために、才蔵はことさら情を押し殺し、人に対して冷たく振舞っているようなところがあった。

(おれは、忍びには不向きな男ではなかったか……)

才蔵は考えながら、庭を歩いた。

庭は、奥へ行くほど広がっている。

中島の浮かぶ池があり、池のまわりをぐるりと緑の築山《つきやま》が囲んでいた。ツツジや椿、おもむきのある銘石がたくみに配され、林間に小川が流れている。

赤松の生えた築山をのぼっていくと、草葺《くさぶ》きの東屋《あずまや》があった。

見ると、東屋の腰掛けに先客がすわっている。

白地に紅梅の模様を散らしたあざやかな小袖《こそで》を着た、若い女人であった。無心に海を見つめている。

(ここの家の者であろうか)

才蔵は女の邪魔をせぬよう、軽く会釈《えしやく》して東屋の前を通り過ぎようとした。

そのとき、

「もしや、あなたさまは……」

と、女が才蔵を呼び止めた。

「………」

才蔵は忍びの本能でとっさに背中をたわめ、女のほうを振り返った。

女は、才蔵の顔を見て、ああやっぱりとつぶやき、

「霧山さま、連歌師の霧山孤舟さまでございましょう」

「そう言うそなたは」

「お忘れでございますか、宇治の上林《かんばやし》家でお会いした……」

「上林徳順《とくじゆん》どのの娘御か」

「はい、小糸でございます」

女が立ち上がって、しとやかな挙措《きよそ》で頭を下げた。

美しい娘である。

上林家で会ったときも美しいと思ったが、こうして海風の吹き込む明るい庭で対面すると、娘の清楚《せいそ》なすがすがしさがますます際立って見える。

「まさかとは思いましたが、このようなところで霧山さまにお会いできるとは」

小糸は目の縁をぽっと赤らめた。

「それがしもおどろいた。しかし、宇治におられるはずの小糸どのが、なぜ明石の地に……」

「風雅の旅にまいったのです。霧山さまのように」

「は……」

「嘘です」

と言って、小糸はころころと笑った。

「ほんとうは、阿波《あわ》の実家へもどった婆やが病で倒れ、病気見舞いに行く途中だったのです。風待ちで船が出ないので、お父さまの古くからの知り合いの、この宿に世話になっておりました」

「ほう、それはご殊勝《しゅしょう》な」

才蔵は目を細めた。

「よろしかったら、霧山さまも一緒にここで海をご覧になられませぬか。ちょうど、ひとりで退屈していたのです」

「されば」

才蔵と娘は、東屋に並んで腰を下ろした。

「よい眺めですな」

「ええ」

娘はうなずき、

「明石の地は風光明媚《めいび》ゆえ、たくさんの歌人が歌を詠んでいるそうにございますね」

「さよう。このような歌がある」

と、才蔵は低く底錆《さ》びた声で口ずさんだ。

ほのぼのと明石の浦の朝霧に
　島がくれゆく舟をしぞ思う

平安時代の歌人、藤原公任《きんとう》が絶賛した和歌で、『古今和歌集』の羇旅《きりよ》部に収められている。一説に、歌聖 柿本人麻呂《かきのもとのひとまろ》の歌ではないかというが、

（そうではあるまい）

と、才蔵は思う。

万葉の歌人、柿本人麻呂の和歌はもっと太く素朴である。この歌の言葉づかいは繊細で、明らかに後代のものだ。

「霧山さまも、歌を詠まれるのでございましょう」

小糸が言った。

「これでも、連歌師のはしくれでございますからな」

「霧山さまの和歌がお聞きしたい」

「即興でよろしければ」

「ぜひとも、お願い申し上げます」

小糸にせがまれて、才蔵はふところから帖面《ちょうめん》と矢立《やたて》を取り出した。さらさらと、一首の和歌を書きつける。

舟人は明石大門《おおと》に漕《こ》ぎ出《い》でて
　ひとり消えゆく夕映《ば》えの波

「寂しい歌でございますね」

帖面をのぞき込んだ小糸が言った。

「そうだろうか」

「まるで、霧山さまが舟を漕ぎ出して、夕映えの海に消えてしまいそう」

「消えはいたさぬ。明日《あす》は、船で淡路島へ渡り、さらに阿波まで足をのばすつもりだ」

「それでは、霧山さまも阿波へいらっしゃるのですか」

「小糸どのも、阿波までまいられるのでしたな」

「はい」

「不思議なご縁だ。こうして旅先でゆくりなくも出会い、行き先も同じとは」

「よかった」

小糸は目に見えて顔をほころばせ、

「ほんとうを申せば、供の女と二人で少々心細かったのです。霧山さまが道連れになってくだされば、これ以上、心丈夫なことはありませぬ。それとも、女連れはご迷惑でございますか」

「いや、そのようなことはない。喜んで同道させていただきましょう」

才蔵は帖面を閉じた。

上林の娘との同行を断わらなかったのは、好き心が動いたからではない。他国者《よそ》の出入りに厳しいことで知られる阿波国の入り口、撫養《むや》の関所も、

(女連れであれば、通過しやすい)

と、怜悧《れいり》な考えが才蔵の頭をちらりとかすめたのである。

――他国へ入《い》るときには仮妻を伴のうべし、もし引き連れて行けぬときには旅中にてこれを求むべし
と、伊賀忍家の口伝《くでん》にもある。

「海風が冷たくなってきました。小糸どの、そろそろ部屋へもどりませぬか」

「そうですね」

「足元にお気をつけられよ」

と、才蔵は立ち上がった。

築山《つきやま》を下りだして、ふと振り返ると、明石大門にいましも黄金の夕陽が沈もうとしていた。

三

あくる日は、風向きが変わった。強い北の風である。

才蔵は、上林家の娘小糸とその供の女を連れ、朝早く、淡路島へ渡る荷船に乗った。荷船の船底には瀬戸物や酒樽《さかだる》、古着などが一杯に積まれ、その上の胴の間が客の部屋にあてられる。

客の半数は、四国遍路をするお遍路さんであった。

白装束に菅笠《すげがさ》、背中に、

——同行二人《どうぎょうににん》
と、墨でくろぐろと書いてある。

同行二人とは、四国霊場八十八ヵ所を開いた弘法大師空海《くうかい》と、ともに二人連れで聖地巡礼をするという意味である。

お遍路さんの旅は、死と隣り合わせの旅と言っていい。旅の途中で行き倒れる者も多かった。行き倒れた者は、無縁仏として見知らぬ土地に葬《ほうむ》られる。ために、遍路に出る者は、家族と水盃《みずさかずき》をして旅に出た。

才蔵と小糸主従は、お遍路さんにまじって胴の間にすわった。

「揺れますこと」

船が湊《みなと》を離れて間もなく、小糸がおびえたように才蔵を見た。

「たしかに揺れる」

才蔵はあぐらをかき、泰然自若《たいぜんじじゃく》としている。

「風が強いので揺れるのかしら」

「いや、潮だ」

「潮？」

「明石大門は潮の流れが早い。だから、船は木の葉のように揉《も》まれる」

「怖いわ」

と、小糸が供の女と肩を寄せ合った。

「住吉《すみよし》の神にでも祈り、寝ていることだ。寝ていれば、一刻ほどで着こう」

と言った才蔵自身、柱に背中をもたれ、目をつむった。

すぐに寝息をたてはじめる。

(憎らしい人……)

自分だけさっさと寝てしまった才蔵の冷たい横顔を見て、小糸はちょっと拗《す》ねた。ほんとうは、もっといろいろ話をして、船旅の不安をまぎらわせてほしかったのである。

だが、激しい横揺れに、しだいに気分が悪くなり、小糸は供の小娘とともに胴の間に横になった。

眠ろうとするのだが、なかなか寝つかれない。胸のあたりに酸《す》いものがこみあげ、苦しくてたまらない。

船酔いというのであろう。

（いっそ、死んでしまいたい）

とまで思いつめ、海の守り神である住吉の神に一心に救いを乞《こ》うた。供の娘と手を握り合い、苦しさに耐えているうちに、いつしか小糸はうとうと眠ってしまったらしい。

「小糸さま、小糸さま」

という供の娘の声に目をさますと、胴の間の客たちが、ざわざわとざわめきはじめていた。

「もうじき、淡路島の岩屋《いわや》の湊に着くそうです」

「そう」

小糸は身を起こした。

まだ胸のあたりがむかむかする。

ふと横を見ると、柱にもたれていたはずの才蔵の姿がなかった。

「霧山さまは？」

「ついさっき、風に当たってくると言って、外へ出て行かれました」

「私も外の風に当たりたいわ」

と、小糸は小袖《こそで》の襟元を直し、髪の乱れをととのえて立ち上がった。

とたん、足元がふらつき、倒れそうになる。

供の娘があわてて小糸の体を支えた。

「大丈夫でございますか」

「ええ」

小糸は柱や壁につかまりながら、階段をのぼって胴の間の外に出た。

相変わらず風が強い。

だが、胸一杯に外の風を吸うと、船酔いの苦しさが少しは薄らいでいくようである。

才蔵は、船の垣立《かきたつ》につかまり、眼前に迫る淡路島の緑の山陰を見つめていた。

「霧山さま……」

と、駆け寄ろうとした小糸は、才蔵の横顔を見て、

――あっ
と、息を呑《の》んだ。

小糸が思わず声をかけるのをためらうほど、才蔵の横顔が厳しかったのである。

小糸の父の上林徳順も、時として、こういう人を寄せつけぬような恐ろしい顔をすることがある。

(このお方は……)

小糸が立ちすくんでいると、才蔵が気配に気づいて振り向いた。

小糸に向けられた顔は、ふたたび、もとのおだやかな連歌師の表情にもどっている。

「岩屋の湊に着いたら、馬を用意させましょう。今日は洲本《すもと》の城下までまいるつもりだが、それでよいか、小糸どの」

「すべて、霧山さまにおまかせいたします」

一行は、岩屋の湊で船を下りた。

才蔵は岩屋の馬借《ばしゃく》で馬を一頭借り、口取りの小者を世話してもらった。

小糸を馬の背に乗せ、才蔵と供の娘は馬の両脇を歩いた。

その日は、七里半歩いて、淡路島の中ほどにある洲本の城下に入る。

洲本は、
仙石秀久《せんごくひでひさ》
脇坂安治《わきさかやすはる》
と城主が移り変わり、いまは池田忠雄《いけだただかつ》が淡路一国六万石を支配している。

才蔵たちは、旅籠屋《はたごや》、菅瀬兵衛《かんせべえ》方に泊まった。小者には駄賃をはずんでやり、馬を岩屋湊へ帰す。

翌日——。

才蔵は早く宿を出た。

阿波国へは淡路島南端の福良湊《ふくら》から、鳴門《なると》の瀬戸を横切って船で渡る。洲本から福良までは、わずかに五里。

ゆっくり歩いても、陽の高いうちに着けるであろう。

小糸も前日の船酔いが嘘のように、しっかりとした足取りでついてくる。

「小糸どの、あそこで昼飯を食おう」

と、才蔵が杖《つえ》でしめしたのは、立石という集落を過ぎたあたりの、松並木の陰にある茶店だった。

才蔵は草餅《くさもち》と大根の古漬けを頼み、女たちはみたらし団子《だんご》に甘酒を頼んだ。

「そういえば、霧山さまは阿波国へ何をしにまいられるのですか」

運ばれてきた甘酒で喉《のど》をうるおしてから、小糸が才蔵に聞いた。

「阿波徳島の城下に、古くからの友垣《ともがき》がいるのだ。久しぶりに連歌の会をもよおしたいゆえ、顔を出してくれぬかと言ってきた」

「そうでございましたか」

と、小糸は素直に信じたようだが、むろん才蔵の言葉は嘘である。

阿波の徳島へは、愛宕裏百韻を手に入れるためにやって来た。

手下の都鳥の調べで、くノ一の音羽が持っていた愛宕裏百韻の片割れは、阿波徳島藩、蜂須賀《はちすか》家の老臣が、藩主の命《めい》で買い取っていったと分かった。

(阿波の蜂須賀家が、なぜ愛宕裏百韻を……)

才蔵は、大根の古漬けをかじりながら思いをめぐらせた。

阿波徳島藩、蜂須賀家の祖は、木曾《きそ》川の野伏《のぶし》の親玉であった蜂須賀小六正勝《ころくまさかつ》である。

野伏といっても、ただの野盗とはちがう。

美濃、尾張の国境を流れる木曾川の流域で、水運業や博労業《ばくろう》にたずさわっていた、

——川並衆《かわなみ》
と、呼ばれる川筋の者たちの親玉であった。

蜂須賀小六は川並衆をひきいて、ときには尾張織田家についたり、ときには美濃斎藤《さいとう》家についたりして戦場稼ぎをし、自由気ままに生きていた。だが、墨俣《すのまた》一夜城の築城を境に、当時まだ木下藤吉郎《きのしたとうきちろう》と名乗り、織田家の下っ端《ぱ》武将にすぎなかった豊臣秀吉に仕えるようになる。

のち、秀吉の立身出世とともに、小六も出世し、秀吉の天下統一を助けて蜂須賀家の基礎を築いた。

小六の子は家政《いえまさ》。

父と同じく、秀吉に仕えて播《ばん》州竜野《たつの》城主となった家政は、天正十三年（一五八五）の四国攻めののち、阿波徳島に移封され、十七万五千石の領主となった。

豊臣家の恩顧で阿波の領主となった蜂須賀家ではあったが、秀吉の死後、関ケ原合戦が起きると、去就《きょしゅう》に迷った。

（天下の趨勢《すうせい》は徳川方にある。しかし、恩顧ある太閤殿下の遺児、秀頼さまを裏切ること

もできぬ……）

窮した家政は、苦肉の策を講じた。

すなわち、自分自身は豊臣秀頼に阿波の領地を返上すると言って、高野山で出家し、息子の至鎮《よししげ》を徳川方に参加させたのである。

合戦で東軍、西軍、どちらが勝っても、蜂須賀家の生き残りをはかりたいという、野伏の子孫、家政のしたたかな策だった。

結局、関ヶ原合戦は徳川方の勝利に終わり、家政の子の至鎮は、家康からあらためて阿波一国を与えられて徳島藩の藩主となった。

藩主至鎮の夫人は、家康の養女であり、徳川家とのかかわりは他の外様《とざま》藩より濃く、深い。

（その蜂須賀家が、徳川家の命運を握る愛宕裏百韻を手に入れ、いったい何をしようというのだ……）

都鳥の話では、蜂須賀家の老臣が音羽のもとをたずねて来たのは、いまから五年前のことであったという。

徳川幕府の一大名として、世に重んじられているはずの蜂須賀家が、いったいなにゆえに――。

（謀叛《むほん》の志《こころざし》を抱いておるのか……）

才蔵は思った。

それ以外に理由は考えられなかった。

徳島藩の藩主、蜂須賀至鎮は、何かの拍子に愛宕裏百韻の存在を知り、ひそかに徳川家に叛意《はんい》を抱くようになったのではあるまいか。

（蜂須賀家の先祖は、もとは川並衆の親玉だ。徳川幕府、何するものぞという気概を持ったとしても不思議はない）

いずれにせよ、阿波蜂須賀家に愛宕裏百韻の片割れが渡っているのは間違いなさそうである。

才蔵のなすべき仕事はただひとつ、大坂方の猿飛佐助らに先んじて、蜂須賀家の愛宕裏百韻の片割れを奪い去ることであった。

四

茶店で腹ごしらえをすませた才蔵は、女連れのためゆるゆると福良の湊《みなと》をめざした。今夜は淡路島南端の福良で休み、阿波へ渡る船には明朝乗ればよい。

歩いているうちに、小糸の供の小娘が草鞋《わらじ》ずれを起こし、足を痛めた。

「よい薬がある」

才蔵は伊賀秘伝の傷薬を取り出し、娘の足に擦り込んでやった。ガマの油に当帰《とうき》、蓬《よもぎ》、地黄《じおう》、南天《なんてん》を混ぜて作った膏薬《こうやく》で、傷に塗れば、痛みと出血がたちどころに止まる。

「何から何まですみませぬ」

小糸がすまなそうな顔をした。

「これしきのこと、気にすることはない。京では上林どのに、いろいろと世話になっている」

小糸はつゆ知らないが、上林徳順は才蔵の雇い主である。雇い主の息女主従を粗略にあつかうことはできない。

才蔵が道端で傷の手当をして立ち上がると、後ろから、四国遍路の一行がやって来た。杖をつき、黙々と歩いて、才蔵たちの横を通り過ぎていく。

腰の曲がった老人もいれば、女子供もいる。

「われらも参ろうか」

菅笠《すげがさ》の端を持ち上げた才蔵は、いましも横を擦り抜けようとしたお遍路さんの一行の男の一人と目が合い、瞬間、

（む……）

と、体をこわばらせた。

男は、ほかの者と同じ白装束を着ていた。体つきも中肉中背で、とくに目立ったところはない。

だが、肌の色が崑崙人《こんろんじん》（マレー人）もかくやとばかりに黒く、その真っ黒な、起伏の少ない顔の奥で、細い目ばかりが炯々《けいけい》と憎しみに満ちた光を放っている。

（甲賀者か）

と、一瞬思ったが、それにしては表情に、あからさまな憎悪があふれすぎている。男の刃物のような視線は、明らかに才蔵ひとりに向けられたものだ。

たとえ、才蔵を消せとの命令を受けているにせよ、猿飛佐助配下の甲賀者であったら、もっと敵意を才蔵にさとられぬように押し隠しているはずである。

才蔵と男が視線を合わせたのは、ほんの瞬《また》きするほどのわずかなあいだにすぎない。男は、それきり振り返らず、遍路の一行とともに道を福良のほうへ向けて遠ざかってゆく。

（何者だ……）

才蔵は、男の後ろ姿から目を離すことができなかった。

むろん、その男が洛北妙蓮院の庭で、おのれをじっと見張っていたことなど知るよしもない。

――殺してやる……。やつが四人目だ。

と、つぶやいた男の呪詛《じゅそ》の言葉も知らない。

ただ才蔵は、おのれの全身が鳥肌立っているのに気づき、慄然《りつぜん》とした。背筋を言い知れぬ悪寒《おかん》が走る。

これまでに経験した幾多の戦いのなかで、才蔵は、一瞬目を合わせただけで、おのが背筋に戦慄《せんりつ》を走らせるほどの相手に出会ったことがない。

（やつは、おれのあとをつけてきたのか。やつが大坂方の忍びでないとすれば、いったい何者……）

才蔵の悪寒は去らない。

「どうなさいました、霧山さま」

才蔵が堅い顔をしているのを見て、小糸が声をかけてきた。

「いや、何でもない」

「顔色がお悪いようですが」

「気のせいだ。それより、先を急ごう」

才蔵は意識して街道を脇道へそれ、遍路の一行に加わっていた男とふたたび遭遇するのを避けた。

男が何者であるにせよ、できるだけ遠ざかっておくに越したことはない。

遠回りして日没前にたどり着いた福良の湊でも、才蔵はあえて、町はずれの塩問屋の屋敷に金を払って宿を借り、遍路の一行とは同宿にならぬよう細心の注意を払った。

その夜、塩問屋の離れ座敷で才蔵と小糸は夕食をとった。

鳴門鯛《だい》の刺し身や塩焼き、潮汁《うしおじる》が出た。

食事のあと、

「明日はいよいよ、阿波国でございますね」

小糸がふと寂しげに顔をうつむけた。

才蔵は、今日一日、遍路姿の男のことばかり気にしていたが、小糸は小糸で、才蔵との道中がもうすぐ終わってしまうことを名残惜《なごりお》しく思っていたようである。

「短いあいだでしたけれど、霧山さまとご一緒に旅ができて、小糸はとても楽しゅうございました」

「………」

才蔵は自分の隠密行に娘を利用していることを思い、少しばかり、良心のとがめを感じた。

「小糸どのの婆やどのは、徳島のご城下ではなかったな」

「はい、楼間《さくらま》の里にございます」

「楼間の里？」

「吉野川を二里ばかり遡《さかのぼ》ったところにございます」

「では、明日はお別れだな」

「京へもどったら、またお会いできましょうか」

「人と人とは一期《いちご》一会《いちえ》」

「………」

「ふたたび会えるかどうかなど、約束できぬということだ」

才蔵は突き放すように言った。

小糸の顔が哀しげな色に沈んだ。

娘が自分に好意を持ちはじめていることは、才蔵もいつしか気づいていた。だが、茶師の娘と自分では、成らぬ恋に終わることは最初から分かっている。

しかも、小糸が好意を寄せているのは、伊賀の忍びとしての才蔵ではない。連歌師、霧山孤舟である。小糸が、闇に生きる才蔵のまことの姿を知ったとき、いったいどう思うか——。

（おれが優しくすればするほど、小糸どのは深く傷つくであろう……）

冷たくするのは、才蔵なりの娘に対する思いやりでもあった。

翌朝——。

才蔵たちは夜明けを待って、福良の湊から漁師舟に乗った。

五人もすわればいっぱいになるほどの木の葉のような小舟であるから、ほかの客は乗っていない。

鳴門の瀬戸は、渦潮《うずしお》で名高い。

——門《と》の間《あいだ》十七、八丁。大海より満ち来る潮も、中国の海より干《ひ》る潮も、満干ごとに此《この》門《と》に集まれば、潮の早きこと矢のごとく、水勢の強きこと盤石《ばんじゃく》の転倒《ころぶ》にたとへんもさらなり
と、『阿波名所図絵』も、鳴門の渦潮の奇観をしるしている。

熟練した舟人は、小舟をたくみにあやつり、轟々《ごうごう》と音を立てて流れる真っ青な大渦のまわりを櫓《ろ》を漕《こ》いで進んでゆく。

女二人は恐怖のあまり、顔を両手でおおったまま、声も出ない。

「渦に巻き込まれることはないのか」

才蔵が聞くと、

「渦に巻き込まれるようなやつは、鳴門の漁師じゃねえ」

舟人は胸を張り、強く櫓を漕いだ。

第五章　蜂須賀《はちすか》の秘宝

一

小糸たちと吉野川のほとりで別れた才蔵は、徳島の城下へ入った。

(これが徳島城か……)

才蔵は濠端《ほりばた》の向こうの城を見上げた。

城の石垣が、蒼《あお》い。

徳島城の石垣は、吉野川の上流で切り出された青石を使って築かれているため、蒼ずんで見えるのである。

石垣の上には、月見櫓《つきみやぐら》、太鼓櫓《たいこ》、多門櫓《たもん》がつらなり、城が築かれた細長い丘陵の東端に白亜《はくあ》の天守閣がそびえ立っている。

城の北を助任川、南側を寺島川が流れていた。

徳島へ入った才蔵は、真っ先に城下の伊賀町をたずねた。

伊賀町には、先代家政が雇い入れ、徳島藩伊賀組として編成された伊賀者、十八家が住んでいる。

彼らはいずれも、

柘植《つげ》

坂田《さかた》

服部

など、北伊賀の忍家の姓を名乗る者たちであった。

才蔵がたずねたのは、瑞巌寺《ずいがんじ》の東にある伊賀組長屋の松尾作左衛門《まつおさくざえもん》宅である。松尾家は、才蔵の生家の福地家と同族であり、伊賀と阿波に分かれていながら、たがいの行き来もあった。

才蔵が長屋に顔を出すと、

「おお、仕事で来たか」

瘦《や》せて貧相な風貌《ふうぼう》の松尾作左衛門は、さしておどろきもせずに才蔵を迎えた。まだ四十歳を一つか二つ越えたばかりのはずだが、肌が皺《しわ》ばんでいるために、六十過ぎの老人のように見える。

作左衛門も忍びである。才蔵が伊賀からはるばる何のためにやって来たのか、聞かずとも見当がつく。

作左衛門は、ちょうど内職の竹人形を削っていた。

「蜂須賀の殿さまは、意外と吝嗇《けち》での。われら伊賀組の俸禄《ほうろく》は、わずか三人扶持《ぶち》八石《こく》。内職でもせねば、とても食ってゆけぬのじゃ」

小刀でザクリと竹を削った作左衛門は、渋い顔で言った。

「ひとつ、頼みがある」

と、才蔵は袖《そで》の袂《たもと》からずしりと重い紙包みを取り出し、作左衛門の膝元《ひざもと》に置いた。

「金か」

作左衛門は小刀を動かす手を止め、ちらりと紙包みを盗み見た。

「頼みとは何じゃ」

「徳島城のことについて聞きたい」

才蔵が声を低めて言うと、作左衛門は目をギロリと剝《む》き、

「おぬし、お城に忍び込むつもりか」

「ああ」

「聞かれたことには答えるが、一緒に城に忍び込んでくれなどと言われても困るぞ。曲がりなりにも、わしは蜂須賀公から禄をもろうておる身じゃ。わし自身が動くことはならぬ」

「分かっている」

「ならば、よし」

作左衛門は紙包みをつかんで、ふところに捩《ね》じ込んだ。

もともと伊賀国の小土豪であった伊賀者は、戦国乱世が終わり、江戸時代になると徳川幕府をはじめ、諸藩に伊賀組として仕えるようになっていた。

この伊賀組、もとは同郷であるうえに、血縁でも結ばれていたため、仕える藩はちがっても、たがいに横のつながりがあった。多少のことなら融通をきかせ、情報を交換しあうこともある。主君への忠誠心は最初から薄いから、よほどの重大事以外は洩《も》らしても何とも思わない。

作左衛門も、藩公への忠義よりも金のほうが大事なくちである。

「では聞くが、おぬし、愛宕裏百韻というものを知っているか」

才蔵は単刀直入に切り出した。

「愛宕裏百韻?」

「うむ」

「知らぬな」

「ほんとうか」

「嘘は言わぬ。そのようなもの、聞いたこともない」

「蜂須賀家に、連歌の巻物が伝わっているというような話はどうだ」

「ないな。わが蜂須賀公には、連歌の趣味などはないはずじゃ。しかし、それが何か」

「いや」

作左衛門が嘘を言っているようには見受けられなかった。おそらく、徳島藩のなかでも、愛宕裏百韻の存在を知っている者は、ごく限られた老臣たちだけなのであろう。

「もうひとつたずねる」

才蔵は作左衛門の目を見つめ、

「蜂須賀家の重宝をおさめた蔵は、城のどのあたりにある」

「それが本題じゃな」

ニヤリと笑うと、作左衛門はすっと後ろへ身を引いた。

竹を削っていた小刀を、いままで自分がすわっていた破《や》れ畳にズブリと突き立てる。小刀を握った手首を軽く返すと、畳がめくれ上がった。

作左衛門は、畳の裏から折りたたまれた一枚の紙きれを取り出す。

畳をもとにもどし、紙切れを広げながら作左衛門が言った。

「城の絵図じゃ」

「おぬしが作ったものか」

「ふむ」

才蔵は身を乗り出し、絵図を見た。

図には、城の水濠《みずぼり》、門、櫓《やぐら》、御殿の位置などが、詳細に書き込まれている。

「これは」

と、才蔵が目をとめたのは、城の本丸にはじまり、二の丸を通って、さらに城下の神社の境内とおぼしき場所にまで抜けている一本の朱の線であった。

「城の抜け穴だな」

「うむ」

と、うなずきながらも、作左衛門は渋い顔を才蔵に向け、

「ただし、この抜け穴は使ってくれるな」

「なぜだ」

「城に忍び入ったくせ者が、抜け穴を使ったと知れれば、抜け穴の存在を知っている伊賀者が疑われる。それでは、困るでな」

「では、聞かなかったことにしよう」

忍びのあいだの情報交換にも礼儀がある。

作左衛門に、いらざる迷惑をかけることはできない。むろん、抜け穴を通れば城へ忍び込むのは簡単だろうが、たとえ抜け穴を使わずとも、城へ入り込んでみせる自信が、才蔵にはあった。

「で、重宝をおさめた蔵はどこに？」

才蔵が聞くと、

「ひとつはここだ」

と、作左衛門が指先を絵図の上に置いた。

「藩主の御殿ではないか」

「そうじゃ」

作左衛門はうなずき、

「御殿の裏手に、蔵がある。その蔵に、家祖蜂須賀小六正勝公愛用の左卍紋紺糸縅《ひだりまんじもんこんいとおどし》鎧《よろい》、梨地螺鈿《なしじらでん》の鞍《くら》、十文字槍《やり》、さらに戦陣錫丈《せんじんしゃくじょう》などがおさめられている」

「その戦陣錫丈とは何だ」

「蜂須賀家の家祖、小六公ゆかりの品じゃ。もとは小六公が尾張で造らせた地蔵像の手にあったものだが、小六公がその錫丈を戦場に持ち出して以来、出陣のさいには必ず本陣に置いて、戦勝を祈願するのが蜂須賀家の定めとなっておる」

「蜂須賀家の陣中守りのようなものだな」

「まあ、そんなところだ」

作左衛門は、さらに絵図の少し離れたところを指さし、

「ほかには月見櫓《つきみやぐら》に、花鳥風月六曲屏風《びょうぶ》などの屏風類や能衣装、茶道具などがしまってある」

「天守のなかはどうだ」

才蔵は絵図の中央をしめして聞いた。

「ああ、あそこには目ぼしいものはほとんどないな。一階が米蔵、二階が槍や陣笠《じんがさ》、鉄砲などの武具置き場になっている。最上層の三階に太閤拝領の火伏《ひぶ》せの板戸があるが、あんなものを盗んでも何にもなるまい」

「火伏せの板戸？」

「家祖小六正勝が、伏見《ふしみ》城築城に尽力した褒美として、太閤秀吉公からもらったものだそうだ。火伏せに験《げん》があるとかで、天守に祀《まつ》られ大事にされている」

「なるほど……」

作左衛門の話を聞きながら、才蔵は城の見取り図のあらましを、しっかりと頭のなかに刻み込んだ。

「城に忍び込むのはよいが、才蔵」

と、作左衛門は絵図をたたみ、

「あまり大きな騒ぎは起こしてくれるなよ。城で騒ぎが起こって呼び出されれば、役目柄、おぬしと闘わねばならぬ」

「分かっている」

才蔵は作左衛門の家を辞去し、その日、陽が暮れ落ちるまで、城下の東光寺《とうこうじ》の屋根裏で深い眠りに落ちた。

二

才蔵は、あたりがすっかり闇につつまれてから起き出した。

麻袋のなかから兵糧丸《ひょうろうがん》を取り出し、腹ごしらえをする。

兵糧丸は、忍びの携帯食糧で、餅粉《もちこ》、麦粉《むぎこ》、人参《にんじん》、甘草《かんぞう》、鰹《かつお》、鱒《ます》の白干《しらぼし》、梅肉、鶏卵《けいらん》、松の甘肌などを粉末にしたものに水を加えてこね、直径一・五センチほどに丸くかためたものである。兵糧丸を一日に二、三粒ずつ食すれば、食糧の調達がむずかしい山中でも、ゆうに十日は飢えをしのぐことができるといわれている。

腹ごしらえをすませた才蔵は、蘇芳色の上着と伊賀袴《ばかま》に着替えた。

襟の裏に手裏剣、左胸の内側に胴鏡、右胸にはシコロ（携帯用ノコギリ）、腰に鉤縄《かぎなわ》、さらに撒《ま》き菱《びし》や目潰《めつぶ》し、炮烙玉《ほうろくだま》、苦無《くない》などの入った忍び袋も装着する。

右手の中指には、格闘の際に使う鉄の角手《かくて》をはめた。

最後に、松尾作左衛門に頼み込んで買い取った黒鞘《くろさや》の忍刀《にんとう》を、背中にしっかとくくりつける。

野犬が遠吠《とおぼ》えする声を彼方《かなた》に聞いて、才蔵は寺の屋根から舞い下り、城下へ忍び出た。

新月《しんげつ》の晩である。

月はない。

城へ忍び込むには、ちょうどおあつらえむきの闇夜だった。

寝静まった町を影のように走り、才蔵は城へ向かった。城下を流れる新町川にかかる橋を渡り、複雑に入り組んだ町の辻々《つじつじ》を幾度か曲がると、城の濠端へ出る。

満々と水をたたえた濠が、暗闇に沈んでいた。

水濠の向こうは高さ三丈（約九メートル）ばかりの石垣。その上に白壁がつらなり、重い沈黙をみせている。

柳並木のつづく濠端《ほりばた》をしばらく走った才蔵は、

(あれか……)

と、足を止めた。

石垣の上に、二階建ての堂々たる櫓があった。

城の南東に位置する月見櫓である。

月見櫓から西に向かって多門櫓がつづき、その先は、三重の太鼓櫓になっている。

才蔵は周囲を見まわし、人気《ひとけ》がないことをたしかめると、用意してきた水蜘蛛《みずぐも》を取り出した。

水蜘蛛は木の枝を紐で結《ゆ》わえたもので、広げると直径一尺六寸(約五〇センチ)ほどの円形の枠になる。忍者はそれを足の裏につけ、水の上をミズスマシのように歩いて渡る。

慣れない者だと平衡《へいこう》を失って濠を渡るどころではないが、才蔵ほどの熟達した忍者になれば、まったく足を濡《ぬ》らすことなく、滑るがごとく水上を歩くことができる。

才蔵は水蜘蛛を使い、濠を渡り切った。

向こう岸の石垣に取りつき、腰の鉤縄《かぎなわ》をはずして頭上へさっと投げ上げる。縄がヒュルヒュルと伸び、先端についた鉄鉤が白壁の上の瓦《かわら》をガッと嚙《か》んだ。

(よし……)

手元の縄を引いて感触をたしかめた才蔵は、縄を伝って石垣をよじのぼり、白塀の上へのぼりついた。

塀の上から、すぐ横にある月見櫓の一階の屋根に跳び移ると、目の前に太格子を嵌《は》め込んだ窓があった。

櫓の二階部分の窓である。

才蔵は忍び袋からシコロを取り出し、音を響かせぬように用心しながら、太格子を一本だけ切り落とした。

格子を一本切れば、隙間からやすやすと侵入することができる。忍びは、親指をついて人差し指でぐるっと円を描くほどの穴さえあれば、肩骨の関節をはずしてどこでも潜《もぐ》り込むことが可能なのである。

才蔵は櫓のなかへ入った。

暗い。

闇を透かしてあたりを見まわした才蔵は、思わず、

——あッ
と、声を上げそうになった。

(これは……)

足元に人が倒れている。

陣笠をかぶり、卍紋《まんじもん》のお貸し具足《ぐそく》をつけた蜂須賀家の番卒であった。床に、番卒の持っていたものとおぼしき、白木《しらき》の六尺棒がころがっている。

才蔵は足音を忍ばせて番卒に近づくと、息をうかがった。

(死んでおるな)

念のために、番卒の体を起こしてみたところ、身につけた胴丸と草摺《くさずり》のあいだから、おびただしい出血があり、床に黒い血だまりができていた。

指で触れてみると、血は固まりかけている。

(殺《や》られてから、半刻《とき》といったところか……)

死体のほのかなぬくみと、血の固まり具合を見て、才蔵は判断した。

まわりを見ると、櫓《やぐら》のなかは明らかに人の手で荒らされた形跡があった。唐櫃《からびつ》や手文庫のなかに、蓋《ふた》がはずれているものがある。桐の箱から茶道具がはみ出し、花鳥風月を描いた六曲の屏風《びょうぶ》が斜めに傾いていた。

誰か自分より先に、月見櫓に忍び込んだ者がいるのである。

(ただの盗賊ではあるまい)

才蔵は思った。

金目当ての盗賊であれば、高価な茶道具類を残していくはずがない。番卒の胴丸と草摺のあいだを刺した手口も、あまりにあざやかすぎる。

(愛宕裏百韻を狙って、誰かが忍び入ったか……)

その者は、月見櫓で愛宕裏百韻を探しているうちに番卒に見つかり、騒ぎにならぬよう口を封じたにちがいない。

(もしや、猿飛佐助ではあるまいか)

才蔵は、東山の草庵《そうあん》で自分を襲ってきた佐助の猿に似た顔を思い出していた。

愛宕裏百韻の存在を知り、狙っているのは、徳川方の意を受けた才蔵自身か、もしくは豊臣方の真田幸村に仕える猿飛佐助の一党だけである。

彼らもまた、手蔓《てづる》をたどり、蜂須賀家に愛宕裏百韻が渡った事実を突き止めたとしても、不思議はない。

（城に忍び入ったのが猿飛とすれば、厄介《やっかい》なことになる……）

才蔵はひととおり、月見櫓の蔵をあらため、愛宕裏百韻らしき巻物がどこにもないのをたしかめると、階段を伝って一階へ下りた。

誰もいない。

外へ出て戸口を調べてみると、櫓から外へ通じる錠前がはずされている。乱暴な開け方ではなく、釘《くぎ》一本を使って巧妙にはずされた形跡があった。

（ますます、猿飛の匂いがするな）

さすがの才蔵も焦りを感じた。

すでに、先客は蔵から愛宕裏百韻を奪い去り、城の外へ逃げ出してしまっているかもしれない。

とすれば、才蔵は一歩違いで、敵に愛宕裏百韻をさらわれたことになる。

（いや。まだ分からぬ……）

才蔵は自分以外の侵入者が、まだ城のなかにとどまっているような気がした。

直感である。

ただの勘にすぎないが、ぎりぎりまで感性を研《と》ぎすませた忍びの勘は、奇妙なほどよく当たる。

(急がねば)

才蔵は桜馬場《さくらばば》の塀に沿って走り、城主蜂須賀至鎮が起居する三の丸の御殿へ向かった。

月見櫓から三の丸御殿までは二町。

御殿の裏手にある蔵へ直行すると、やはり扉の錠前が破られている。

(まだ、蔵のなかに身をひそめているかもしれぬ)

才蔵は、背中の忍刀をすらりと引き抜き、蔵の扉をあけた。

なかを見渡すと、月見櫓と同様、蔵には物色した跡がある。ただし、人の姿はない。才蔵は蔵へ入ってざっと調べてみたが、やはり愛宕裏百韻は見つからなかった。

(残るは天守だけか……)

天守は御殿の真裏にそびえ立っている。

敵がすでに愛宕裏百韻を手に入れて逃げ去ってしまったにせよ、まだ目的を達せずにいるにせよ、とにかく才蔵は城の天守へ行ってみねばならなかった。

才蔵は、人目につく石段は使わず、山の茂みをかき分けながら、天守へつづく急斜面をのぼった。

湿った風が吹き、ぽつりぽつりと降りだした大粒の雨が、忍び頭巾《ずきん》の頭を、頬を濡らした。

春先の雨である。

なまあたたかい。

雨が本降りにならないうちに、才蔵は城の天守にたどり着いた。

徳島城の天守は三層である。近くで見ると、下で見上げているより、ずいぶんこぢんまりとしている。

入り口に、見張りの姿はない。

錠前はあいていた。

やはり、何者かの手ではずされている。

才蔵は忍刀を右手に構えつつ、背中をたわめて天守に足を踏み入れた。

と、いきなり――。

「来たか、才蔵」

一階の闇のなかから、声が湧き上がった。

墨を流したような闇にへだてられているので、さすがの才蔵も相手の姿を見定めがたいが、その声に聞き覚えがある。

「猿飛だな」

「ふふ、妙なところで再会した」

向こうからは、入り口近くにいる才蔵の姿がよく見えているらしい。

三

才蔵は左手を襟元にやると、抜く手も見せず、手裏剣を放った。

ビュッ
と、手裏剣が空を切り、闇に吸い込まれる。

「効《き》かぬぞ」

別の方向から、佐助の声がしたと思った瞬間、ヒョウと音を立てて飛んできたものがある。

(吹き矢か……)

才蔵は、とっさに身をかがめてかわした。

「おぬしも愛宕裏百韻を探しに来たか」

佐助が言った。

今度は、上の方で声がする。

「では猿飛、やはりおぬしも……」

「聞くまでもあるまい」

佐助の声は、喋《しゃべ》るたびに違う位置から発せられている。

これは、刻々と居場所を変えているのではなく、おのれは安全な場所に身を置きながら、忍び独特の特殊な発声法を使って、さも居場所を移っているように見せかけているのである。

（惑わされてはならぬ……）

才蔵は、佐助の声を聞かぬようにした。

「よい機会だ。ここで決着をつけようではないか、霧隠」

「…………」

「術比べをして、勝ったほうが愛宕裏百韻を手に入れる。それでどうじゃ」

「…………」

才蔵は、猿飛佐助の声を聞かず、ただ闇のなかの気配だけを探った。

（どこだ。どこにいる……）

つづけざまに、
ヒョッ
ヒョッ
と、吹き矢が飛んで来た。

才蔵は右へ、左へとかわす。

「よくぞ、かわした」

またしても、吹き矢が飛んで来たのとは、まったく逆の方向から、猿飛佐助の嘲弄《ちょうろう》するがごとき声が響く。

だが、才蔵は耳に入れない。

全身の神経を集中させる。

心臓の脈打つかすかな音を闇の中に聞き分けた。

(そこだッ!)

才蔵は闇を走った。

忍刀を寝かせ、天守の上層へとつづく階段をダッと駆け上がりざま、逆袈裟《さけ》に斬り上げる。

手ごたえがあった。

ガッ
と、金属を斬ったような固い手ごたえである。

才蔵は階段を跳びすさった。

「まいった」

階段の上で佐助の声がした。

今度は見せかけではなく、生身の佐助がそこに立っている。

「おぬしの勝ちじゃな、霧隠才蔵。忍び装束の下に鎖帷子《くさりかたびら》を着込んでいたからいいようなものの、さもなければ胴を一刀両断されておったわ」

佐助は、闇のなかで笑っているようであった。その小柄な五体から、殺気が潮《うしお》のように引いている。

「猿飛、おれをなぶるか。これしきのことで勝負あったとは、とうてい本心とは信じられぬ」

才蔵はなおも、警戒心を解いていない。

うまい言葉で人を油断させておいて、その隙に逆襲に転じるのは、いかにも使い古された手である。

「たしかに、肚《はら》の底では負けたとは思っておらぬ」

意外にも、素直に佐助がみとめた。

「それみよ」

才蔵は階段の闇を見上げた。

「待て、霧隠。これ以上、争うても無駄じゃ」

「無駄ということがあるか。勝負に勝ったほうが愛宕裏百韻を手に入れると、おのれの口で申したばかりではないか」

「その肝心の愛宕裏百韻が、ここにはない」

「なに……」

「明かりをつけるぞ」

猿飛佐助は携帯用の袖火《そでび》から火を移し、蠟燭《ろうそく》に明かりをともした。

明かりに照らされ、小柄な猿飛佐助の姿が階段の途中に浮かび上がる。忍びがみずから敵に身をさらし、所在を明らかにするとは、闘いの放棄を身をもって宣言した以外の何ものでもない。

「これで分かったか。わしはおぬしと、やり合う気はない」

「とりあえず、信じよう」

才蔵は、忍刀を背中の鞘《さや》におさめた。

「愛宕裏百韻がここにないとは、どういうことだ」

あらためて、才蔵は佐助に聞いた。

「ないものはないのじゃ。おぬしもすでに知っていようが、わしは月見櫓《つきみやぐら》、御殿の蔵、そしてこの天守と、城中で愛宕裏百韻が隠されていそうな場所を、ことごとく探ってみた。しかし……」

「巻物はどこにもなかったのか」

「うむ。徳島藩の藩主蜂須賀至鎮《よししげ》は、天下に風雲を起こさんものと愛宕裏百韻の片割れを手に入れたはいいが、途中で幕府に逆《さか》らうのが恐ろしくなり、あっさり手放してしまったのかもしれぬ。よって、愛宕裏百韻探しは、また一からやり直しじゃ」

「あきらめるのは、まだ早い」

才蔵は、じっと佐助を見返した。

「しかし、巻物のありそうな場所は、このわしが隅から隅まで探したのじゃぞ」

「見落としたところはないか」

「当たり前じゃ」

むっとしたように佐助が言った。

「おぬしが来る前に、天守のいちばん上まで隈《くま》なく見てまわったが、三階には金蒔絵《きんまきえ》の板戸があるだけだったわい」

「金蒔絵の板戸……」

才蔵は眉間《みけん》に皺《しわ》を寄せ、闇を睨《にら》んだ。

「それは、もしや、蜂須賀家の家祖小六正勝が、太閤秀吉より拝領したという火伏せの板戸のことか」

「そのような由緒《ゆいしょ》を持つものであるやもしれぬ。しかし、板戸は板戸。巻物とは何の関係もあるまい」

「そうであろうか」

「くどいな」

「だったら、おぬしは去《い》ね。おれは上へ行ってたしかめてみたいことがある」

才蔵は言うと、佐助の脇を擦り抜け、天守の急な階段を駆けのぼった。

たちまち、三階へ出る。

天守の三階は、二十畳ほどの広さの板の間になっていた。

「どうじゃ、何もあるまい」

あとからのぼって来た猿飛佐助が、蠟燭の火で広間を照らしながら言った。

「城の者に騒がれぬうちに、早々に退散することじゃ……」

「火伏せの板戸は、あれに入っているのか」

佐助の言葉を途中でさえぎり、才蔵は広間の奥にある黒漆塗りの平たい箱を指さした。

箱は、縦が一間(約一・八メートル)あまり、横が半間ほどの大きなものである。

「ああ、あの箱のなかに板戸が入っておる」

「板戸を箱から取り出す。猿飛、手伝え」

「人に去ねと言ってみたり、手伝えと命じてみたり、勝手な男じゃな」

「つべこべ抜かすな」

才蔵は箱の蓋《ふた》をあけ、佐助の手を借りて重い板戸を箱から取り出した。

火伏せの板戸は、左右二枚で一組。

豪奢《ごうしゃ》な金蒔絵の板戸が、蠟燭の光を吸ってまばゆいばかりの輝きを放つ。

板戸の図柄は、二枚つづきで、川べりの風景を描いたものだった。柳が枝を垂れ、空に居待《いまち》の月がのぼっている。

岸辺に護岸の蛇籠《じゃかご》が描かれ、その横で水車がまわっているところを見ると、板戸の絵は淀川の景色を写したものであろう。

いかにも太閤秀吉好みの、華やかな桃山の気風があふれた図柄である。

「みごとなものだ……」

才蔵はしばし、床に並べた金蒔絵の板戸に見惚《みほ》れた。

「ふん」

と、佐助が鼻を鳴らした。

「ばかばかしい。おぬしは、絵を眺めるために阿波までやって来たのか」

「…………」

才蔵は、佐助を無視して床に置いた板戸のそばにかがみ込んだ。板戸の端を持ち上げ、指でトントンとたたいてみる。

「おい、何をしている」

「黙っておれ」

才蔵はもう一枚の、月の絵が描かれたほうの板戸を持ち上げ、同様に、トントンとたたいた。

軽い、響くような音がする。

(これだ……)

才蔵は手裏剣を取り出すや、刃の切っ先を板戸と枠のわずかな裂け目に差し込んだ。クイと切っ先をひねり、板戸から枠をはずす。

枠を取り去って横からのぞいてみると、才蔵が睨んだとおり、板戸は一枚板の内部がくり抜かれ、空洞になっていた。

そのわずかな隙間に、細長い紙切れがはさんである。

才蔵は、紙切れを破らぬように注意しながら、空洞のなかから引き出した。

(これが、愛宕裏百韻か……)

才蔵は古色《こしょく》を帯びた紙切れを見つめた。

四

もとは、一巻の巻物であったのであろうが、板戸に隠すために細長くのばされ、しかも下半分が切り取られている。

薄い墨で書きつらねてあるのは、連歌であろう。

が、下半分が切り取られているために、歌を読み取ることができないばかりか、詠者の名前もたしかめることができない。

(ともかく、これが、くノ一音羽が持ち去った愛宕裏百韻の片割れであることは間違いない)

才蔵は紙切れをくるくると手元で巻いた。

巻き終わったとたん、蠟燭《ろうそく》の火がふっとかき消えた。

その刹那《せつな》——。

才蔵の手から、いきなり愛宕裏百韻が浮かび上がった。宙をすっと横に飛び、暗闇のなかに消え失《う》せる。

「愛宕裏百韻、たしかにいただいたぞ」

広間の隅のほうから佐助の声が響いた。

鉤《かぎ》のついた細い天蚕糸《てぐす》でも投げつけ、佐助が愛宕裏百韻を手元に奪い取ったのであろう。

「猿飛、おぬし……」

「甘かったな、霧隠。しかし、愛宕裏百韻のありかをよくぞ探し当ててくれた。礼を言うぞ」

声のする方向から十字手裏剣が放たれた。

わっと才蔵が跳びのいた隙に、佐助が天守の階段を駆け下りる音がした。

才蔵は追った。

階段をどっと駆けくだる。

しかし、才蔵が天守の一階に達したときには、猿飛佐助の姿はどこにもなかった。すでに、天守の外に逃げ去ってしまったあとらしい。

（すばしっこいやつめ……）

外の闇を見つめる才蔵の双眸《そうぼう》に、落胆の色はなかった。

才蔵は薄く笑うと、ふところから巻紙を取り出した。火伏せの板戸のなかから見つけ出した、愛宕裏百韻である。

（うまくいったな）

じつは、こんなこともあろうかと、蠟燭の火が消えた瞬間、才蔵はふところに入っていた懐紙と愛宕裏百韻をすり替えたのだ。

佐助はそれと知らず、才蔵の手元にあった懐紙を愛宕裏百韻と思い込んで奪い去っていった。

(猿飛もばかではない。途中で気がつくだろう。やつが引き返して来ぬうちに、一刻も早く城を立ち去らねば……)

才蔵は愛宕裏百韻を油紙に包み、忍び装束の左胸の内袋におさめた。

外へ出ると、雨が激しくなっていた。

雨に打たれながら、才蔵はもと来た道をたどって城下へ引き返した。

横歩きで北へ向かう。

忍者は、よほど火急の場合のほかは、走るということをしない。走れば体力を消耗し、いざ闘いとなった場合、疲れきって息が上がり、対等に勝負することができない。

そのため編み出されたのが、忍び独自の歩法、

——横歩き

である。

横歩きとは、文字どおり、横向きで歩くことだ。蟹《かに》のように横を向いて歩いていては、スピードが出ないのではないか——と、思われるだろうが、さにあらず。じっさいにやってみるとよく分かるが、普通に歩くよりもはるかに速い。しかも、足運びがつねに流れるようになめらかになり、腰の高さが一定でぶれることがない。

古伝によれば、忍びの者は、横歩きをしながら屯食《とんじき》(握り飯)や香の物を食い、さらに味噌汁《みそしる》まですすったといわれる。

才蔵は徳島の城下を抜け、吉野川のほとりへたどり着いた。

あいかわらず、雨脚が激しい。

しぶきのせいで、川面《かわも》が白くかすんでいる。

見ると、川岸に小舟が二艘《そう》つながれていた。客を乗せて対岸へ渡るための渡し舟である。

真夜中のこととて、渡し舟の近くに船頭の姿は見えない。

才蔵は渡し舟に近づくと、二艘のうちの一艘の綱を切り、川下へ流した。残る一艘を川に押し出して飛び乗り、対岸めざして櫓《ろ》を漕《こ》ぎだす。

一艘の舟を流したのは、追っ手を岸で足止めするためである。

(舟がなければ、いかに佐助でもすぐには追いついて来れまい……)

才蔵は櫓を漕ぐ手を速めた。

川の流れは速い。

水嵩《みずかさ》も多い。

しっかり櫓を漕がねば、ともすれば下流へ押し流されそうになる。

雨のとばりを裂き、舟が川のちょうど真ん中あたりに差しかかったとき――。

いきなり、舟が横にぐらりと揺れた。

(何だ……)

と思っていると、今度は反対側へ大きく傾く。

足を踏ん張ったとたん、舟がもう一度揺りもどされ、そのままぐわっと横倒しに引っ繰り返った。

舟の上に立っていた才蔵の体は、どっと川に投げ出され、水中深く没する。

まだ春は浅い。

川の水は切るように冷たかった。才蔵はとっさに櫓を離し、両手で冷たい水をかいた。

川面に浮かび上がる。

目の前に、転覆した渡し舟が舟底を上にして浮かんでいた。

舟も、いや才蔵も、木の葉のごとく下流へ押し流される。

(くそッ!)

才蔵は抜き手を切って泳ぎ、舟の舳先《へさき》に取りすがった。

才蔵にもわけが分からない。岩にぶつかったわけでもなく、櫓の操作をあやまったわけでもない。

(何があったのだ)

流れに呑《の》み込まれまいと、必死に舳先にすがっていた才蔵は、おのれの足を、何者かが水中からつかむのを感じた。

凄《すさ》まじい力で、ぐいぐいと水のなかへ才蔵を引きずり込もうとしている。

才蔵は舟につかまってこらえた。だが、ついにこらえ切れず、冷たい川の底へ引きずり込まれる。

視界いっぱいに、昏《くら》い水の色が広がった。

（いったい何が……）

才蔵は下を見た。

何も見えない。

身をかがめた才蔵は、足をつかむ何者かに向かって逆につかみかかった。

向こうも足を離し、才蔵の襟首につかみかかってくる。

水中で組み討ちになった。

才蔵は相手の脇腹を指にはめた角手で殴ったが、敵はひるまない。かえって、才蔵の襟首をつかんだ腕に力を込め、絞《し》め上げてくる。

才蔵は息が苦しくなった。

水面に上がろうともがいた。膝蹴《ひざげ》りをくれる。

だが、敵は離さない。

――うぐ……。

苦しい。

胸が鉛を流し込んだように重い。やがて、意識が朦朧《もうろう》としてきた。

（死ぬのか、おれは……）

したたかに水を呑んだ。鼻から、口から、川の水が流れ込んでくる。

（死にたくない）

水中でもがきながら、才蔵は必死に背中の忍刀に手をのばし、刀を抜いた。襟首をつかんでいる者めがけて斬りつける。

水の抵抗を受けて、腕の振りは鈍く、相手の体に手傷を負わせることはできない。だが、相手を威嚇《いかく》する効果は十分にあったらしい。才蔵の襟首をつかんでいた力がふっとゆるんだ。

その隙に才蔵は逃れ、水面へ浮かび上がった。呑み込んだ川の水を吐き、肩で大きく息をする。

才蔵を水中へ引きずり込んだ者は、水面に浮かび上がって来ない。

(化け物か……)

首をつかまれた感触は、たしかに人間のそれであった。しかし、川に潜ったまま、これだけの長い時間、息継《いきつ》ぎもせずにいられる者があるだろうか——。

ふたたび、才蔵の足をつかもうとする者があった。

(二度と同じ手にのるか)

才蔵は、今度は刀で斬りつけるのではなく、水のなかを突いた。突きであれば、水中でも動きはさほど鈍らない。

切っ先が何かを刺した手ごたえがあった。

すうっと、その者が離れてゆく。

五

才蔵は、立ち泳ぎをしながら対岸を見た。

四国三郎と呼ばれる四国第一の大河、吉野川だけあって、川幅は広い。向こう岸までは、ゆうに四町（約四三〇メートル）ある。

だが、泳いで泳ぎつけない距離ではない。

才蔵は忍刀を口にくわえると、対岸めざして泳ぎだした。両手は横にのばして水をかき、足は蛙足の、古式泳法でいうところの横泳ぎである。

下流へ向かって押し流されつつも、才蔵は少しずつ対岸へ近づいた。

（やつは……）

泳ぎながら振り返ると、川は白く雨にけぶっているだけで、生き物らしい影はどこにも見当たらない。

（一刺しで、あの化け物の息の根を止めたとも思えぬが……）

そのとき——。

泳いでいる才蔵から、五間《けん》ほど離れた上流に、何かがガバリと浮かび上がった。

化け物ではない。

男だった。

髪はなく、入道頭に剃《そ》り上げている。

水面に浮かび上がった男は、才蔵と並び、抜き手をきって泳ぎだした。

流れに逆らって進むのがやっとの才蔵と違い、速い流れをものともせず、まるで水の化《け》身《しん》であるかのように悠々と泳いでいく。

男は才蔵に先行すると、行く手をはばむように、前方にまわり込もうとした。

(おれを岸に上げぬ気か)

才蔵には相手の意図が分かった。

陸《おか》の上での闘いで負ける気はしないが、水中での闘いとなると、どう見ても相手のほうに分《ぶ》がある。

男は、猿飛佐助の仲間であるかもしれなかった。真田幸村配下の忍びには、異形《いぎょう》の技の持ち主が多いと聞く。

(どうにかして、岸へ上がらねばならぬ……)

才蔵は必死に泳いだ。

だが、男のほうが速い。

男に行く手をはばまれた才蔵は、岸へ向かうのをあきらめ、川中で立ち泳ぎをした。

(くそッ!)

と、才蔵は舌打ちし、泳ぎながらあたりを見まわした。

視界の端に飛び込んできたのは、下流にある中洲であった。

（あそこまでなら、何とか先にたどり着けるだろう）

才蔵は方向を転じ、川の流れに乗って下流をめざした。

あとをも見ず、全力で泳ぐ。

みるみる中洲が近づいてきた。

才蔵は、男より一足早く、中洲にたどり着いた。

川柳が一面に茂る島だった。

水辺には、びっしりと葦《あし》が生えている。

才蔵は口にくわえていた忍刀を手に取って、後ろを振り返った。

男は、すぐ後ろに立っていた。

茜色《あかね》の褌《ふんどし》をつけただけの裸の体は、降りしきる雨と川の水に濡《ぬ》れ、しずくをしたたらせている。

肩や胸の筋肉がコブのように盛り上がっていた。

闇の向こうから投げつけられる憎悪に満ちた視線に、

（あのときの、あの男だ……）

才蔵は忽然《こつぜん》と思い出した。

才蔵の目の前にいるのは、淡路島で四国霊場八十八ヵ所巡礼のお遍路さんの一行にまぎれ、才蔵たちの横を通り過ぎていった男にちがいなかった。

闇のせいで肌の黒さは見えないが、その憎しみにあふれたまなざしは、忘れようとて忘れられるものではない。

「きさま、何者だッ！」

才蔵は忍刀を低く構えながら、男を睨《にら》み返した。

男は返事をしない。

才蔵は、男が背中に太刀をかついでいるのを目にとめながら、

「猿飛の仲間か」

と、声を発した。

やはり、男は答えを返さない。

「やつの命で、愛宕裏百韻を奪い返しに来たのであろう」

「…………」

才蔵の問いに、男の表情はぴくりとも動かなかった。男の憎悪に燃える視線は、ただ才蔵の顔だけに、ひたとそそがれている。

(不気味なやつだ)

才蔵は、苦い胃の液が喉元《のどもと》まで込み上げてくるのを感じた。

と——。

「殺してやる……」

男の唇がふるえ、はじめて言葉を低く吐き出した。

「きさまが憎い。きさまの父親と、その一族すべてが憎い」

「おれの父親を……。知っているのか」

才蔵の顔におどろきの色が広がった。

男が背中に結びつけた鞘《さや》から、太刀をぞろりと引き抜いた。顔の前で垂直にかまえる。

「待て」

と、才蔵は手で制した。

「おれは父親の名を知らぬ。父親に恨みがあると言われても、おれには何のことか分からぬ」

「知らぬなら教えてやろう。きさまの父は、血も涙もない地獄の悪鬼羅刹《あっきらせつ》じゃ。わしの父も母も、兄も姉も、みな、あいつに殺された」

「分からぬ……。おれの父とは……」

才蔵が顔をゆがめたとき、男がダッと駆け寄ってきた。

刀を大上段に振りかぶり、片手なぐりに斬りかかってくる。

才蔵は忍刀の鍔元《つばもと》で受けた。

——ガッ
と、音がした。

火花が散る。

男が両手で太刀の柄《つか》をつかみ、ぐいぐい押しつけてきた。

恐ろしい怪力である。

才蔵の足が、くるぶしまで泥にめり込む。

(このままでは、やられる)

才蔵は、相手の膝《ひざ》を足の裏で蹴《け》った。

化け物のような男でも、膝は弱い。

痛みに顔をゆがめた男が、太刀を引いてしりぞいた。

「来いッ」

と、才蔵が腰を沈めたとき、男が肩を押さえた。

たえまなく降りつづく雨に流されて気づかなかったが、男の右肩から血が噴き出してい
る。才蔵が水中を突いたとき、刀の切っ先が男の肩を傷つけていたのだろう。

(おそろしいやつだ。肩にあれだけの深手を負いながら、川を泳ぎ切って追ってくるとは
……)

才蔵はあらためて、男の底知れぬ執念に戦慄《せんりつ》した。

男が、ふたたび動いた。

火を噴くような奇声を発し、太刀を降り下ろしてくる。

才蔵は後ろへ跳んだ。

闇に弧を描いて地面に下り立つ。

「おのれッ」

男が太刀を振りかぶった瞬間、才蔵は手首をきかせ棒手裏剣を放っていた。

手裏剣は狙いあやまたず、男の右の眼《まなこ》をふかぶかとつらぬく。

男は顔をゆがめただけで、うめき声ひとつ上げなかった。左手で手裏剣の柄《え》をつかみ、無造作に引き抜くと、才蔵めがけて投げ返してきた。

才蔵は、横へ身を反らしてかわす。

肩と右目に深手を負った男が、思いもかけぬ敏捷《びんしょう》さで身をひるがえした。川柳の茂みをザザッと分けて、水辺へ駆け出す。

「待て、おまえは何者」

あわててあとを追う才蔵の耳に、

「ワタリの底主《そこうず》……」

地を這《は》うような声が返ってきた。

葦のあいだを抜けると、男は頭から川へ飛び込んだ。しぶきも立てず、波紋も残さず、川のなかへ溶け込んでいく。

第六章　兵法虚実《へいほうきょじつ》ノ陣

一

徳川将軍家兵法《ひょうほう》指南役、柳生家には、

「鳥飼《とりか》い」

という剣の訓練法がある。

鳥飼いとはいかなるものか——。

それは、鵜匠《うしょう》が鵜を飼い慣らし、鷹匠《たか》が鷹を育てるのと同じやり方で、子供に剣を教え込むのである。

すなわち、教授するほうは、子供の額や肩、小手に情け容赦なくビシビシと袋竹刀《ふくろしない》をたたき込む。最初のうち、子供は脅《おび》え、泣きわめくが、日々稽古《けいこ》をつづけ、目と体が慣れてくると、目の前に剣先が来ても瞼《まぶた》を閉じず、一寸の見切りができるようになる。

これが鳥飼いである。

柳生但馬守宗矩は、六歳になる我が子十兵衛《じゅうべえ》を〝鳥飼い〟の稽古でしたたかに打ちすえたあと、汗をぬぐい、道場から屋敷にもどってきた。

大和小柳生《こやぎゅうのしょう》庄、柳生屋敷――。

将軍の兵法指南役として、また徳川幕府の陰の御用をつとめる者として、多忙な日々を送る宗矩が、柳生家本貫《ほんがん》の地に姿を見せるのはきわめてまれなことである。

柳生屋敷の庭では、笠置《かさぎ》山から移し植えた薄墨桜《うすずみざくら》の大木が、いまを盛りと咲きほこっている。

だが、その桜の美しさも、宗矩の目には入らない。

「助九郎《すけくろう》、おるかッ」

縁側へ出た宗矩は、柳生家老臣の木村助九郎を呼びつけた。

廊下を駆けつけた助九郎は、主君の前に白髪《しらが》頭を下げる。

「霧隠のゆくえは、まだ分からぬか」

「ははッ。ただいま、黒鍬者《くろくわもの》に命じて探させておりますが、いまだ杳《よう》として所在はつかめず……」

「そうか」

と、宗矩は一瞬顔をくもらせ、

「最初から、あのような伊賀者を使わず、柳生家子飼いの黒鍬者を使うておればよかったのだ」

「はッ」

「伊賀一の忍びと聞いて大事の役目をまかせたが、しょせん、伊賀者は伊賀者。愛宕裏百韻を阿波国で手に入れたまではよいが、そのままゆくえをくらましてしまいおるとは」

四十二歳と男盛りの宗矩は、肉厚の唇を血のにじむほど強く嚙《か》んだ。

「しかし、殿。霧隠才蔵の使いと名乗る若造は、いずれ、霧隠みずからが愛宕裏百韻を持って殿のもとへ参上つかまつるであろうと申しております。ここは、やつをお信じになっては」

「待っている暇などない」

宗矩は吐き捨て、

「駿府の大御所（徳川家康）さまからは、早く愛宕裏百韻を焼き捨てよと矢のようなご催促じゃ。霧隠が手に入れたのが片割れだけでもいい。片割れだけでも焼き捨てれば、われらの役目の半分は果たしたことになる」

「たしかに」

木村助九郎がうなずく。

「ところで、宇治の上林徳順はいかがした。この大事のときに、徳順めは何をいたしておる」

「宇治の上林家に書状は送っておりますが、どうやら、家内で取り込みごとがあったようで」

「取り込みごと?」

「くわしい事情は分かりませぬ。しかし、霧隠なる忍びと、直接の連絡を取っていたのは上林なれば、家内の取り込みがおさまれば、あるいは、何か分かることがあるやもしれませぬ」

「茶師はやはり、頼りにならぬのう」

「は……」

「とにかく、全力を挙げて霧隠を探させよ。愛宕裏百韻を手に入れしだい、斬ってもかまわぬ」

「ははッ」

ふかぶかと平伏し、木村助九郎が廊下を去っていった。

(どいつもこいつも役に立たぬ……)

宗矩は庭に背を向けた。

と、そのとき——。

背後でガサリと木の枝の揺れる音がした。

宗矩は振り返った。

(おお……)

風もないのに、庭の薄墨桜が散っている。花曇りの空を薄紅色の花びらが、蝶《ちょう》のようにひらひらと舞う。

ふと気づくと、桜の木の下に、男が片膝《かたひざ》をついていた。梅鼠の地に小桜模様の胴服を着、黒紅の軽衫《カルサン》をはいている。

当世はやりの傾奇者《かぶきもの》のような、派手な出で立ちである。

「わざわざ黒鍬者をわずらわせるまでもござりませぬ」

と、顔を上げた男を見て、

「そなた、霧隠……」

宗矩は苦い顔になった。

たったいま、老臣に斬ってもかまわぬと命じたばかりの男が、口元に淡い微笑すら浮かべながら、我が屋敷の庭にあらわれたのである。

とはいえ、宗矩も並の胆力の持ち主ではない。徳川将軍家の兵法指南役をつとめるほどの男である。

すぐに、平静な表情を取りもどし、

「いつからそこにおった」

「ついさきほどから」

「では、われらの話を聞いておったであろう。なにゆえ、愛宕裏百韻を手に入れてから、すぐに姿をあらわさなかった」

「いささか、思うところがございまして」

才蔵は顔を伏せた。

その肩に、桜の花びらが、
はら
はら
と、音もなく散りかかる。

「まあ、よい」

宗矩は才蔵を冷たく見下ろしながら、

「阿波徳島城で入手せし愛宕裏百韻の片割れ、しかと持参いたしてきたであろうな」

「いえ」

「持ってこなかったと申すか」

「はッ」

「約束が違うぞ」

宗矩の肉づき豊かな頬に、さっと血の気《け》が立ちのぼった。

「約定《やくじょう》では、手に入れた愛宕裏百韻は、即座にわれらに引き渡すということになっていたではないか。それとも、大坂方に調略され、寝返りおったか」

「言葉をおつつしみくださりませ。この霧隠、一度請け負うた仕事を、途中で投げ出すような男ではござりませぬ」

「では、なにゆえじゃ」

「但馬守さま」

と、才蔵は宗矩の目を見上げ、

「お約束どおり、愛宕裏百韻は但馬守さまにお渡しいたします。しかし、それは、二つに分かれた愛宕裏百韻の巻物が、一つに揃《そろ》ってからのこと。巻物のもう一方の片割れが手に入らぬうちは、どなたにも巻物をお渡しするつもりはござりませぬ」

「なぜだ。巻物が一つに揃おうが揃うまいが、伊賀の忍びに過ぎぬそなたには、どうでもよいことではないか」

宗矩が、探るように才蔵の目を見つめ返した。

「わけは申せませぬ」

「言わねば、斬るぞ」

奥の間の刀掛けに、ちらりとするどい視線を走らせた宗矩を見て、才蔵は不敵に笑い、

「斬りたければ、どうぞご随意に。しかし、それがしが死ねば、愛宕裏百韻の片割れは、それがしの手の者を通じて、間違いなく大坂方に渡ることになりますぞ」

「つら憎いやつじゃ」

宗矩が渋面《じゅうめん》をつくった。

「やむをえぬ。そなたにすべてをまかせる」

「おそれいります」

「ただし、そなたが少しでも妙な動きを起こしたときは、わしの門下の柳生新陰流《しんかげ》の手だれどもが、そなたをただではおかぬであろう」

「果たして、柳生の門弟がたに、それがしが斬れますかな」

才蔵は冷たく笑った。

二

才蔵は、大和柳生の里から京へもどった。

洛南羅刹《らせつ》谷の隠れ家に帰ると、配下の稲負鳥《いなおいどり》と都鳥が待っていた。

「才蔵さま、待ちかねておりましたぞ」

若い二人の忍びの顔には、ただならぬ緊張感がみなぎっていた。

「何かあったか」

と、才蔵。

「じつは、それがしが放下師《ほうかし》に化け、四条河原《しじょうかわら》を歩いておりましたところ、猿回しの男がこのようなものを」

と、稲負鳥が結び文《ぶみ》を才蔵に差し出した。

「猿回しの男だと？」

「はい。しかし、あれはたしかに、忍びが化けたものでございました。文をふところに捩《ね》じ込まれたあと、あわてて追いかけましたが、うまくまかれてしまいましたゆえ」

「…………」

才蔵はかすかに眉《まゆ》をひそめると、結び文を開いた。

文には下手くそな金釘《かなくぎ》流の文字で、こう書かれていた。


上林家の息女、小糸どのをあずかり申しそうろう。おいのちを助けたくば、ただ一人にて、愛宕裏百韻を持ちて九度山へまいられたし

さるとび

「猿飛のやつが小糸どのを……」

才蔵は文を握り締めた。

（卑怯《ひきよう》なまねをする）

おそらく、阿波徳島で才蔵に偽物をつかまされた猿飛佐助は、才蔵と小糸が親しくしていたのを知り、阿波から京へもどる途中の小糸を拉致《らち》したのであろう。

小糸は、徳川幕府の隠密《おんみつ》御用をつとめる上林徳順の娘でもある。小糸をさらえば、上林への脅しにもなる。

（だが、娘には何の罪もなかろう。上林家の裏の役目とて、小糸は知るよしもないのだ……）

ふと、才蔵の胸に、明石の旅籠《はたご》でともに海を眺めた小糸の白いおもかげが浮かんだ。

惚《ほ》れたわけではない。

女に惚れるなど、情を殺して生きる忍びには無縁のことだ。

だが、己《おのれ》とはかかわりのない豊臣と徳川の争いのなかで命を落とさねばならぬかと思うと、小糸が哀れでならなかった。

「上林家に物見に行った呼子鳥《よぶこどり》の話では、上林徳順は娘のゆくえが知れなくなったと、大騒ぎしているそうです」

都鳥が言った。

「どうなさいます、才蔵さま」

「うむ……」

才蔵は、渋い顔で考え込んだ。

「そのような文、捨ておかれませ」

と言ったのは、稲負鳥である。

「九度山にいる真田幸村の仕掛けた罠《わな》でございます。愛宕裏百韻を持ってのこのこ出かけていけば、真田の忍びどもが待ち受けておりましょう」

「稲負鳥の申すとおりだと、私も思います」

都鳥が口をそろえた。

(たしかに、見えすいた罠だ……)

才蔵は思った。

しかし、自分が助けに行かなければ、小糸は間違いなく殺されるであろう。それを黙って見過ごすことができるほど、才蔵は非情に徹しきってはいない。

（われながら甘い）

　とは思ったが、才蔵は立ち上がらずにいられなかった。

「都鳥」

「はッ」

「愛宕裏百韻を取ってまいれ。五条《ごじょう》大橋の東詰めの、欄干《らんかん》の宝珠のなかに隠してある」

「才蔵さまッ！」

　稲負鳥と都鳥がとがめるように声を上げた。

「行かれてはなりませぬ。みすみす、お命を捨てにいくようなもの……」

「命か」

「はい」

「命など、惜しくはない。生き過ぎたりや二十五という言葉が、京の傾奇者《かぶきもの》のあいだで流《は》行《や》っているそうではないか」

「しかし……」

「おれももう、二十五をとっくに過ぎた。この世に倦《う》んでおる。真田の忍者どもを相手に、派手に暴れてみるのも悪くはあるまい」

「わたくしもお供いたします、才蔵さま」

　稲負鳥が言った。

「私も……」

都鳥も才蔵を目で見上げる。この場にいれば、呼子鳥も同じことを言ったであろう。

「ならぬ。文には、一人で来いと書いてある。おまえたちが来ても、足手まといになるだけだ」

一刻後——。

都鳥が取ってきた愛宕裏百韻の片割れをふところにおさめ、才蔵は羅刹谷の隠れ家をあとにした。

菅笠《すげがさ》をかぶり、紺色の上着と同じ色の裁《た》っ着《つ》け袴《ばかま》に身をつつんだ才蔵は、大和街道を南へ下った。

旅籠には泊まらず、夜を徹して歩く。へたに宿に泊まって、敵に足取りをつかまれるのを警戒したためである。

才蔵は疲労をおぼえると、林のなかで野宿し、飯は兵糧丸ですませた。兵糧丸だけでは腹が減るので、歩きながらサンショウウオの干物をかじり、野の草も摘《つ》んで食べる。

高野山のふもとに着いたのは、京を発《た》った翌々日の夜明けである。

高野山は、峨々《がが》たる嶺《みね》といっていい。

山は深い杉林におおわれ、一年の大半は霧につつまれている。

平安時代のはじめ、弘法大師空海が真言密教の霊場として開いた高野山は、山内に二千余の堂舎が建ち並び、二万人を越える僧侶《そうりょ》が学問、修行にはげんでいた。

山中は女人禁制、歌舞音曲は禁止だが、米屋、菓子屋、小間物屋、質屋、按摩《あんま》、左官《さかん》、豆腐屋、土産屋《みやげ》など、下界と変わらぬ店もあり、一大山上都市の観を呈していた。

山への登り口は七つ。俗に高野七口《ななくち》と呼ばれた。

大門口《だいもん》
不動坂口
黒河口《くろこ》
竜神口
相ノ浦口
大滝口
大峰口《おおみね》

の七つである。

九度山は、そのうち、表参道ともいうべき大門口のふもとにあった。

名に〝山〟とついているが、九度山は山上の高野山とはちがい、〝里〟である。比叡山《ひえい》でいえば、坂本《さかもと》の里坊にあたるのが九度山だ。

真田幸村は、その九度山に蟄居《ちっきょ》していた。

幸村が、高野山の山上ではなく、里坊の九度山に住んでいたところに、歴史のおもしろさがある。

聖域高野山の住人になるのは、髪を剃《そ》った世捨て人である。しかし、ふもとの九度山は

〝聖〟でもなければ〝俗〟でもない、間《あわい》に位置している。

幸村という存在もまた、その間にあった。

幸村が高野山へ入り、髪を剃って出家していたならば、のちに豊臣家の一将として迎えられ、大坂城へ入城することもなかったであろう。

だが、幸村は世を捨てることなく、九度山という境界に身を置いた。すなわち、真田幸村は、聖と俗との境目に棲《す》む境界人《マージナルマン》であったのだ。

三

高野山のふもとにいたった才蔵は、足をとめた。

道をまっすぐ行けば、真田幸村、猿飛佐助らが待ちかまえる九度山である。

しかし、

(九度山へ直接入るのはまずかろう)

と、才蔵は思った。

途中の街道筋には、佐助をはじめとする真田忍者軍団が、才蔵を狙って虎視《こし》眈々《たんたん》と目を光らせているにちがいない。素直に正面から入るのは、敵の術中にみずからはまりに行くようなものであった。

(どうする……)

才蔵は道をそれて杉林に入り、やわらかい苔《こけ》の上に寝そべった。闘いの前に仮眠を取ろうと思ったが、眠れない。

朝の爽涼《そうりよう》な木洩《こ も》れ日が、才蔵の顔をまだらに染め上げている。

杉の梢《こずえ》のあいだからのぞく蒼《あお》い空を見上げながら、四半刻ほど考えていた才蔵は、むくりと身を起こした。

（猿飛らに見つからず、九度山に近づく方法が一つだけある）

才蔵は杉林から出て、もと来た道を引き返しはじめた。

道を引き返すと、

——賢堂《かしこどう》

という集落がある。

賢堂から、山へ向かって延びている道は、高野七口のひとつ、黒河口《くろこ》にほかならない。

黒河口からのぼると、途中、市平、久保、黒河の寒村を通って高野山へいたる。

才蔵は、黒河口の三里の山道をのぼり、高野山の山上に出た。

たしかに、高野山は一大山上都市といっていい。

金堂《こんどう》を中心に、東塔、西塔、大会堂《だいえ》、不動堂などの諸堂をはじめ、荘重《そうちよう》な門構えの宿坊の並ぶ高野の町を横切った才蔵は、大門《だいもん》をくぐり、表参道を下りだした。

（まさか、九度山の者どもも、高野山の側からおれが下ってくるとは思ってもいまい……）

才蔵は、街道をやって来る敵にそなえているであろう真田方の裏をかき、逆に背後の高野側からふもとの九度山に入ることにしたのである。

相手の盲点をついた、じつに大胆不敵な作戦といえる。

才蔵の睨《にら》んだとおり——。

九度山へ下る表参道には、猿飛配下の甲賀者の姿は見えなかった。途中、ただの一度も敵と遭遇することなく、才蔵は九度山の集落の背後にいたることに成功した。

才蔵は裏山の黒松の大木にのぼり、九度山の集落を見渡した。

のどかなたたずまいをみせる、静かな田舎《いなか》里である。

戸数二百戸ばかり。

集落の真ん中に、寺の大屋根が黒く光っている。慈尊院《じそん》である。

慈尊院は、またの名を女人高野と呼ばれ、古来、女人禁制の高野山へ参詣《さんけい》することのできない女たちの信仰を集めていた。ほかに、九度山には、円通寺《えんつう》、遍照寺《へんじょう》、善名称《ぜんみょうしょう》院といった古刹《こさつ》が多い。

集落の北側を紀《き》ノ川が悠々と流れている。

あたりには柿の木が目についた。

(幸村の屋敷はどこだ)

遠くから眺めても、分からない。

小糸は、真田幸村の寓居《ぐうきょ》にとらわれているにちがいないと才蔵は思った。

（たしか、幸村は百姓家を借りて住んでいると聞いたことがあるが……）

才蔵は松の木からするすると下りると、集落へ向かって用心深く歩きだした。すでに、敵地の真っ只中《ただなか》である。一瞬の油断が命取りになる。

才蔵は畑のあいだの畦道《あぜみち》を通って、集落に近づいた。

見ると、畑で鍬《くわ》を振るっている百姓がいる。手ぬぐいで頬かむりをした、薄汚れた野良《のら》着《ぎ》の男である。

（あの男に、真田の屋敷のありかを聞いてみるか……）

むろん、九度山は真田家の領地ではない。一帯は紀《き》州藩浅野《あさの》家の領地であり、九度山の領民たちは、流人である真田幸村の行動を監視する立場にあった。

才蔵は畦道から畑へ下り、百姓に歩み寄った。

「少し、ものをたずねるが」

才蔵は百姓の背中に声をかけた。

百姓が鍬を振るう手をとめ、才蔵のほうを振り返る。

「このあたりに、真田左衛門佐幸村どのの侘《わ》び住まいがあると聞いたのだが、どこかご存じないか」

「おまえさまは？」

深い頬かむりの下から、百姓がちらりと才蔵を見る。

「真田どのが軍学にお詳しいと聞き、ひとつご教授願おうとたずねてまいった者だ。孫子《そんし》、呉子《ごし》を学ぼうと思ってな」

「さようか」

百姓は口もとに白い歯をのぞかせて笑い、

「真田の流人の屋敷なら、ほれ、そこに見える遍照寺という寺のすぐ南にある。まわりを小柴垣《こしばがき》で囲われ、庭に桃の木がたくさん植えられておるからすぐに分かるじゃろう」

「かたじけない」

礼を言い、才蔵が道へもどりかけたとき、

「気をつけて行きなされよ。真田の屋敷では、ここ数日、胡乱《うろん》なやからの出入りが多かったようじゃ」

と、百姓が声をかけてきた。

「胡乱なやから……」

才蔵が肩越しに振り返ると、

「まあ、胡乱といえば、おまえさまも相当に怪しげなお人じゃ。ぬかるんだ畦道を歩いてきたのに、足に泥が少しもついておらぬでな」

「…………」

才蔵はじっと百姓を見つめた。

頰かむりに隠されて、百姓の表情は見えない。

百姓はそれきり才蔵には興味を失ったかのように、くるりと背を向け、無心に鍬を振るいはじめた。

（こやつ、忍びか……）

とは思ったが、百姓の後ろ姿に殺気はなかった。ばかりか、全身隙だらけで、五つ六つの子供でも、たやすく打ち倒すことができそうである。

（なかなか、油断のならぬ里だ）

才蔵はふたたび歩きはじめた。

百姓に教えられた遍照寺の山門をくぐった才蔵は、鉤縄《かぎなわ》を使って本堂の大屋根にのぼりついた。

大屋根の上から見下ろすと、なるほど下に小柴垣で囲われた草葺《くさぶ》きの百姓家がある。入《いり》母屋《もや》の母屋《おもや》と土壁の納屋《なや》、牛小屋もあったが、なかに牛はつながれていなかった。

庭には、桃の木が植えられている。

その数、五十本あまり。ちょっとした桃林といっていい。

すでに花の盛りは過ぎていたが、まだちらほらと濃い紅色の花をつけている木もある。

（小糸どのは、どこにいる。納屋か。それとも、奥の座敷牢《ざしきろう》にでも押し込められているのか……）

才蔵は屋根の上から動かなかった。

寺の屋根にヤモリのようにひたりと身を伏せ、日が暮れるのをひたすら待つ。

一刻がたった。

屋敷には、人の出入りはまったくない。出入りがないばかりでなく、屋敷内に人の気配が微塵《みじん》も感じられない。

(妙だ……)

日暮れを待ってから動き出そうと思っていたが、才蔵は途中で気が変わった。

寺の屋根から、真田屋敷の庭の草地へ跳び下りる。

才蔵は桃の木のあいだを走り、納屋に近づいた。納屋の土壁に身を寄せ、そろそろと板戸に手をかける。

力を込めた。

何の抵抗もなく、板戸はすっと三寸ばかりあく。

才蔵が隙間からなかをのぞくと、薄暗い土間には藁《わら》が積まれ、唐臼《からうす》、肥桶《こえおけ》、唐箕《とうみ》、鋤《すき》、鍬など、百姓仕事に使う道具があるだけで、人のいそうな気配はなかった。

念のため、納屋に忍び込んで調べたが、やはり小糸の姿はどこにも見えない。

(となると、屋敷のなかか……)

才蔵は背中の忍刀を抜いた。

妙な胸騒ぎがする。

あたりが静かすぎるのが、気になってならぬのである。

才蔵は、左手で忍刀を逆手《さかて》に持ち、右手には手裏剣を二本握った。いつ、どこから、敵が襲ってきても、即座に反撃できるように、全身の神経を張りつめる。

納屋を出た。

足音もなく庭を横切り、身を低くして母屋の縁側に近づく。

縁側の障子はすべて締め切られていた。

家が古いわりに、障子の紙は貼り代えたばかりのように真新しい。小さな破れ目も、桃の花型の紙できれいに塞《ふさ》いである。

春の陽射しに照らされ、障子は白く輝いていた。

才蔵は縁側に上がった。

おのが影が障子に映らぬよう、日陰のほうに身をひそめる。

障子に耳をつけ、ようすをうかがった。

なかからは、何の物音も聞こえない。

(どういうことだ)

才蔵が障子に手をかけようとしたときである。

いきなり、

——カラリ
と、障子が内側からあいた。

とっさに、才蔵は庭へ跳びすさる。

「才蔵さま、お待ちいたしておりました」

座敷に女がすわっていた。黒い忍び装束を身につけている。

見覚えのある妖艶《ようえん》な顔が、才蔵を見てふっと笑った。

「そなたは、木ノ実……」

「お懐かしゅうございます」

小さく頭を下げたのはまぎれもない、奥吉野前鬼の里の女で、猿飛佐助の手先となっている木ノ実であった。

四

「なぜ、そなたがここにいる」

才蔵は女を睨《にら》んだ。

「いや、そんなことはどうでもよい。小糸どのをどこへやった」

「ほほ……」

木ノ実が口元に手を当てて甲高《かんだか》く笑った。

瞬間、才蔵は縁側に跳び乗るや、片手で木ノ実の肩をとらえ、忍刀の切っ先を白い喉《のど》に突きつける。

「言え。小糸どのはどこだ」

「嫉《や》けますこと。それほど、上林の小娘に惚《ほ》れておいでですか」

と、木ノ実が怨《えん》ずるような目で才蔵を見上げる。

「惚れたわけではない。ただ、あの娘とは上林家を通じて、いささかの縁がある」

「そのような苦しい言いわけを……。前鬼の里では、あれほど激しく私を抱いてくださいましたのに」

「そう言うおまえこそ、猿飛佐助の女であろうが」

「佐助どのも好き。でも、あなたさまのほうがもっと……」

木ノ実の赤い唇が濡《ぬ》れて光っている。

喉首に刀を突きつけられているにもかかわらず、木ノ実は才蔵とのやり取りを楽しんでいるようでさえあった。

「言えッ、言わぬと斬るぞ」

「一度ならず、二度までも抱いた女を、あなたさまはお斬りになることができますかしら」

木ノ実が余裕たっぷりに微笑した。

（この女、おれをなめておるな……）

才蔵は思わずカッとした。

刀の切っ先を下へずらし、女の襟元に差し入れる。峰を返して木ノ実の黒装束をザッと斬り裂いた。

黒装束の裂け目から、木ノ実の豊かな胸がこぼれる。

「猿飛や真田幸村はどこへ行った。教えねば、女だとて容赦はせぬ」

「ほほほ」

ひときわ高く、木ノ実が笑う。

「才蔵さま、ご覧なされませ」

「なに……」

「あなたさまが女一匹にかかずらっているうちに、この屋敷は真田の忍びどもに囲まれております る」

女の言葉に、才蔵ははっと顔を上げた。

（しまった……）

女の言ったとおり、真田屋敷を囲む小柴垣《こしばがき》の陰に、黒覆面、黒装束の忍びたちの姿があった。十人、いや二十人はいるだろう。

たしかに、木ノ実に注意を奪われ、用心を怠《おこた》ったのがうかつであった。

「あなたさまをおびき寄せるために、わざと屋敷を無防備なまま、あけておいたのです。これぞ、真田幸村さま直伝《じきでん》の兵法虚実《へいほうきょじつ》ノ陣《じん》」

才蔵の手をするりと抜け、木ノ実が縁側から飛び下りた。ダッと走り、桃の木林を抜け、小柴垣を跳び越える。

（やられたか）

才蔵は唇を嚙《か》んだ。

黒装束の忍びたちは、小柴垣を跳び越え、庭に入ってきた。猿飛佐助ひきいる甲賀の忍び衆であろう。

ただし、佐助自身の姿は見えない。

どこか離れた場所で、忍び衆を指揮しているのかもしれない。

才蔵は目を薄く閉じ、相手との距離をはかった。

冷静さを失ったら終わりである。

絶体絶命の危機に瀕《ひん》しながら、どれほど心の平静をたもっていられるか——忍びの極意は、その一点に尽きるといっても過言ではない。

黒装束の忍びたちが、才蔵のまわりをぐるりと取り巻いた。忍刀を構え、ジリジリと包囲の輪をせばめてくる。

才蔵は縁側から飛び下りた。

(闘っているうちに、障子のうしろからズブリと刺されてはたまらない)

才蔵は、庭にある檜《ひのき》の大木を背中にせおって身構える。

忍びが跳躍し、檜の太枝に飛び移った。上から目潰《めつぶ》しを撒《ま》いてくる。

才蔵はとっさに頭上の檜の枝に飛び乗って目潰しを避け、忍刀を一閃《いっせん》させた。

血がほとばしる。

肩口を斬られた黒装束の忍びは、枝の上からどっと地面に転げ落ちた。

忍びたちの動きが止まった。目の前で見せつけられた才蔵の忍技を恐れ、うかつに手出ししてこない。

才蔵は木の枝に乗ったまま、ふところの忍び袋のなかから黒い玉をすばやく取り出した。硫黄《いおう》、炭、松脂《まつやに》、火薬を練りまぜて固めた炮烙玉《ほうろくだま》である。

炮烙玉の火縄に、袖火《そでび》で火をつけた。

炮烙玉についた火縄が、たちまちパチパチと火の粉《こ》を散らしはじめる。

（よし……）

火がついた炮烙玉を左手につかみ、才蔵は庭へ飛び下りた。

とたん、忍びが一人、すすっと擦り足で駆け寄ってくる。

才蔵は炮烙玉を持ったまま、片手なぐりに斬り捨てた。男が二、三歩よろめき、空をつかんで前のめりに倒れる。

「これが見えぬかッ」

才蔵は前へ進み、火のついた炮烙玉をたかだかとかかげた。

忍びたちの目に動揺の色が広がった。

才蔵の持っている炮烙玉の火縄は、音を立てて燃えている。玉に引火するまで、あと数秒もないだろう。

才蔵を斬ろうと踏み込めば、まちがいなく自分たちも巻き添えを食って爆死する。

「どうした、かかって来ぬか。来ぬなら、こちらから行くぞ」

才蔵は忍び衆の囲みに向かって、突っ込んだ。

爆発を恐れた忍びたちの囲みの輪が、わずかに崩れる。崩れたところに隙ができた。

（そこかッ）

才蔵は走った。

目の前にいた忍びの額を斬る。返す刀でもう一人。

小柴垣を跳び越えながら、才蔵は炮烙玉を背後へ放った。

着地して地面に身を伏せた瞬間、

――ぐわわんーッ

と、炮烙玉が炸裂《さくれつ》する。

爆風が起こった。

桃の木の枝が折れ、土や砂が吹き飛ぶ。忍びたちの悲鳴、怒号が、少し遅れて聞こえた。

顔を上げた才蔵は、振り返らず、きな臭《くさ》い硝煙の臭《にお》いがただようなかを走った。

遍照寺の白塀に沿って走って行くと、溜《た》め池に出た。溜め池のほとりをまわり、竹林のなかを突っ切る。

竹林を出たところに畑が広がっていた。

畑のなかの一本道に出たとき、才蔵は道の真ん中に立っている人影に気づいた。

頬かむりをした百姓であった。よくよく見ると、さきほど才蔵が、畑のなかで真田屋敷への道をたずねた百姓である。

男は、突然あらわれた才蔵を見てもおどろきもせず、まるでそれを待っていたかのように、揺るぎのない威圧感で才蔵の行く手を塞《ふさ》いだ。

（この男は……）

思わず才蔵が足をとめたとき、道のわきの大欅《けやき》の樹上から、猿のように身軽な動作で下りてくる者がいた。

猿飛佐助である。

「ずいぶん派手に暴れてくれたようだの、霧隠」

佐助が皮肉な口調で言った。

「榎《えのき》の木の上から、おまえの暴れぶりをとくと見物させてもろうたわ」

佐助は言うと、道に立っている百姓のわきにかしこまってひざまずいた。

（もしや、この男、真田左衛門佐幸村……）

百姓が頰かむりを顔からはずし、才蔵を見た。

五

「忙しい働きで喉《のど》が渇いたであろう。茶でも呑《の》んでゆかぬか」

男がゆったりと笑った。

薄汚れた野良着をまとっていても、男の面貌《めんぼう》から滲《にじ》み出る際立った知性、人品骨柄《じんぴんこつがら》のさわやかさは隠しようもない。

「わが殿が、ああ申されておる。遠慮のう、馳走《ちそう》になってゆくがよい」

才蔵は佐助を見、それから幸村に視線を移してうなずいた。

才蔵が、素直に真田幸村に従う気になったのは、べつだん、佐助にうながされたからではない。

隙を見て幸村を斬り、その首を江戸方に高く売りつけるのもおもしろかろうと思ったのである。伊賀でも指折りの術者といわれた自分が、幸村の策にさんざんに翻弄《ほんろう》され、小腹も立っている。

才蔵の胸のうちを知ってか知らずか、幸村は、

「佐助、おぬしは屋敷にもどって怪我をした者どもの傷の手当てでもしてやれ。わしは、才蔵と二人きりで話がしたい」

「しかし、殿……」

「よい。主命じゃ」

「はッ」

佐助は頭を下げた。

幸村が才蔵をともなっていったのは、九度山を見下ろす小高い丘の上にある、雑木林にかこまれた草庵《そうあん》だった。

柿葺《こけらぶ》きのこぢんまりとした草庵は、京都東山の才蔵自身の庵《いおり》とも、侘《わ》びた風情《ふぜい》がどこか似ている。

縁側からなかに入ると、下地窓《したじ》のほか、屋根に天突き窓があいていた。

幸村は、自身の手で天突き窓を棒でつついて下からあけ、炉の前に端座した。炉にかけられた釜《かま》の湯が煮えたぎり、白い湯気を上げている。

「策士、策におぼれるというやつですな」

幸村と向かい合って腰を下ろした才蔵は、突き刺すような視線を相手に投げた。

「虚実の陣などという奇策を用いて、それがしを罠《わな》にかけたはいいが、罠を仕掛けたはずのお手前が、いまこうして、それがしの手の内にある」

「わしを斬るつもりかな」

幸村のおだやかな表情は変わらない。口元に微笑を浮かべたまま、炉のほうに向き直り、

「斬ってもよいが、その前に茶を一服呑んでゆけ」

「…………」

幸村は静かに茶を点《た》てはじめた。

茶杓《ちゃしゃく》で茶をすくう手つき、湯柄杓《ひしゃく》で釜の湯をすくい取る仕草《しぐさ》、茶筅《ちゃせん》をあつかう慣れた手さばきからは、この人物の持っている教養、趣味の豊かさがあざやかに匂う。

みずからも霧山孤舟と名乗りを持つ連歌師である才蔵は、あやうく、目の前の男に十年来の雅友であるかのような親しみを覚えそうになった。

(なるほど、魅力のある男だ。猿飛ほどの忍びが、この男ならと見込んだだけのことはある……)

だが、幸村は江戸方に雇われている才蔵の敵である。しかも、いかに愛宕裏百韻を手に入れるためとはいえ、何の罪もない上林家の娘小糸をさらわせた卑劣漢ではないか。

才蔵は、幸村を睨《にら》みすえ、

「上林家の娘御をどこへ隠された。女を取引に使うとは、卑怯《ひきょう》なやり方ではないか」

「たしかに、卑怯」

幸村が茶の入った井戸茶碗《ちゃわん》を、才蔵のほうへすっと差し出した。

「しかし、霧隠才蔵。おぬしを九度山に呼び寄せるには、ほかに手がなかったのじゃ。上林家の娘のことなら心配いたすな」

幸村が言った。

「そなたをここへ呼び出したことで、あの娘の役割は終わっている。いまごろは、わしの配下の穴山小助と由利鎌之助が、宇治の上林家へ娘を送り届けておるころじゃろう」

「では、小糸どのは……」

「無事だ。もとより、すぐに返すつもりでいた」

「茶を馳走になりましょう」

才蔵は、茶碗を片手で膝元《ひざもと》に引き寄せると、両手で抱いて、一息に茶を呑み干した。爽《そう》涼《りょう》なほろ苦さが、口中に広がる。

作法どおり茶碗を懐紙でぬぐい、幸村のほうへもどした。

「しかし、分かりませぬな」

「分からぬとは、何がじゃ」

幸村が目を細める。

「真田さまのお目当ては、それがしが持っている愛宕裏百韻でござりましょう。引き換えにする人質を先に返してしまっては、元も子もありませぬぞ」

「あれなら、もういらぬ」

「は……」

「愛宕裏百韻は、もはや手に入らずともよいと、近ごろになって思うようになったのじゃ」

「仰《おお》せの意味が、よく分かりませぬが」

才蔵は思わず聞き返した。

愛宕裏百韻は、徳川家の天下を覆《くつがえ》す強力無比な武器である。その愛宕裏百韻を手に入れるため、江戸方に雇われた才蔵と幸村配下の佐助は命懸けで闘ってきた。

それをなにゆえ、いまになって、愛宕裏百韻は必要ないなどと、突拍子《とっぴょうし》もないことを幸村は口にするのか――。

「わしはな、才蔵」

と、幸村はみずから点てた茶を口に含み、

「故太閤殿下に対するただの恩顧《おんこ》や忠義心から、大坂の豊臣家に肩入れしているのではない」

「…………」

「むろん、愛宕裏百韻を手に入れ、家康の旧悪を天下に暴けば、徳川幕府の土台を揺るがすことはできるやもしれぬ。だが、それでは、あまりにおもしろうない」

「とは？」

「わしは、徳川家康という大きな敵相手に、正々堂々、正面から戦いを挑んでみたくなったのじゃ。どうせいずれは露と消える命。おのれの智恵と智略のすべてを傾け、戦場で家康に一泡吹かせてこそ、男としてこの世に生まれた甲斐《かい》があるというもの」

「この世に生まれた甲斐……」

「そうじゃ」

と、幸村はうなずいた。

（変わっている……）

才蔵は、幸村の春の海のごとくおだやかでいながら、底にしぶとさを秘めた面構《つらがま》えを見て思った。

幸村の言葉は、本気のようであった。

本気で徳川幕府と正面から戦い、家康を倒すつもりでいる。

（途方もない夢想家か、さもなければ、まことの男だな）

才蔵は、我にもなく胸がときめいてくるのを感じた。

ただの大法螺《ぼらふ》吹きであれ、まことの天才軍師であれ、才蔵は、いま目の前にいるこの男のような、夢を持った男が嫌いではない。

「わしに仕えてみぬか、才蔵」

　幸村が言った。

「わしには、そなたのような一流の忍びが必要じゃ。ただひとこと、それを申すために、まわりくどい手を使ってそなたを九度山へ呼び寄せた」

「それがしのような取るに足りぬ忍びの力が、何のお役に立ちましょうか」

「取るに足りぬのは、この幸村とて同じじゃ。兵も持たねば、禄《ろく》も持たぬ一介の流人が、天下にどれほどの風雲を呼び起こせるか、いちかばちか、やってみねば分からぬ」

「…………」

　才蔵は、いつしか幸村の言葉に引き込まれはじめていた。

　あわよくば、幸村の首を取る気でここまで来たが、いつしか殺意は水面《みなも》の泡のように消え失せている。

（この命、幸村に売ってもよいか……）

　才蔵のなかで、ふと気持ちが揺らめいた。

　だが、ことがことだけに、うかつに返事ができる話でもない。

「少し、考えさせていただきたい」

　才蔵が用心深く答えると、

「時はまだある。ゆるりと考えてくれ」

幸村は、もう一服、才蔵のために茶を点《た》てた。
二杯めの茶を、才蔵はゆっくりと味わいながら呑《の》んだ。

第七章　愛宕《あたご》裏百韻

一

一人の尼が供の者を連れ、才蔵の庵《いおり》をたずねて来たのは、長楽寺の桜が散り、山々に青葉が萌《も》え立つころのことだった——。

九度山での一件以来、真田の忍びに付け狙われる恐れもなくなった才蔵は、もとの連歌師霧山孤舟として、東山の庵にもどっていた。

「所用で近くまでまいりましたので、その後お加減はいかがかと、ついでに立ち寄らせていただきました」

白頭巾《ずきん》でつつんだ頭をつつましやかに下げたのは、大原妙蓮院の尼門跡、静香尼《せいこうに》であった。

かつて才蔵は妙蓮院に忍び入り、愛宕裏百韻と取り違えて、〝天狗《てんぐ》の巻物〟と称する宝物を盗み出したことがあった。

その後、巻物は偽物であることが分かり、才蔵はひそかに寺に返しておいたが、深夜、不埒《ふらち》な賊に襲われ、思いもかけぬ辱《はずかし》めを受けた静香尼のほうでは、あの夜のことを忘れてはいなかったらしい。

「天狗の巻物を盗み出した賊は、霧山さま、あなたでございましょう」

庵をたずねてきた静香尼は、供の者を遠ざけた二人きりの部屋のなかで、思い切ったように言った。

「巻物が盗まれた日の翌朝、急病で書院に伏せっていたはずの連歌師の姿が消えていると、寺の尼どもが騒いでおりました。看病をした老尼に問いただしたところ、霧山さまのお名前とお住まいが分かりました」

「尼門跡さまは、頭のよろしいお方だ」

才蔵は、強い視線で静香尼をじっと見つめた。

「頭がよいなどと、わたくしはただ……」

「ただ、何です?」

「むなしく尼寺のなかで朽ち果てていかねばならぬこの身に、一度だけでもよい、まことの女の悦《よろこ》びを教えて欲しいと……」

我ながら恥ずかしいことを口にしたと思ったのか、静香尼は頬を薄くあからめて目を伏せた。

あの晩、やむを得ず用いた才蔵の淫指術《いんしじゅつ》が、長いあいだ眠っていた静香尼の女としての本能を呼び覚ましてしまったらしい。静香尼は、才蔵の指技でおぼえた一瞬の愉悦を忘れかね、必死の思いで東山の庵をたずね当てて来たのである。

「あなたさまを裸にいたします。それでもよろしいか」

「はい……」

震えながら尼がうなずく。

才蔵は、その場で女を押し倒した。

口封じの意味もある。

だが、才蔵はそれ以上に、悦びを知らぬ尼の身が哀れになり、胸に沁《し》み入るような愛《いと》しさをおぼえたのである。

才蔵の腕のなかで、女があえかに息づいていた。

相手は尼である。

だが、才蔵は容赦がない。

妙蓮院尼門跡、静香尼のかぼそい体を組み敷き、腰も折れよとばかり抱き締めた。

「ああッ、どうしてあなたとこのようなことに……」

静香尼が才蔵の下で熱い吐息を洩《も》らし、眉根《まゆね》に皺《しわ》を寄せてあえいだ。

ことが終わったあとも、静香尼は長く才蔵のぬくもりをたしかめるように、男の胸に顔を長くうずめていた。

静香尼が、外に待たせていた菊紋入りの黒塗りの駕籠《かご》に乗って帰っていったのは、長楽寺の入相《いりあい》の鐘が東山に響き渡る夕暮れのことであった。

縁側にすわった才蔵は、指に残る尼の匂いをふと嗅《か》いだ。

「何をしておる」

声がした。

庭の沈丁花《じんちょうげ》の陰から、煤竹《すすたけ》色の胴着に括《くく》り袴《ばかま》をはいた男があらわれる。

「伯父上《おじうえ》」

夕闇のなかに立っていたのは、才蔵の伯父、福地ノ与斎次であった。

与斎次は庭を近づき、才蔵を暗い目で見た。

「尼門跡と契《ちぎ》りを結ぶとは、どういうつもりじゃ」

「見ておられたのか」

「庭におれば、あらぬ声がいやでも聞こえてくるわ」

「責めておるのか」

才蔵が嫌な顔をすると、

「いや、まるで昔のわしを見ておるようじゃ」

与斎次はニヤリとした。

「おれは伯父上のように、女人に冷酷ではない」

「よう言うわ。もっとも、女に惚《ほ》れられぬようでは、忍びとして一人前とはいえぬ。だが、女にみずから惚れるような男もまた、忍びはつとまらぬぞ」

「伯父上は、わざわざそれを言いに、奥吉野の山奥から京へ出てまいられたのか」

才蔵は皮肉な顔をした。

「のわけがなかろう」

与斎次が縁側に腰かける。

「そなたは、京では霧山孤舟という連歌師の名で通っていたな」

「仰せのとおりだが」

「では、連歌師霧山孤舟に、折り入って頼みたいことがある」

庭の薄闇を見つめたまま、与斎次が言った。

「頼み……」

「うむ。そなたに、さる連歌の会の宗匠《そうしょう》の役をつとめてもらいたい」

「何をたくらんでおられる、伯父上」

才蔵は、与斎次の三日月のように細い目をのぞき見た。

この三十年来、ただの一度も前鬼の里を出なかった福地ノ与斎次が、京へのぼって来たうえに、連歌の会を開くとはただごとではない。

(きっと裏に、何かたくらみごとがあるはずだ……)

才蔵が思っていると、与斎次が深い皺の刻まれた顔をこちらへ向け、

「連歌の会衆は、そなたとわし、それに柳生但馬守宗矩、上林徳順、および真田左衛門佐幸村。もう一人、顔を出す者がいるが、いまは名を言えぬ」

「柳生、上林、真田……。まさか、そのような者たちが、同じ連歌の席に集まるはずがありますまい」

「ふっふっ、それが揃いも揃って雁首《がんくび》を揃えおるのじゃ」

与斎次が不敵に笑った。

「連歌の会の日時は、三日後の午《うま》ノ刻（正午）。愛宕《あたご》山中、竜《りゅう》ケ岳の行者小屋にておこなう。そなた、宗匠をつとめてくれような」

「愛宕山の連歌の会とは、伯父上も奇怪なことを……」

言いかけ、才蔵は途中ではっと息を呑《の》んだ。

「まさか、伯父上は愛宕裏百韻の下半分の片割れを、どこかで手に入れたのではないでしょうな」

「くわしい話は、三日後、愛宕山で披露しよう。そのおり、そなたも所持している愛宕裏百韻の片割れを、愛宕山へ持ってまいるがよい」

福地ノ与斎次が縁側から立ち上がった。

飄然《ひょうぜん》と立ち去っていこうとする伯父の背中に、

「待ってくれ、伯父上」

才蔵は声をかけた。

「伯父上は、ワタリの底主《そこうず》という者を知っておるか」

「ワタリの底主じゃと」

与斎次が足を止め、振り返った。

「ワタリがどうかいたしたのか」

「何者か知らぬが、そのように名乗る男が、阿波でおれを襲ってきたのだ。おれの父親に恨みがあるゆえ、血を引く者は生かしておかぬと言ってな」

「ほほう、ワタリがのう」

与斎次は含みのある声で低くつぶやいた。

ワタリ――。

それは、中世において、諸国をめぐって活動した鋳物師《いものし》、金掘り、木地師《きじ》、行商人たちのことである。ワタリは朝廷から諸国自由往来の許しを得、課役《かえき》の免除、津料《つりよう》（通行税）の免除などの特権を与えられ、

――六道往来人
と呼ばれた。

自由に諸国をめぐることから、彼らワタリは商工業活動のかたわら、偵察、間諜《かんちよう》にもたずさわり、戦国乱世の時代には忍びと変わらぬ働きをした。

余談だが、徳川家康の老臣として名高い鳥居元忠《とりいもとただ》は、三河岡崎の郊外を流れる矢作川《やはぎ》の水運を握るワタリの一族であった。鳥居元忠があり余るほどの財力を持ち、同時に徳川家の隠密的役割を担っていたのは、その出身のなせるわざといえよう。

「なるほど、ワタリならば、そなたの父に深い恨みを持っていたとしても不思議はない」

与斎次が言った。

「どこでそなたの血筋を調べ上げたか知らぬが、執念深いことよのう」

「ワタリが、どうしておれの父に恨みを抱く。おれの父とは、いったい誰なのだ」

才蔵は与斎次に聞いた。

「やはり、知りたくなったな、才蔵」

与斎次が顔をゆがめる。

「かかわりがないとは言っても、しょせん、体のなかを流れる親の血からは逃れられぬ。それが宿命《さだめ》というものよ」

「教えてくれ、伯父上。おれの父の名を……」

「愛宕山での連歌の会を、宗匠としてうまく運んでくれたなら教えよう。それまで、しばし待て」

与斎次は低く笑い、薄闇のなかに姿を消した。

二

愛宕山――。

京の戌亥《いぬい》（西北）にそびえる山伏の山岳霊場である。

愛宕山は、修験《しゆげん》七高山のひとつに数えられ、

「愛宕山太郎坊」

といえば、山伏が信仰する日本一の大天狗《てんぐ》として京の人々に恐れられた。

愛宕山の頂《いただき》に祀《まつ》られた愛宕大権現は、火伏《ひぶせ》の神である。愛宕大権現の本地は勝軍地蔵であるため、火伏のほか、軍神としても広く武家の信仰を集めた。

冷たい風が山から吹きおろしてくる。

福地ノ与斎次が京にあらわれてから三日後、洛西清滝《きよたき》から愛宕山へのぼる二十丁の道を、霧隠才蔵は急いでいた。

(頂上まで、あとどれほどであろうか……)

中ノ茶屋を過ぎ、水尾《みずお》の里への分かれ道もとっくに過ぎた。

愛宕参りの者は、たいがいふもとの里宮《さとみや》でお参りをすませて帰っていくから、頂上の愛宕権現社へつづく山道には人影もまばらである。

「竜ケ岳の行場とは、どこだ」

才蔵は、背負子《しょいこ》をしょって山を下りてくる強力《ごうりき》にたずねた。

熊のようなたくましい体軀《たいく》の強力は、汗の臭いをさせながら、

「愛宕山より北、半里のところにある岩山でござります」

と、答えた。

「ここからは、どうやって行けばよい」

「山頂の愛宕大権現までのぼり、お社《やしろ》の後ろから尾根道をたどって行けば、一本道ゆえ、

迷うことはございませぬ」

「手間を取らせた」

才蔵は強力と別れて山をのぼった。

しばらく行くと、道の左右に古めかしい僧坊があらわれる。愛宕大権現の別当坊、白雲寺五坊である。

参道ぞいに門をつらねる五坊のひとつに、

——威徳院《いとく》
と、門札がかかった僧坊があった。

威徳院は、いまを去ること三十年前、本能寺の変の直前に、明智光秀が愛宕百韻の連歌の会をもよおした場所である。

青葉の翳《かげ》りを映した威徳院の門札を横目に眺めながら、石段をさらにのぼりつめて行くと、行く手に愛宕大権現の荘厳な社殿が見えてきた。

強力に教えられたとおり、才蔵は愛宕大権現の脇を通り、社殿の背後からつづく細い尾根道へ足を踏み入れた。

道の両側は鬱蒼《うっそう》とした杉の巨木である。

樹齢数百年、いや千年は越えるであろう老木が空を塞《ふさ》ぎ、道はにわかに薄暗い。

やがて、木の根道は岩山に変わった。道は、岩と岩のあいだを縫うように細くつづいている。

（伯父上《おじうえ》の言っていた竜ヶ岳の行場とは、このあたりだな……）

才蔵は大岩のあいだを歩きながら、行者小屋を探した。

樹々の深く生い茂る崖《がけ》の上から、轟々《ごうごう》と音を立てて、太い滝がなだれ落ちている。霧のように細かい水しぶきが飛び散り、近くを通っただけで、才蔵の顔も体も冷たく濡《ぬ》れそぼった。

竜ヶ岳の行者小屋は、その滝の脇の道を遡《さかのぼ》ったところにあった。

小屋のまわりを見まわした。

連歌の会衆たちは、まだ到着していないらしく、供の者の姿やそれらしい駕籠《かご》は見えない。

才蔵は行者小屋の板戸をあけ、なかに入った。

昼とはいえ、小屋のなかは薄暗い。

山伏が四、五十人は寝泊まりできる広い板敷の部屋の片隅に、一本だけ百目蠟燭《ひゃくめろうそく》が灯《とも》され、そのかたわらに福地ノ与斎次が背中を丸めてすわっていた。

どうしたことか、今日の与斎次は、ひどく老いて見える。

「おお。来たか、才蔵」

与斎次がこちらを見た。

「ほかの方々は、まだ来ておられぬようだな」

才蔵は板の間に上がり、伯父の前にすわる。

「午《うま》の刻までには、まだ間がある。会衆が集まる前に、そなたと二人、支度をととのえておかねばならぬ」

「ほんとうに、このようなところで連歌をおこなうおつもりか」

才蔵は、いまだ伯父の真意をはかりかねていた。

「疑うておるのか」

「いや、しかし……」

「とにかく、手伝え」

与斎次が腰を上げた。

部屋の奥には神棚が祀られている。神棚には、あおあおとした榊《さかき》、小刀、鏡が供えられ、両脇の灯明《とうみょう》に与斎次が火を灯した。

「天神を吊るすぞ」

与斎次に言われ、才蔵は神棚の下に、用意してきた北野天神の画像を掛けた。連歌の会では、歌の神である菅原道真《すがわらのみちざね》こと北野天神の絵を、会衆たちの席の正面に飾る定めになっている。

「執筆《しゅうひつ》（記録係）は誰が？」

才蔵が聞くと、

「執筆はいらぬ。今日の会は、文書にとどめる必要はない」

「…………」

「それより、愛宕裏百韻は持ってまいったであろうな」

「これに」

才蔵は、おのがふところを押さえた。

「わしに貸せ」

「断わると申したら……」

才蔵は与斎次の目をするどく見た。

「おまえの持っている愛宕裏百韻の片割れは、今日の連歌の会に欠くべからざるものじゃでな。宗匠たる者は、連歌の会を円滑に進めねばならぬ。ちがうかな」

「伯父上は、詭弁《きべん》を弄《ろう》されておるようだ」

才蔵は苦い顔をしながらも、

「まあ、いい。伯父上が何をたくらんでおられるのか、この目でとくと拝見することにいたしましょう」

と、ふところから皮袋におさめた巻紙を取り出した。

三

一人目の会衆が入ってきたのは、それから四半刻後のことである。

行者小屋の戸が静かに開き、宇治の茶師上林徳順が姿をあらわした。才蔵の顔をみとめ

た徳順は、

「今日の席、そなたが仕組んだことか」

咎《とが》めるようなまなざしで才蔵を見た。

「いや。それがしは与《あずか》り知らぬこと」

「だが、げんにこうして顔を出しておるではないか」

「頭人《とうにん》（催行主）の福地ノ与斎次から宗匠を頼まれただけだ。今日は、忍びの霧隠才蔵ではなく、連歌師霧山孤舟としてこの場にいる」

「ならばよいが」

徳順は言うと、板の間に敷かれた円座にすわった。

つづいて、柳生但馬守宗矩が小屋に入ってきた。

少し遅れて、真田左衛門佐幸村。

円座に向かい合ってすわった宗矩と幸村は、礼を交わすでもなく、無言でするどく睨《にら》み合った。

「これで、会衆はすべて揃ったな」

柳生宗矩が、上座の頭人の席にすわった福地ノ与斎次を一瞥《いちべつ》した。

「まだ会衆は揃っておらぬ」

「なに……」

「もう一人まいられる」

と、与斎次が言ったとき、小屋の板戸がカタリと音をたてた。

「おお、噂をすれば、お出でになられたようじゃ」

与斎次をはじめ、一座の者が息をつめて見守るなか、最後の会衆が行者小屋の板戸をあけた。

入って来たのは、柳染《やなぎぞ》めの涼しげな狩衣《かりぎぬ》に、浅葱《あさぎ》色の指貫《さしぬき》をつけた公卿《くぎよう》であった。頭には立烏帽子《たてえぼし》をつけ、手に中啓《ちゆうけい》を持っている。

戸口に立った公卿は目を細め、うかがうように薄暗い小屋のなかを見渡した。

その公卿の顔を見て、

「これは、近衛《このえ》さままではございませぬか」

と、腰を浮かせたのは、茶師の上林徳順である。

徳順は、薄い口髭《くちひげ》をたくわえた初老の公家《くげ》をまじまじと見つめ、

「前関白《さきのかんぱく》、近衛三藐院《さんみやくいん》さまともあろうお方が、なにゆえ、このようなところへ……」

「上林、そなたもまいっておったか」

公家はかすかに、ばつの悪そうな表情をしてみせた。

前関白近衛三藐院――。

正しくは、五摂家筆頭近衛家の当主、近衛三藐院信尹《のぶただ》という。

近衛家は、数ある公卿の家のなかで最高の家格を誇っている。近衛家の当主は、代々、関白、氏《うじ》ノ長者をつとめてきた。

近衛信尹もまた、父の近衛前久《さきひさ》同様、関白となり、朝廷一の実力者として重きをなしていた。

宇治の茶師上林家は、近衛家に茶をおさめている。そのつながりで、上林徳順は前関白信尹を知っているのである。

「ささ、近衛さま。こちらにお席がご用意してござる。むさくるしいところじゃが、どうぞお上がりくだされ」

福地ノ与斎次が目尻《めじり》を下げ、薄気味悪いほど丁寧な物腰で言った。

近衛信尹が、与斎次にしめされた上座にすわる。

(前関白を呼び出すとは……。伯父上《おじうえ》はどういうつもりか)

不審を抱いたのは才蔵ばかりではない。

柳生宗矩も上林徳順も、そしてその向かい側にすわる真田幸村も怪訝《けげん》な面持ちをみせている。

「さて、これで会衆が揃いましたな」

福地ノ与斎次が、一同を見渡した。

「ここにおられる皆さまは、むろん、本日おこなわれるのが、ただの連歌の会ではないと分かっておられるはずじゃ」

「もったいぶらずに、早く本題を切り出せ」

柳生宗矩が目をすえて与斎次を睨み、

「ここに集まった者は皆、今日ここで愛宕裏百韻が三十年ぶりに披露されるとの書状を受け取り、半信半疑ながら山をのぼってまいったはずだ。しかし、愛宕裏百韻は、そこにおる霧隠才蔵が片割れを手に入れたきりで、いまだもう半分の片割れは見つかっておらぬ。それが、なにゆえ、この連歌の席で披露することができるのじゃ」

「柳生さまはせっかちじゃ」

与斎次が唇をゆがめて笑った。

「愛宕裏百韻を披露する前に、まずはこの福地ノ与斎次が、三十年前に愛宕山に忍び入り、連歌の巻物を盗み出したそのわけをお話しせねばならぬ」

与斎次は軽く咳払《せきばら》いをした。

「本能寺が焼け落ちて信長さまが亡くなられ、変の首謀者であった明智光秀が秀吉に敗れたあと、わしはとある人物に頼まれて、愛宕山威徳院から愛宕裏百韻を盗み出した」

「とある人物じゃと？」

柳生宗矩が聞き返す。

「誰だ、その者とは」

「柳生さまのあるじの家康さまではござらぬ。そのお方は、本能寺の三日前、明智光秀、徳川家康、そして連歌の宗匠の里村紹巴と並び、信長さまを倒そうという愛宕裏百韻の密約に加わった」

福地ノ与斎次は、底光りする目で会衆をゆっくりと眺め渡した。

突然、上座にいた近衛信尹が中啓を持つ手をわなわなと震わせ、

「言ってはならぬ、その名は言ってはならぬぞ……」

喉《のど》の奥から声を絞り出した。

「近衛さま、お顔の色が悪《あ》しゅうございますが」

上林徳順が信尹に声をかける。

信尹は首を小さく横に振り、蒼白《そうはく》になった顔をうつむけた。

「なるほど、読めた」

と、声を上げたのは、真田幸村であった。

「与斎次に愛宕裏百韻を盗み出すように命じたのは、近衛さまじゃ。いや、ただしくは、近衛さまのお父君、先月お亡くなりになった近衛前久さまと言うべきか」

「う、う」

と、近衛信尹が意味不明のうめき声を発したが、幸村はかまわず言葉をつづけ、

「あのころ、朝廷と信長どのの折り合いは悪かった。いや、それどころか、朝廷は信長どのを恐れていた。信長どのは天下統一後、おのれがこの国における唯一絶対の君主になろうとしておられた。信長どののあくなき野望の前には、帝《みかど》も公卿も邪魔なだけであった。信長どのに皇位簒奪《さんだつ》の野心ありと危険を感じた朝廷は、裏で光秀をそそのかし、信長どのを葬《ほうむ》り去ったにちがいない」

「ふ……」

と、福地ノ与斎次が口元をゆるめた。

「さすがは智謀鬼神のごとしといわれる真田幸村どのじゃ。ここまで読まれてしまっては、もはや隠し立てしても無駄でござろう、前関白さま」

与斎次に言われて、近衛信尹の手から中啓がぽとりと床に落ちた。

「そのとおりじゃ。わが父近衛前久は、信長打倒の謀議に加わった。しかし、それはすべて、帝の御身を守護し奉《たてまつ》らんがため。わしが父の立場にあったとしても、きっと同じことをなしたであろう」

しんと、一座が静まり返った。

峰を渡る風のほかは、物音ひとつ聞こえない。

ちなみに——。

明智光秀が山崎の合戦で敗れ、代わって秀吉が上京して来ると、近衛前久は髪を剃《そ》って洛西の嵯峨野《さがの》へ逃れている。のみならず、前久は秀吉に信長殺しの密謀をあばかれるのを恐れ、東海道を下って、同じく陰謀に加わった浜松《はままつ》の徳川家康のもとへと逃げ込んだのだった（『扶桑《ふそう》拾葉集』『武徳編年集成』）。

当時、朝廷内での最高実力者であった近衛前久が、家康を頼って京から浜松へ逃亡したのは、両者が同じ穴の貉《むじな》だった何よりの証《あか》しであろう。

福地ノ与斎次は、血の気の失《う》せた近衛信尹の顔を見つめながら、

「近衛さまの父君は、このわしに、謀議の証拠となる愛宕裏百韻を盗み出し、秀吉の目に

とまらぬよう処分せよとお命じになられた」

「たしかに……」

と、信尹が力なくうなずく。

与斎次は、

「そのころわしは、すでに伊賀を追われ、金に窮しておったでのう。一も二もなくお引き受けいたしたのじゃ」

「昔の話はもうよい」

黙って話を聞いていた柳生宗矩が、じれたように与斎次の言葉をさえぎった。

「問題は、愛宕裏百韻の片割れが、いまどこにあるかということじゃ。福地ノ与斎次、おぬしそれを知っておるのか」

「むろん存じておりますとも」

「なにッ！」

宗矩が目を剝《む》く。

「柳生さまはじめ、皆々さまがたにこの場で愛宕裏百韻の全《まった》き姿をお目にかけましょう」

与斎次が薄く笑った。

四

与斎次は立ち上がると、神棚のところへ行き、そこに供えてあった黒漆《うるし》塗りの箱と皮袋を持ってもどってきた。

席についた与斎次は、皮袋を取り上げ、

「これに入っているのが、霧隠才蔵が手に入れてまいった愛宕裏百韻の片割れにござる。才蔵、広げて皆さまにご覧に入れよ」

才蔵は無言で立ち上がると、与斎次の手から皮袋を受け取った。なかから、阿波徳島城で手に入れてきた巻紙を取り出し、一同の前の床の上にさっと広げる。

紙がめくれぬように、鋳物《いもの》の文鎮《ぶんちん》を置いて端を押さえた。

会衆の視線が、巻紙にそそがれる。

「上半分だけでは、誰が何を詠んでいるやら、さっぱり分からぬな」

真田幸村がつぶやいた。

「して、下の半分は？」

幸村の問いに、与斎次は黒漆塗りの箱を持ち上げ、

「ここにござりまする」

おお、と柳生宗矩や上林徳順が低いうめきを洩《も》らす。

(伯父上は、愛宕裏百韻の片割れを所持していたのか……)

ことの成り行きを見守る才蔵にとっても、大きなおどろきであった。

（となると、伯父上《おじうえ》は最初からおれを騙《だま》していたことになる）

才蔵の疑念に答えるように、与斎次が口を開いた。

「わしは、たしかに三十年前、愛宕山より巻物を盗み出した。近衛さまとの約束どおり、処分してしまわなんだのは、いずれそれが高く売れるのではないかと思うたからじゃ。だが、復讐心《ふくしゅう》に燃える伊賀の衆に追われ、一度はやむなく愛宕裏百韻を手放した。片割れはくノ一の音羽に、もう一方は南山城大雄寺の住職に預けた。しかし、わしが前鬼の里に隠れ住んでいるうちに、いずれも行方が知れなくなってしもうた……」

「くノ一が持って逃げたほうは、霧隠が見つけた。そなたはどこで、もう一方の片割れを見つけ出したのじゃ」

柳生宗矩が福地ノ与斎次に向かって聞いた。

「奈良東大《とうだい》寺の正倉院《しょうそういん》」

与斎次が微笑を浮かべる。

「大雄寺の住職が持っていたはずの愛宕裏百韻の片割れが、なぜ正倉院などに……」

「じつは、柳生さま。それがし、大雄寺の住職に大枚の金を渡し、頼んでおいたのでござる。東大寺正倉院の虫干しのおりに、愛宕裏百韻の片割れを御物《ぎょぶつ》のなかにまぜておいてくれと」

「大雄寺というのは、東大寺の末寺であったか」

「さよう。虫干しの手伝いに行った住職が、正倉院御物の墨跡のあいだに愛宕裏百韻を忍ばせておくのは、いともたやすいことだったでございましょう」

「ううむ」

柳生宗矩が唸《うな》った。

「わしは、先日、正倉院で虫干しがおこなわれたおりに僧侶《そうりょ》に化け、ひそかに愛宕裏百韻を取り返したのでござる。皆さま、得心がゆかれたでございましょうか」

与斎次の言葉に、答える者は誰一人いない。

(伯父上もやるものだ……)

才蔵は、騙されたという不快さよりも、与斎次の智恵に軽い爽快感《そうかい》すらおぼえた。朝廷の御物がおさめてある正倉院なら、愛宕裏百韻の保管場所として、これほど安全なところはない。

「さて。それではいよいよ、三十年間、分かれ分かれになっていた巻物を一つにいたしましょうかな」

与斎次が才蔵に黒漆塗りの箱を渡した。

一同の間に緊張が走る。

箱を受け取った才蔵は、蓋《ふた》をあけ、半分に切れた巻物を取り出した。巻物の紐《ひも》をほどき、するすると開いて床の上の巻紙と合わせる。

紙の切れ目が、ぴたりと合った。

上半分の文字と、下半分の文字が、それぞれ一首の連歌としてつながりをみせた。

一同が膝《ひざ》を乗り出し、巻物を見た。才蔵も見る。

ときは今ならびて茂るあやめ草　光秀

谷の小川ぞ水深くして　家康

五月雨《さみだれ》に水上《みなかみ》知らぬ滝落つる　前久

連歌は、この三句ではじまっていた。

発句《ほっく》は明智光秀である。「ときは今」までは表の愛宕百韻の句（「ときは今あまが下しる五月哉《さつきかな》」）と同じだが、「ならびて茂るあやめ草」と変わっている。当たり前に意味を取れば、水辺に並んで茂っているあやめの情景を詠んだものである。

（だが……）

と、才蔵は思う。

光秀の句の真の意味はそうではあるまい。

「ときは今」と、美濃土岐《とき》氏出身の自分の時節が到来したと高らかに歌い、ともに並んで咲くあやめ草のように、連歌の会衆たちに一緒に茂ろう（栄えよう）ではないかと呼びかけているのであろう。さらに深読みすれば、「あやめ」という言葉は、人を「殺《あや》める」という意味にも通じるではないか。

(恐ろしい発句だ)

才蔵のみならず、一座の者も発句のあらわす真の意味に気づいたようである。みな顔をこわばらせ、連歌を凝視している。

つづく家康の脇句《わきく》と近衛前久の第三《だいさん》は、光秀の発句の表面的な情景を受けただけで、たいして深い意味はない。

固唾《かたず》を呑《の》んで連歌を見つめていた柳生宗矩は、

「さすがは大御所さまじゃ。うかつに尻尾《しっぽ》をつかまれるような歌は詠んでおられぬ」

と、安堵《あんど》したようにつぶやいた。

「まったく、同感でございます。これならば、たとえ世に出たとて、たいした騒ぎにもなりますまい」

上林徳順がうなずく。

「ご両人、安心なさるのはちと早いぞ」

と、向かい側の真田幸村が、手に持っていた鉄扇で巻物の終わりのほうをしめした。

そこに書かれた一句を見たとたん、

「うぬぬ……」

柳生宗矩が顔面を朱《あけ》に染めた。

最後の百句目――すなわち挙句《あげく》にはこうあった。

安土《あづち》の水の音ぞ絶へぬる　　　家康

家康の詠んだ挙句は、どう見ても安土城のぬしである織田信長の死を願った句としか思えない。

そもそも、連歌には呪術《じゆじゆつ》的な意味があった。

戦勝祈願、病気平癒《へいゆ》、死者の供養《くよう》など、さまざまな目的のために百韻、千韻の連歌が詠まれ、神社へ奉納されたのである。

奉納された連歌は、

——言霊《ことだま》
を発しつづけると信じられた。

したがって、明智光秀が愛宕山で連歌の会をもよおしたのは、たんなる遊びではない。光秀の〝表〟と〝裏〟の愛宕百韻には、言霊による戦勝祈願の意図が込められていたのである。

百韻連歌の最後が、信長の死を予言する家康の一句でしめくくられているということは家康の信長に対する謀叛《むほん》の 志《こころざし》 は明々白々であった。

そこには、言い逃れの余地は一切ない。

「とくとご覧いただけましたかな」

福地ノ与斎次が、凝《こ》り固まったように連歌に眸《め》を吸い寄せられている会衆に向かって言った。

「わしが今日、皆さま方を愛宕山へお呼び立てしたのはほかでもない。この愛宕裏百韻を、いちばん高い値をつけたお方に買い取っていただくためじゃ」

「そうか。おぬしは最初から、そういう肚《はら》づもりであったか」

柳生但馬守宗矩が、目の奥を暗く光らせた。

「連歌の会を開くなどと言っておきながら、そのじつ、愛宕裏百韻を売りつけるのが目的であったとは……」

「柳生どの、お腹立ちなら買っていただかずとも結構。江戸方へ売る代わりに、近衛さまか、大坂方の真田どのに買っていただくまで」

「おのれ、人の足元を見るかッ」

宗矩が毒づいた。

「二千貫文《かんもん》出そう」

張りつめた空気のなかで、下座の上林徳順が声を発した。

「二千貫文といえば、六匁《もんめ》玉筒の火縄銃が百五十挺《ちょう》は買えるほどの大金だ。二千貫文出せば、不足はあるまい」

「上林どの」

与斎次が喉《のど》の奥で低く笑い、

「悪い冗談をおっしゃられては困ります。愛宕裏百韻は、天下のゆくえを左右する代物《しろもの》でございますぞ。わずか二千貫文ばかりとは、片腹痛い」

「では、五千貫文」

上林徳順が、苦いものでも呑み下すような顔で言った。

与斎次は満足げにうなずき、

「さて、近衛さま、真田どのはいかがなされます。五千貫文以上の値をつけられなければ、上林どのにお渡しいたしますぞ」

「………」

与斎次の言葉に、真田幸村は静かに目を閉じ、返答しなかった。

指貫《さしぬき》の膝を中啓で小刻みにたたいていた近衛信尹が、何か言おうとしたときである。

「ばかばかしい」

柳生宗矩が刀をつかんで立ち上がった。

「こんな茶番に付き合っていられるか。そもそも、そこにある愛宕裏百韻の片割れは、われらが霧隠才蔵を雇い、探し出させたものではないか。それを、高い値で売りつけようなどとは、盗っ人たけだけしいにもほどがある」

宗矩は、部屋の隅に控えている才蔵のほうに目をやり、

「そなたはわれらに雇われておる」

「は……」

「しからば、雇い主の命じゃ。そなたの伯父《おじ》を引っ捕らえよッ」

「…………」

才蔵は宗矩を見、それから伯父の福地ノ与斎次を見た。

「伯父上、すまぬが雇い主の命とあっては仕方がない。伯父上を捕らえる」

才蔵は部屋の隅に立て掛けてあった忍刀《にんとう》を、すばやく手に取った。

が、与斎次は動かない。

「才蔵、おぬしは本当の敵を間違うておるぞ」

「伯父上、何を……」

「柳生と上林は、そなたの父を死に追いやった者の手先じゃ。斬るなら、やつらを斬れ」

「どういうことだ」

「ふふ、今こそ教えてやろう。三十年前、伊賀の忍家福地一族の娘であったそなたの母は、安土城の城主と契《ちぎ》ったのだ」

「安土城の城主……。それはまさか」

「信長さまじゃ。そなたの母は、安土城で側仕《そばづか》えをしていたが、そのとき信長さまのお手がつき、そなたを孕《はら》んだ。身重となって福地の城に帰っていたときに、本能寺の変が起きたのだ」

「信長が、おれの父……」

才蔵が茫然《ぼうぜん》とつぶやいたとき、小屋の下地窓《したじ》から、

――ヒュッ
と、矢が飛び込んで来た。

五

矢は才蔵の肩先をかすめ、行者小屋の板壁に突き刺さった。

ただの矢ではない。

矢の柄《え》に木綿の布を巻き、菜種油を染み込ませた火矢である。

壁に刺さった火矢は、ぼおッと燃え上がった。

(何者だ……)

才蔵は身を低くして下地窓にツッと駆け寄り、壁に身を寄せながら外のようすをうかがった。

見ると、小屋を囲む杉林の中に人影がある。

弓に二の矢をつがえている。

(いかん)

才蔵は、手裏剣を放った。

が、人影はいち早く気配を察知して老杉の陰へ隠れ、

――カツ

と、手裏剣が幹に刺さる。

その者が木の陰から、二の矢、三の矢を立てつづけに放ってきた。

火矢が柱と床に突き刺さり、めらめらと炎が燃え上がる。

「おのれ、くせ者めッ！」

柳生宗矩が怒気を発し、太刀をつかんだまま、小屋の戸口に駆け寄った。板戸に手をかけ、横に引きあけようとするが、戸はびくとも動かない。

「あかぬッ、あかぬぞ！　外から戸にカスガイでも打ちつけてあるのか」

才蔵も戸口へまわった。

なるほど、板戸は外からしっかりと金具で打ちつけられているようである。

「われらを小屋に閉じ込め、焼き殺しにするつもりでございますな」

「何とかせい、才蔵ッ」

宗矩が叫んでいるあいだも、火矢はつぎつぎ窓から飛び込んでくる。

うち一本が、床に広げられた愛宕裏百韻に突き刺さった。

一瞬のうちに、紙に火が燃え移る。

年月をへて乾ききった紙だけに、なおさら燃えやすい。

「おお、愛宕裏百韻が……」

福地ノ与斎次があわてて円座で火をたたいたが、火は容易に消えない。

才蔵はすばやく動き、あけ放しになっていた下地窓の揚《あ》げ戸をバタリと閉めた。窓を閉めれば、もはや火矢が入って来ることはない。

だが、その揚げ戸の外にも、立てつづけに火矢が射《う》ち込まれる音がする。

火は、行者小屋のあちこちに燃え広がっている。天神の画像が燃えた。神棚も燃えた。手がつけられない。

煙が小屋中に充満した。

上林徳順や近衛信尹が、おろおろして、

「死にとうない」

「誰か助けてたもれ」

などと、悲鳴に近い声を上げる。

真田幸村はといえば、煙を吸わぬように口元に布を当て、身を低くして才蔵に近づき、

「何とか外へ逃れ出る手はないのか、才蔵」

「板戸をこじあけるしか、残された手立てはございませぬ」

「いや、待て……」

幸村が、小屋に立ち込める煙の流れを目でしめした。

煙は、明らかにひとつの方向へ流れている。

小屋の奥へ、奥へと——。

(穴があるのではないか)

才蔵は一瞬、幸村と目を見合わせると、煙の流れるほうへと這《は》い進んだ。

行者小屋の奥には、漬物樽《つけものだる》が積み上げられていた。煙は、その樽のあいだへと吸い込まれていく。

(ここだな)

才蔵は、漬物樽をひとつひとつ横へ動かしてみた。

と——。

思ったとおり、積み上げられた樽の陰に、人がひとり、地を這ってようやく潜《くぐ》れるほどの板壁の破れ目が口をあけている。

煙はそこから、外へ向かって流れ出ていた。

「おい、ここから外へ出られるぞッ」

才蔵は、小屋のなかの者たちに向かって大声で叫んだ。

そのあいだにも、火勢はますます強まっている。赤い炎が小屋の床を、壁をなめ、屋根の葺《ふ》き草がバラバラと崩れ落ちてくる。

才蔵に導かれ、真田幸村が穴から外へ出た。

つづいて柳生宗矩、近衛信尹、そして上林徳順が脱出した。

(伯父上は……)

福地ノ与斎次の姿が見えない。

才蔵は、なおもしばらく、与斎次を待ったが、激しい炎の渦と煙に追い立てられ、やむなく行者小屋を離れた。

とたん、背後で行者小屋の草葺き屋根がどっと燃え崩れる音が響く。火の粉《こ》があたり一面に舞い上がった。

(伯父上《おじうえ》……)

かすかに胸の痛みを感じたが、才蔵はもはや振り返らなかった。

才蔵は与斎次が老いて見えたのを、ふと思い出した。与斎次はおのれの死期を悟っていたのかもしれない――。

忍刀を抜いた才蔵は木立に隠れながら、小屋の表側へまわった。火矢を放ったくせ者が身をひそめている杉林のほうへ近づいていく。

途中、林の下草のなかに、侍姿の男が二人、抜き身の太刀を手に握ったまま倒れていた。柳生宗矩が連れて来た柳生新陰流の門弟たちであろう。くせ者に襲われ、やられたものとみえる。

(どこだ……)

才蔵は、くせ者の姿を探した。

杉の梢《こずえ》が風に鳴っている。

突如――。

陽射しが暗くかげった。

と思った瞬間、木立のなかを矢が飛来した。

才蔵は身を低くしてかわしざま、手裏剣を放つ。

編笠《あみがさ》をかぶったくせ者は、杉の幹の陰へ隠れたが、手にもっていた短弓《たんきゅう》の本弭《もとはず》に手裏剣が当たり、ブツンと糸が切れる。

すかさず走り寄った才蔵は、上段から斬り下ろす。

男のかぶっていた編笠がバッサと裂け、黒く日焼けした顔があらわになった。

男が後ろへ下がった。

「きさまは……」

才蔵は忍刀を構えつつ、ジリジリと間合いをつめる。

「ワタリの底主《そこうず》か」

「………」

無言でニヤリと頬を引きつらせた男の片目は潰《つぶ》れていた。

阿波国吉野川の中洲で、才蔵の放った手裏剣が男の目を潰したのである。

「おれの父に恨みがあると申していたな」

才蔵は、爛《らん》と不気味な光を放つ底主の独眼を見すえた。

信じがたい話だが、才蔵はついいましがた、伯父の福地ノ与斎次の口からおのが父親の名を聞いたばかりだ。

「おれの父……。信長に恨みがあるのか」

才蔵が言ったとき、底主が糸の切れた弓を投げつけ、方向を転じて走りだした。林を駆け抜け、山の斜面を下っていく。

（どこへ行くつもりだ）

才蔵はあとを追った。

地を蹴《け》って跳び、木の枝に取りつくと、反動をつけ、ムササビのように木から木へと伝ってゆく。

林を抜けて、斜面の下へ飛び下りた。

下りたところは、岩場になっている。

岩場のすぐ横に太い滝が轟音《ごうおん》とともに流れ落ち、水を満々とたたえた蒼《あお》い滝壺《たきつぼ》のそばに、ワタリの底主が立っていた。

「来たな」

と、底主が背中の太刀を抜いた。右手一本で柄《つか》をつかみ、顔の前に垂直に立てる異様な構えをみせる。

才蔵も滝の水しぶきがかかる岩の上に立ち、忍刀を構えた。

六

「おれの実の父が信長であると知って、はじめて分かった。おぬし、伊勢長島《ながしま》のワタリの者だな」

才蔵は、底主に向かって言った。

底主の色黒の顔に、微妙な陰影があらわれる。

「やはり、そうか……」

才蔵は顔をしかめた。

伊勢長島で、木曾川の水運にたずさわっていたワタリたちが、織田信長に向かって叛旗《はんき》をひるがえしたのは天正二年（一五七四）のことである。

世に、

――伊勢長島の一向一揆《いっこういっき》

と、呼ばれるものだ。

一揆勢は篠橋《しのはし》、大鳥居《おおとりい》、屋長島《やながしま》、中江、長島の五ヵ所の砦《とりで》に立て籠《こ》もり、徹底抗戦したが二ヵ月半後、落城した。

信長は、最後まで抵抗した中江の城、屋長島の城に立て籠もっていた者たちをことに憎み、見せしめのため、まわりに柵《さく》をめぐらして四方から火をかけ、男女二万人を焼き殺した。

肉の焦げる匂いが、尾張津島《つしま》の町までただよったと言われるほどの凄惨《せいさん》をきわめる処刑であったという。

底主が、その伊勢長島のワタリの血を引く者であれば、信長とその血族に対する異様なまでの激しい憎悪も納得がいく。

底主は、織田の血を引く者への憎しみを心の奥に秘め、木曾川で水練の技を磨き、武芸の修練を積んで、来《きた》るべき復讐《ふくしゆう》のときを待っていたのだろう。

それにしても、才蔵自身ですら知らなかった信長と才蔵の血のつながりを、ワタリの底主がつかんでいたとは、恐るべき執念である。諸国に仲間の多いワタリには、あるいは、伊賀や甲賀の忍びでさえおよばぬ特殊な情報網が存在するのかもしれない。

「織田の一族を皆殺しにすると言ったな」

才蔵は底主の目を見た。

「ほかに、手にかけた者はいるのか」

「むろんじゃ」

と、底主が口辺に暗い笑みをただよわせた。

「信長の直系の孫にあたる三法師《さんぼうし》秀信《ひでのぶ》（本能寺の変で死んだ嫡男信忠《のぶただ》の息子）、同じく孫の秀雄《ひでかつ》（次男信雄《のぶかつ》の息子）、信長の十男信好《のぶよし》、いずれも我が手で殺した」

「そして、おれのところへやって来たというわけか」

「そう。おまえで四人目だ……」

底主の太刀を構えた右手が動いた。

肚《はら》の底からおめき声を発し、片手なぐりに打ち込んでくる。

才蔵はすっと後ろへ下がった。

底主の太刀が空を切る。

底主はツツッとすべるように前へ動き、すぐに二撃目を繰り出してきた。

才蔵は忍刀の鍔元《つばもと》で受けた。

——ガッ
と、刃が鳴る。

才蔵も押したが、底主も顔をゆがめ、満身の力を込めて鍔元を押しつけてきた。

たまらず一歩下がった才蔵の足は、滝のしぶきで濡《ぬ》れた岩を踏み、すべった。

あっと思ったときには、才蔵の体は滝壺へ転落していた。

水しぶきが上がる。

才蔵が水をかいて水面に浮かび上がると、つづいてワタリの底主も滝壺に飛び込んできた。

（まずい……）

才蔵の背筋を戦慄《せんりつ》が走った。

地上ならともかく、水中戦では木曾川のワタリの出である底主のほうが圧倒的に有利である。そのことは阿波での経験から、才蔵は身に沁《し》みて分かっている。

（水中でのやつは化け物だ）

一刻も早く水から這《は》い上がろうと、才蔵は忍刀を捨て、岸辺に向かって泳ぎだした。

底主が抜き手をきって追ってくる。

たちまち追いつかれそうになる。

（つかまったら終わりだ）

阿波の吉野川で水底に引きずり込まれ、死の淵《ふち》をさまよったときの記憶が、なまなましく才蔵の脳裡《のうり》によみがえった。

後ろを振り返った。

手を伸ばした底主の指の先が、わずかに才蔵の足に触れる。

才蔵は水を蹴った。

底主の顔にしぶきが飛ぶ。

ニヤリと男が目で笑った。

才蔵の足首を底主の手ががっちりとつかんだ。水底へ向かって、すさまじい力で引きずり込んでいく。

（くそッ）

忍刀はすでに、手になかった。

水中の底主に向かって斬りつけることはできない。

才蔵は足首の関節をはずし、底主の手を擦り抜けると、水面へ浮かび上がった。

必死に泳ぐ。

才蔵を追って浮かび上がった底主は、なおも執拗《しつよう》に追ってくる。

濡れて黒光りする手を伸ばしてきた。

瞬間――。

才蔵は猫のように身をたわめた。

頭から水中深く没すると、くるりと体を一回転させる。

見上げた。

ちょうど真上に、底主のぶ厚い胸板があった。

才蔵は襟元の棒手裏剣を抜き取るや、浮かび上がりながら、底主の左胸に手裏剣の切っ先を突き入れる。

手裏剣はぶかぶかと突き刺さった。

底主の四肢の動きが止まる。

蒼く澄んだ滝壺の水に、鮮血の帯がゆっくりと広がっていくのを、才蔵は水の底から幻のように見上げた。

才蔵は岸に上がった。

(伊勢長島のワタリか……。哀れな)

顎《あご》から水をしたたらせながら滝壺のほうを振り返ったとき、杉の木の枝を伝って岩場へ飛び下りてくる者があった。

「無事だったか、才蔵」

猿飛佐助である。

「おぬし、来ていたのか」

「ああ。幸村さまの御身が心配になり、あとから追いかけて来た」

「幸村どのは？」

「無事に下山なされた。愛宕裏百韻は炎のなかに失われたが、おぬしに命を救われたと仰せになっていたぞ」

「うむ……」

才蔵の胸に、にわかに寂寥《せきりよう》感が込み上げてきた。

（おれは信長の子か。伊勢長島でワタリを殺戮《さつりく》し、比叡山で僧侶《そうりよ》を撫《な》で斬りにし、伊賀一国を焼いた信長の血が、おれのなかに流れているのか……）

才蔵は、おのれというものが分からなくなった。

思えば才蔵は、実の父、織田信長弑殺《しいさつ》の祈願を込めた巻物を、親の仇《かたき》の家康のために探していたことになる。

福地ノ与斎次が愛宕裏百韻を探し求めれば、魔道へ堕《お》ちると言っていたのは、このことだったのだろう。

「な、才蔵」

猿飛佐助が才蔵に近づいてきた。

「おれたちの仲間にならぬか」

「…………」

「幸村さまは、喜んでおまえを迎え入れてくださるぞ」

（それもまた、よいか……）

才蔵は無言のまま、澄んだ暮れ方の空に浮かぶ鎌のような三日月を見上げた。

第八章　雲雀野《ひばりの》ノ御殿《ごてん》

一

相州《そう》平塚《ひらつか》宿の北一里（約四キロメートル）に、中原《なかはら》という里がある。いちめん、ススキの生《お》い茂る茫々《ぼうぼう》たる茅原《かやはら》がひらけ、北に丹沢《たんざわ》の連山を背負い、西には白雪をいただいた富士の嶺《みね》をのぞむ風光明媚《めいび》な土地である。

徳川家康がその中原の地に、鷹《たか》狩りのための、
——雲雀野《ひばりの》ノ御殿《ごてん》
を建てたのは、関《かん》八州の太守となった翌年のことだった。御殿には、茅葺《ぶ》きの主殿《おもや》のほか、鷹小屋、廏《うまや》、井戸などが点在しており、常駐する三人の番士が管理にあたった。御殿の名の由来は、このあたりの野に雲雀が多かったためという。

家康は、江戸城を息子の秀忠にゆずり、駿府へ隠遁《いんとん》したのちも、しばしばこの中原の御殿をおとずれ、鷹狩りを楽しんだ。

慶長十八年（一六一三）の春――。

うららかな春霞《はるがすみ》のたなびく空に、ピィーッと一声、雲雀が甲高く鳴いた。

「よき眺めじゃ」

左腕に巻いた弓懸《ゆがけ》（革手袋）に、〝朝日〟と名づけた愛鷹をすえた家康は、眼前にひろがる野の景色を目を細めてはるばると見わたした。

家康、この年七十二歳。

老いによる衰えは、百戦錬磨の武将の面貌《めんぼう》にいささかの影も落としておらず、眼光炯々《けいけい》、浅黒く陽焼けし、どっしりと肉のついた首まわりや腰に精気がみなぎっている。

関ヶ原合戦で石田三成ひきいる西軍を破り、名実ともに天下の覇者となってから、はや十三年。徳川将軍家の隆盛はゆるがず、その行く手には一点の曇りもないかに見える。

「獲物はまだ見つからぬか」

家康は、後ろに控える近習《きんじゅ》を振り返った。

「ははッ。ただいま、早足の者どもに探させておりますれば、間もなく知らせがまいりましょう」

「うむ」

徳川家康は、日本史上最大の鷹狩りマニアであったといわれる。つねに放鷹を好み、とくに晩年は百連をこえる大鷹を飼育し、各地の野に旅しては、雁《がん》、鴨《かも》、雉《きじ》、鶉《うずら》、鶴、白鳥といった野鳥を捕らえて、鳥肉料理に舌鼓《したつづみ》を打つのを至上の喜びとしていた。

（はて、今日の獲物は……）

家康が、足柄《あしがら》山塊の向こうに白い稜線《りようせん》をみせる富士の嶺に目をやったとき、

「雉がおりましたッ、大御所さま」

野に放っていた根来《ねごろ》者が、野を矢のように駆けもどって注進した。

「おう、おったか」

家康の金壺眼《かなつぼまなこ》が光った。

「で、どこじゃ」

「ここより二町ほど離れた沼のほとりに、つがいの雉がおりましてございます」

「案内《あない》せいッ」

家康の言葉に、根来者は小腰をかがめるようにして、先に立って枯れ草のなかを歩きだした。

家康と供の者二十人あまりも先導にしたがって移動する。

二町（約二二〇メートル）ばかり行くと、右手に青黒い古沼が見えてきた。沼のほとりは、立ち枯れた葦《あし》でおおわれている。

「いずこじゃ」

「あれに……」

根来者が声をひそめて指さすほうに目をやると、たしかに雉がいた。

一羽は、尾が青く頭があざやかに赤いオスで、もう一羽が地味な茶色い羽をしたメスで

ある。

　鷹狩りのなかでも雉猟は、獲物の雉が気配に気づいて飛び立つ瞬間の羽合わせが肝要となる。

　獲物を十分に狙える距離まで、足音を忍ばせて近づいた家康は、

「行けッ！」

　押し殺した掛け声を発するや、鷹を引きすえた左腕を前へ突き出した。

　瞬間――。

　鷹は家康の腕を離れ、獲物めがけて低く滑空する。

　気配におどろいた二羽の雉が、

　――バサバサッ
と、飛び立とうとしたとき、鷹は早くも雉に襲いかかり、するどい爪でオスの首根っこを捕らえている。

　危うく難を逃れたメス雉だけが、羽音を響かせ、むなしく蒼空《あおぞら》へ飛び去っていく。

（おお、やったぞッ！）

　家康は満面に喜色《きしよく》を浮かべた。

「おみごとにございます、大御所さま」

「さすがは朝日、あざやかな働きでござりましたなあ」

「いや、まったく」

口々に褒めそやす家来たちの言葉を聞き流しながら、

(時節さえ至れば、大坂城の小わっぱめも、この雉のごとく一息に仕留めてくれるものを……)

家康はメス雉の飛び去った西の空を見上げて思った。

その空のはるか彼方《かなた》、故太閤《たいこう》秀吉が築いた大坂城に、家康の唯一の頭痛の種ともいうべき小わっぱ——豊臣秀頼がいる。

秀吉の遺児秀頼は、関ヶ原合戦の敗北により、摂河泉(摂津・河内・和泉)六十五万七千石の一大名に落ちたとはいうものの、いまだ旧豊臣恩顧《おんこ》の大名たちのあいだに影響力を保ちつづけている。

(あのままには、捨て置けぬ。わしの目の黒いうちに、必ずや大坂城を……)

役目を果たした鷹に、家康が、餌箱から取り出した褒美の肉を一切れ与えたときだった。

「火事じゃーッ!」

近習のうちのひとりが叫んだ。

二

見ると、南の松林の向こうに黒煙が上がっている。雲雀野ノ御殿の方角である。

「御殿に火がかかったかもしれぬ。誰ぞ、見てまいれッ」

家康の下知《げち》に、根来者が御殿のほうへ向かって駆けだした。

そのあいだにも、火勢はしだいに強まり、赤い火の手が一行のいる沼のほとりからも、ありありと見えるようになる。

「ええいッ。皆の者、木偶《でく》の坊のように突っ立っておらんで、火を消しに行かぬか。御殿の鷹小屋には、わが秘蔵の鷹ども、勝栗《かちぐり》、流星、風早《かざはや》がつないである」

すさまじい見幕だった。

ダッと、さらに十数人が走りだした。家康自身、興《きよう》ざめになったのか、鷹を鷹匠《たかじよう》に渡し、腕にはめた弓懸をはずした。

と——。

そのとき、野に白煙が立ち込めはじめた。

ただの煙ではない。かすかに硫黄《いおう》の臭いが籠《こ》もっている。

「大御所さま、ご用心召されませ。この煙、怪しゅうございますぞ」

残っていた五人ばかりの近習が、煙にむせながら家康のそばに駆け寄ってきた。男たちは手に手に抜刀し、主君を守るようにまわりを取り囲む。

と——。

家康の右横に張りついていた前髪姿の小姓《こしよう》が、突如、

「うげッ！」

と声を上げ、草むらに崩れた。喉笛《のどぶえ》に、鈍く黒光りする刃物が突き刺さっている。

手裏剣だった。見る者が見れば、伊賀の忍びが使う、柄《え》に麻の黒糸を分厚く巻いた棒手裏剣とわかったであろう。

「どうやら、近くに豊臣の忍びが潜んでおるようじゃ」

「大御所さまッ……」

「うろたえるでない。うろたえれば、みすみす敵の術中にはまろうぞ」

この期《ご》におよんでも、家康はあくまで沈着冷静さを失わない。みずからも太刀を抜き、立ち込める白煙のなかを、身を低くしてそろそろと動きだす。

半町も行かないところで、また一人、近習が倒れた。

胸に手裏剣が刺さっている。

その死骸《しがい》の向こう、白煙ただよう茅原《かやはら》のただなかに、ひとりの男が立っていた。すらりとした鞭《むち》のような体に、鼠色の忍び装束《しょうぞく》を身にまとっている。

身の丈、五尺八寸（約一七五センチ）あまり。

身軽さが身上《しんじょう》で小男の多い忍びのなかで、異例ともいえる長身である。顔をおおった覆面からのぞく男の目が、不敵に笑っている。

「おのれ、くせ者ッ！」

不用意に飛び出した近習の脾腹《ひばら》を、次の瞬間、男の忍刀《にんとう》があざやかに刺しつらぬいた。そのまま横に刀をねじり、近習を地に這《は》わせる。

生ぐさい血臭が、春の野に散った。

長身の忍びが野を走った。

構えを低くし、刀身を横に寝かせ、家康めがけて一直線に駆け寄る。

そうはさせじと、残る二人の近習が右から、左から、男に斬りかかるが、男の化鳥《けちょう》のごとき動きについてゆけず、血だるまとなって地面に横転した。

男が、家康に迫った。

だが、老齢とはいえ、家康もさるもの、低く襲いかかる忍びの刃をたたき伏せ、すんでのところで食い止める。

——キン
と、刃が鳴った。

すっと後ろへ下がった忍び装束の男は、

「やるものだ」

と、思わず感心したように覆面の下から声を洩《も》らした。

家康は若いころから武芸好きで、水練、乗馬の訓練を欠かしたことがなく、有馬《ありま》流、一刀流、新陰流など、諸国の武芸者を集めては、剣技の稽古《けいこ》を重ねてきた。そのうえ、七十余年の人生のなかで幾多の野戦をくぐり抜けてきただけあって、その胆力は並のものではない。

「おぬし、豊臣の手の者じゃな」

家康は太刀を構え、忍び装束の男を睨《にら》みすえた。

「いかにも」

と、忍びがうなずく。

「御殿に火を放ったのは、そちの仲間か」

「そうだ」

「わしとしたことが、まんまとしてやられたな。褒めてつかわそう」

「…………」

「そちの名は？」

「伊賀の霧隠才蔵」

「霧隠か……」

家康が口のなかで低くつぶやいた。

「もはや問答は無用」

と、動き出そうとした忍びを、

「待て」

家康が強い声で押しとどめた。落ち窪《くぼ》んだ金壺眼《かなつぼまなこ》を、狡《ずる》そうに光らせながら、

「霧隠とやら、わしと取引をせぬか」

「取引だと？」

「さよう」

太った顎《あご》を引いてうなずき、

「もはや落日《らくじつ》の豊臣家を見かぎり、わしに仕えよ。そちを幕府伊賀組の組頭《くみがしら》に取り立ててやろう」

「出世と引きかえに、裏切りを働けというのか」

「どうだ、一介《いっかい》の伊賀者づれには過ぎた話であろう」

「出世などいらぬわッ」

ほとばしるように叫んだ才蔵の右手が襟元に伸び、さっと手裏剣が放たれた。

とっさに家康が剣先で払いのける。

その瞬間、才蔵の体は高々と宙に跳び、家康めがけ真っ向から忍刀を斬り下ろしていた。

たしかな手応えがあった。

家康の額《ひたい》が真っ二つに割れ、石榴《ざくろ》のようにはじけた傷口から、どっと鮮血が噴き出す。

一瞬、家康は、何が起きたかわからぬように虚空《こくう》を見すえていたが、やがて体を二度、三度、小刻みに震わせ、枯草の上へどうと倒れ伏した。

才蔵はすばやく駆け寄った。家康の息をうかがう。

ほとんど即死であった。

(なんと、あっけない最期《さいご》よ……)

才蔵が、天下の覇者と呼ばれた男の骸《むくろ》を冷たく見下ろしていたとき、野に流れる白煙を割って、黒い忍び装束の小男が姿をあらわした。どことなく、軽捷《けいしょう》なしぐさが猿《ましら》に似ている。

「御殿のほうは、わしの放った火で大騒ぎだわい。才蔵、そちらの首尾は」

と、黒覆面をはぐって、皺《しわ》の多い小づくりの顔をあらわにしたのは、霧隠才蔵とともに、九度山《くどやま》の流人《るにん》、真田左衛門佐幸村《さなださえもんのすけゆきむら》に仕える甲賀の猿飛佐助であった。

「見てのとおり」

才蔵が顎で草むらをしめすと、

「おお、仕留めたか」

佐助は地面に片膝《かたひざ》をつき、死骸のそばにかがみ込んだ。無造作に冷たくなった左手をつかみ、じっと見つめる。

「間違いない、本物の家康じゃ。手に古傷があるぞ」

佐助がニッと笑った。

「徳川家康の左手には、関ヶ原合戦のさい、村正《むらまさ》の槍《やり》で傷つけた古い傷痕《きずあと》があると聞いている。これこのとおり、中指の先の爪半分が欠けておるではないか」

猿飛佐助の言う村正の槍とは、織田有楽《おだうらく》が関ヶ原合戦のさいに使ったとされる槍である。合戦が東軍の勝利に終わったあと、家康は有楽の槍を検分したが、そのとき槍がすべって家康の手に傷がついた。村正の刀が徳川家代々に祟《たた》るという伝説ともあいまって、この話は後世にまで喧伝《けんでん》された。

「幸村さまが、さぞお喜びであろう。一刻も早く九度山へ立ちもどり、ご報告申し上げよう」

と、佐助が喜々として立ち上がろうとしたとき、

「喜ぶのはまだ早いぞ、佐助」

才蔵の冷めた声が、それを押しとどめた。

「見よ。この古傷は、槍の傷ではない」

「何ッ」

「これは鋭利な刃物でついた傷ではなく、野犬かオオカミの牙《きば》で嚙《か》み裂かれたものだ」

「まさか……」

ふたたび、佐助が倒れている家康の左手を子細に調べ直した。その顔色が、みるみる青ざめていく。

「くそッ！　またしても影武者であったか」

佐助が唇を嚙んだ。

「われらが家康を狙いはじめてから、これで三人目だ……。倒しても、倒しても、きりがない」

「どうする、才蔵」

目を見合わせた二人のはるか背後で、こちらへ向かって近づいてくる足音がした。御殿の火事を消し止めた侍たちが、もどってきたのであろう。

才蔵は音のするほうに、ちらりと視線を投げ、

「われらの度重《たびかさ》なる襲撃で、まことの家康の警護はますます厳重になろう。とりあえず、

上方《かみがた》へ引き上げるしかあるまい」

「やむをえぬな」

「うむ」

御殿の人数が、枯草のなかに倒れている影武者の死体を発見したときには、才蔵と佐助、二つの影は、白煙につつまれた相模《さがみ》の野を一陣の風のごとく遠ざかっていた。

三

霧隠才蔵が京へもどったのは、雲雀野ノ御殿の一件から十日後、三月もなかばのことである。

ともに東国へ旅をした佐助とは、京の入り口の山科《やましな》の里で別れ、才蔵は隠れ住まいにしている東山長楽寺の石段脇にある草庵《そうあん》に腰を落ち着けた。

(ひとつ、歌でもひねり出そうか……)

春雨《はるさめ》にかすむ京の町を眺め下ろし、才蔵は裏山から汲《く》んできた清水を赤間《あかま》石の硯《すずり》にそそいだ。

東山の草庵にいる才蔵は、伊賀の霧隠才蔵であって才蔵でない。東山の侘《わ》び住まいに居るとき、才蔵は連歌師の、

——霧山孤舟《きりやまこしゆう》

と名乗っている。

花鳥風月を友とする連歌師は、ふつうでは近づきがたい公卿《くぎょう》、武将と席を同じくすることができ、また、長いあいだ草庵を留守にしても、風雅の旅に出ているのであろうと、人から怪しまれることがない。忍びが世間をあざむく顔としては、連歌師は格好の職業といえた。

出《い》で立ちも、唐桟留《とうざんどめ》の小袖《こそで》に渋い朽葉《くちば》色《いろ》の道服という、どこから見ても風雅に通じた数寄者《すきしゃ》のなりをしている。

墨を硯ですりながら、

（とんだ骨折り損の旅であったな……）

才蔵は猿飛佐助とともに決行した家康暗殺行を思い返した。

「頼む、才蔵。わしに力を貸してくれ」

と、頭を下げたのは、佐助のほうであった。

佐助が熱を込めて語るには、

「江戸に幕府が開かれたとはいえ、徳川の世はいまだ完全に固まりきってはいない。徳川の天下をささえているのは、ひとえに家康の威信じゃ。家康さえいなくなれば、徳川は芯《しん》を失い、砂浜に流れ着いた水母《くらげ》のように、くたくたと崩れようぞ。わしとおぬし、甲賀と伊賀で一といわれる術者が手を組めば、家康の首を取ることも不可能ではなかろう」

と、言うのである。

佐助の言うとおり、甲賀の猿飛佐助、伊賀の霧隠才蔵といえば、忍びの世界では知らぬ者のない一流の術者であった。

その二人が手を組んで、天下人家康を討とうというのである。

じつを言えば、佐助にも、むろん才蔵にも、大坂方に味方して、命がけの暗殺行をおこなう義理はまったくない。ふつう忍びは、金で雇われて仕事をするものである。金で雇われれば、どのような相手のためにも働く。そこには人としての好悪《こうお》の情は微塵《みじん》も存在しない。ただ、雇い主との契約を果たさんがために行動する。昨日のあるじであっても、今日敵にまわれば、顔色も変えずに寝首をかく。それが、合理的な忍びの考え方なのである。

にもかかわらず、猿飛佐助がここまで大坂方のために働こうというのは、損得勘定抜きにして惚《ほ》れた男がいるからであった。

男の名は、真田左衛門佐幸村――。

幸村は、信濃上田《しなのうえだ》城主真田昌幸《まさゆき》の息子で、智略神のごとしと言われ、去《い》んぬる関ヶ原合戦では、父昌幸とともに徳川秀忠ひきいる三万八千の軍勢を上田城に釘付《くぎづ》けにして、天下に勇名をとどろかせた。

関ヶ原合戦ののちは、高野山のふもと九度山に流され、流人生活を送っているが、いまも猿飛佐助ら配下の忍びをひそかに駆使《くし》して、来《きた》るべき大坂城の豊臣秀頼と徳川家康の決戦にそなえている。

天下に風雲が巻き起これば、幸村はただちに大坂城入りする肚《はら》づもりでいた。

「家康を暗殺せよとは、幸村どののご命令か」

才蔵は佐助に聞いた。

佐助のように正式な主従関係を結んでいるわけではないが、一匹狼の忍びをつらぬいてきた才蔵も、真田幸村の深い智謀、さわやかな人柄には心服している。

「いや」

と、佐助は首を横に振った。

「幸村さまは、いくさにて正々堂々と家康と渡り合うと仰せになっておられる。しかし、天下の諸大名は、ことごとく家康になびいておるいま、正攻法でいくさに勝つのはむずかしかろう。われら忍びにできることと申せば、おのが忍びの技で、家康の命を狙うことだけじゃ」

猿飛佐助の誘いに、才蔵は乗った。

豊臣方に加担し手柄をあげることで、立身出世を望んだわけではない。

才蔵は、今年で三十一になった。

忍びとして生まれた以上、もはや、いつ死んでも悔いはないと思いさだめている。ほかの誰にも成し得ぬであろう大仕事に、露のごときおのが命を賭《か》けてみたいと思ったのである。

東国へ下った才蔵と佐助は、駿府城、江戸城、そして相模中原の雲雀野ノ御殿と、家康を再三にわたって襲撃した。

（何のことはない。結局、家康の体に、毛すじひとつの傷もつけることができなんだ。われらの技が未熟というより、相手が一枚上手だったというべきか……）

才蔵は筆を手にとった。

思い浮かんだ歌を帳面に書きつけようとしたとき、庭の木戸の向こうに一丁の駕籠《かご》がとまるのが見えた。

胴に金泥《きんでい》の菊紋が入った、黒漆《うるし》塗りの駕籠である。

才蔵は目を細めた。

駕籠の戸を開け、供の者に手をとられながら下りてきたのは、墨染の法衣をまとった尼であった。頭から白い頭巾《ずきん》をかぶっている。

年は三十過ぎ。

一点の曇りもない白臘《はくろう》の顔容《かんばせ》、人目をはばかるようにあたりを見まわす切れ長の目もとに、犯しがたい気品がただよっている。

「静香尼《せいこうに》どの」

才蔵が声をかけると、雨のとばりの向こうで尼はぽっと頬を赤らめ、草をゆっくりと踏みしめながらこちらへ近づいてきた。

「お会いしとうございました、霧山さま。ずっと、庵《いおり》をお留守にしておられたでございましょう」

怨《えん》ずるように、尼が才蔵を見た。法衣の細い肩が、絹のような雨に濡《ぬ》れている。

尼を下ろした駕籠が、供の者とともに道を遠ざかっていくのを見届けた才蔵は、

「それより、なかへお入りになられよ。手がこんなに冷たくなっている」

と、尼の華奢《きやしや》な手を引き寄せた。

才蔵が、尼――大原《おおはら》の妙蓮院門跡《みようれんいんもんぜき》、静香尼と割りない仲になったのは、一年ほど前のことである。

やむを得ぬいきさつから尼門跡《あまもんぜき》寺院へ忍び込んだ才蔵は、男を知らぬ静香尼に伊賀秘伝の淫指《いんし》術によって女の悦《よろこ》びを教え、以来、静香尼のほうからしばしば東山の庵をたずねて来るようになった。

むろん、静香尼は才蔵が伊賀の忍びであることを知らない。風雅を友とする連歌師だと、頭から信じ込んでいる。

才蔵が忍びであれ、連歌師であれ、二人の身分に天と地ほどの開きがあるのに変わりない。しかも、静香尼は仏に仕える身である。

才蔵との情事《こと》が露見すれば、まちがいなく寺を逐《お》われるだろう。だが、その禁断の恋ゆえにこそ、静香尼はたまゆらの時に切なく身を焦がすのである。

「わたくしのほかに、よいお方がおできになったのではございませぬか」

ついこのあいだまで、男女の恋の道さえ知らなかった汚《けが》れなき尼が、いまでは一人前に嫉妬《しつと》してみせるようになっている。

（女とはおもしろいものだ……）

目から鱗《うろこ》が落ちるような新鮮なおどろきをおぼえながら、才蔵は、

「そんなことが、あろうはずもない。私がいとしく思うのは、尼門跡さまただ一人だ」

と、静香尼の目をひたと見つめた。

「嘘……」

「ではない」

と言ったが、それは世間知らずの尼門跡を傷つけぬための方便である。才蔵には、静香尼のほかにも情を交わす女が幾人かいた。

しかし、忍びとして闇の世界に生きる以上、女に心を移すことは禁物であった。

伊賀では、女に惚《ほ》れるようでは忍びとして役に立たぬと言われている。また逆に、女に惚れられぬようでも、忍びとしては失格だった。敵地に忍び入り、間諜《かんちょう》をおこなうとき、命がけで助けてくれるのは関係を結んだ女である。女は敵にすべからず、味方にせよと、伊賀の古伝にもある。

「会いたかった」

才蔵は、静香尼を強く抱きしめた。それだけで、静香尼は陶然とした表情になる。

しかし、開け放ちの障子を気にする様子で、

「人が見ます」

「ここには、ほかに人などおらぬ」

「でも……」

才蔵が障子を閉めてもどってくると、静香尼は自分のほうからすがりついてきた。

「わたくしも、霧山さまに……」

「こうして欲しかったか」

才蔵の唇が、静香尼のうなじに刻印を押す。

「尼寺の暮らしは退屈であろう」

「はい……。こうして、霧山さまの腕に抱かれることばかりを夢見ておりました」

「夢でも、そなたは淫《みだ》らに乱れたか」

「恥ずかしい。言えませぬ」

「恥ずかしがることはない。男と女が愛し合えば、体をもとめるのは自然《じねん》のことわりだ」

才蔵は、静香尼の墨染の法衣を剝《は》ぎ取った。

法衣の下は、白い帷子《かたびら》である。

つつましやかに実った胸の隆起が、おののいたように震えているのが、帷子の上からでも見て取れる。

「私も旅先で尼門跡さまのことばかりを思っていた」

耳もとでささやきながら、才蔵は静香尼の体を床に横たえた。

帷子の襟元から手を差し入れると、そっと乳房に触れただけで、

「あッ……」

と、静香尼は首から頬に朱《あけ》を立ちのぼらせた。

「いや」

と、かぶりを振りながらも、白い喉《のど》をそらせ、才蔵の腰に腕をまわしてくいる。

才蔵の指は、尼門跡の体の隅々まで知っていた。敏感なところも、すべて知りつくしてる。

才蔵の愛撫《あいぶ》に息をあえがせながら、

「いつものごとく、お歌を……」

静香尼がうわごとのようにつぶやいた。

「連歌か」

「はい」

房事のとき連歌を交わすのが、いつのころからか、才蔵と静香尼のいっぷう変わった習慣になっていた。たがいに風雅を愛する者同士、行為のさなかに歌のやりとりをすることで、いっそう情感が高まり、体の悦びも深くなるのである。

「春かへり人静かなる柴《しば》の戸に」

と、桃色の固く立った乳首に指を這《は》わせつつ、まず才蔵が発句《ほっく》をささやいた。

静香尼が、いまにも絶え入りそうな切なげな声で、

「夢とやいはん花の面影」

と、応ずる。

「ゆく春のあひも思はぬ別れ路に」

才蔵は尼の透きとおるように薄い耳を噛《か》んだ。

静香尼の帷子の裾《すそ》が乱れ、湯文字のあいだから白くなめらかな太腿《ふともも》がのぞく。女の顔が清らかであればあるだけ、放胆な太腿がなまめかしく見える。

「時しも濡れる夕暮れの雨」

静香尼の少し開いた唇から、吐息が洩《も》れた。

「山里の垣根の下の草もえぎ」

と、才蔵の指先は、女の臍《へそ》の下の若草の茂みに伸びている。若草を割っていくと、指は蜜《みつ》の洗礼を受けた。熱いほどである。

「川のよどみに……、あッ……。川のよどみに花ぞ開かん」

ついに耐え切れなくなったのか、静香尼は次の句を口のなかで噛み殺し、才蔵の首すじにかぼそい腕をからめた。

「いけませぬ、もう……。句がつけられませせぬ」

「欲しいか」

「は、はい」

「されば、谷の奥をたずねん」

才蔵は衣を脱ぎ捨てた。引きしまった筋肉質の体が、あらわになる。

「むすぶ枕の、夢ぞ短き」

低く口ずさむと、才蔵は静香尼の脚を押し広げて、ふかぶかと腰を沈めた。

四

夕暮れになり、降りしきっていた雨が上がるころ、静香尼は迎えの駕籠《かご》に乗って寺へ帰っていった。

女との激しい行為も、才蔵の鍛え抜かれた肉体には、いささかの疲れも残してはいない。

才蔵はとっぷりと日が暮れ落ちるのを待ってから、身支度をととのえて外へ出た。

草庵《そうあん》の木戸を出ると、あたりは楓《かえで》の林が広がっている。晩秋ともなれば、楓の葉はあざやかな紅色に染め上げられるが、いまはまだ、芽吹き前の木々が小径《こみち》をおおうように枝を伸ばしているばかりである。

小径はすぐに、長楽寺の石段に突き当たった。雨に濡《ぬ》れた石段を下っていくと、やがて祇《ぎ》園《おん》社の横に出る。

人気《ひとけ》の少ない東大路通《おおじどおり》を、才蔵は南へ向かって急いだ。東本願《ほんがん》寺門前の古着売り、帯解《おびとけ》屋《や》をたずねるためである。

帯解屋とは世を忍ぶ仮の姿、じつは店をやっているのは、

〝稲負鳥〟

〝都鳥〟

〝呼子鳥〟

と、三人いる才蔵の若い配下のひとり、〝呼子鳥〟である。

才蔵は、呼子鳥《もう》に古着屋を開かせ、町の噂を集めるなど、情報収集にあたらせていた。最初から儲けるつもりなどないのだが、人当たりのよい呼子鳥にまかせたせいか、帯解屋は東本願寺に参詣《さんけい》にやって来る老若男女の客を集めてなかなかの繁盛ぶりをみせていた。

才蔵が、東本願寺の門前に呼子鳥を置いたのにはわけがある。

東本願寺は、徳川家とのゆかりが深い。一方、西に三町ばかり離れたところにある西本願寺は、豊臣家との関係が深かった。

くわしく言えば、こうだ。

かつて、戦国の世、本願寺は天下統一をめざす織田信長と争っていた。長い籠城《ろうじょう》戦のあと、本願寺は信長に屈し、法主は流浪《るろう》生活を余儀なくされた。しかし、本能寺の変で信長が死ぬと、あとを継いで天下人となった豊臣秀吉が、

「本願寺の法主ともあろう者が、野をさすらうとは、いたわしいことじゃ」

と、法主を京へ呼びもどして壮大な伽藍《がらん》を提供した。これが、西本願寺である。

ゆえに、西本願寺は豊臣家に恩義を感じている。

これに対し、徳川家康が造営したのが東本願寺である。家康は江戸に幕府を開くと、不遇の身にあった西本願寺法主准如《じゅんにょ》の兄、教如《きょうにょ》に声をかけ、豊臣家とゆかりのある西本願寺の目と鼻の先に、もうひとつの本願寺を造らせたのだった。

老獪《ろうかい》な家康のことである。落魄《らくはく》の教如を哀れみ、伽藍を寄進したわけではない。家康は

東本願寺を、京における徳川幕府の宗教的な出先機関として利用しようと考えたのだった。

才蔵が、東本願寺門前に呼子鳥を置いたのは、その幕府の出先機関を見張ってやろうという意図があったのである。

「おれの留守中、何か変わった動きはなかったか」

帯解屋の奥座敷に上がり込んだ才蔵は、菜めしに湯をかけたものを、箸《はし》でかき込みながら呼子鳥に聞いた。

呼子鳥は、才蔵が菜めしを好きなのをよく心得ている。

若いながらも、古着屋を上手に切り盛りしているだけあって、呼子鳥は万事に小才がきいて如才がない。店先にもっともらしい顔ですわっているときなど、生まれながらの商人そのものに見える。

「先ごろ、八坂《やさか》の塔に落書《らくしょ》する者がござりました」

鳶色《とびいろ》の大きな目をくりくりさせながら、呼子鳥が言った。

「ほう、落書か。古来、落書は民の心を鏡のごとくあらわすという。どんなことが書いてあった」

「都にはいらざるものが三つあり、蚤《のみ》と虱《しらみ》と江戸の将軍」

「うまいことを言ったものだ」

才蔵は箸を置き、腹をかかえて笑った。

「ほかにも、江戸の幕府を揶揄《やゆ》するような落書がいくつもございました。上方の者は、つくづく豊臣びいきでございますなあ」

「それはそうだろう。大坂にきらびやかな城を築いた豊臣家とちがって、江戸の幕府は京者から見れば東夷《あずまえびす》そのものだ。しかも、その東夷が京の朝廷にまであれこれうるさい注文をつけるときている」

「そのほか」

と、呼子鳥は言葉をつづけ、

「このところ東本願寺に、しきりに茶屋四郎次郎《ちゃやしろうじろう》と上林徳順《かんばやしとくじゅん》が出入りしている模様です」

「茶屋と上林か……」

才蔵は口のなかでつぶやいた。

二人のうち、茶屋四郎次郎は、家康と同じ三河出身の呉服商である。早くから家康に仕え、徳川家の御用商人をつとめる一方、

——陰働き
によって、隠密《おんみつ》の役割も果たしてきた。

家康の天下取りとともに朱印船貿易の権利も獲得し、巨利を得て、いまでは京の三長者の一人と呼ばれるほどの豪商に成り上がっている。

もう一人の上林徳順は、宇治で茶園をいとなむ天下一の茶師で、これまた徳川家の隠密御用をおおせつかり、家康の情報戦略に力を貸してきた人物である。

才蔵はかつて、この徳順に雇われ、忍び働きをしたことがあった。

才蔵が大坂方の真田幸村に心を寄せるようになってから、上林家との関係は疎遠になったが、いずれにしろ、茶屋と上林が徳川の息のかかった〝隠密商人〟であることには間違いない。

（古ギツネどもめ。徳川の息のかかった東本願寺に集まり、額を寄せて何を相談しているのやら……）

才蔵は爪楊枝《つまようじ》で歯のあいだにはさまった菜をせせった。

「ほかにもうひとり、先月の末ころから、気になる者が東本願寺の黒書院に住みついております」

呼子鳥が言った。

「気になる者とは？」

「武芸者でございます」

「武芸者……」

「はい」

と、呼子鳥はうなずき、

「どこの何者であるのか、顔見知りの小坊主に聞いても名が知れませぬ。ただし、東本願寺の坊官が執務する黒書院に、わが物顔で寝泊まりするほどでございますから、たんなる放浪の廻国《かいこく》修行者でないことは間違いございませぬ」

「たしかに、気になる……」

話を聞いているうちに、才蔵の双眸《そうぼう》はしだいに暗い光を帯びてきた。

「そやつの素性《すじょう》を洗ってみたか」

「むろんでございます。つい昨日の晩も、御影《みえい》堂門より外へ出かける姿を見かけ、ひそかにあとをつけました」

「どこへ行った」

「それが」

と、呼子鳥はあたりをはばかるように声を低め、

「六条柳《ろくじょうやなぎ》町の遊郭へ足を向け、しばらくあたりをぶらぶらしておりましたが、ささいなことから遊び帰りの傾奇者《かぶきもの》どもと喧嘩《けんか》になり……」

「刀を抜いたのか」

「はい。傾奇者のひとりが酔った勢いで抜刀し、おめきながら斬りかかろうとしたとたん、武芸者の手が腰の太刀に伸び、傾奇者を抜く手も見せず袈裟《けさ》がけに斬り下ろしていたのでございます。あれぞまさしく神業《かみわざ》。残りの者どもは、鬼神のごとき武芸者の手並みに恐れおののき、顔色を青くして逃げ去っていったような次第で」

「それほどの腕か」

「世に武芸者多しといえども、あれだけの腕の持ち主は少のうございましょう。物陰で見ていて、こちらも背筋がうすら寒うなりました」

「その武芸者の人相、風体《ふうてい》は」

「年のころ、三十四、五。色白で彫りの深い顔立ちをし、背丈は高うございます。まず美男といっていいほどの端正な男ぶりでございますが、全身に血臭に似たものがただよい、人を寄せつけぬ孤高の冷たさを感じましてございます」

「なるほど」

才蔵は、おのれが知っている高名な武芸者の貌《かお》を思い出してみた。が、心当たりはまったくない。

(誰だろう……)

才蔵は首をひねった。

「とにかく、その武芸者が怪しい動きをせぬか、つねに気をくばっておれ。案外、江戸方の大物かもしれぬ」

「承知」

呼子鳥が頭を下げた。

五

帯解屋をあとにした才蔵は、東山の庵《いおり》へもどるため、明るい月明かりに照らされた夜道を歩いた。

静かである。

地面に落ちた影法師だけが、才蔵のあとをついてくる。

やがて、鴨《かも》川の土手に出た。

瀬音の響く川に橋がかかっている。五条大橋である。朱塗りの欄干《らんかん》が、月明かりに淡く光っていた。

才蔵は忍びの習性で、足音も立てず、人気《ひとけ》の絶えた橋を渡った。渡りきろうとしたところで、あたりに異様な殺気を感じ、はっと足が止まった。

(誰か、いる……)

才蔵は、周囲に視線を配った。

橋の東詰めに枝を垂らしている柳の古木、その柳の下の暗がりに、息を殺して身をひそめる者がある。

(辻斬《つじぎ》り、いや物盗りか)

このところ、京の町では辻斬りや物盗りが横行し、大の男でさえ夜道を一人では歩けぬほど治安が悪くなっていた。

江戸と大坂のあいだでしだいに合戦の機運が高まり、人心が不安に陥《おちい》っているせいかもしれない。

(伊賀者相手に物盗りを働こうとは、いい度胸だ)

才蔵が不敵に笑い、襟元の手裏剣に手を伸ばしたとき、橋のたもとの柳の下から、ぬっと顔を突き出す者がいた。

頭を剃《そ》り上げた大入道である。身の丈、六尺（約一八〇センチ）はあろう。墨染めの裳《も》付衣《つけ》に括《くく》り袴《ばかま》をはき、首からいらたか念珠《ねんじゅ》をぶら下げている。

手に持った太い鉄尖棒《かなさいぼう》の先には、するどい鉄の刺《とげ》が二十あまりも突き出ており、一撃されれば頭の骨が粉々に砕け散るだろうと思われた。

「おぬし、霧隠じゃな」

大入道が闇の向こうで目をぎろりと光らせた。

才蔵の名を知っているところをみると、ただの物盗りや辻斬りではない。才蔵が庵へもどるところを、待ち伏せしていたらしい。

（忍びではないな……）

と、才蔵は見て取った。

忍びに、このような大男はいない。軽捷《けいしょう》さが身上の忍びにおいて、巨軀《きょく》はあまりに目立ちすぎ、行動に不利となるからだ。

しかしながら、男の全身にみなぎる凄《すさ》まじい闘気には、百戦錬磨の才蔵でさえ目をみはるものがある。

「答えよ。おぬし、伊賀の霧隠才蔵であろう」

「答える義理はあるまい」

「何をッ！」

大入道が太い眉《まゆ》を吊り上げたとき、

「兄者、間違いない。そいつが霧隠ぞ」

と、同じ木の陰から、もう一人の男が飛び出てきた。

こちらもでかい。

大入道より、やや体格は劣るものの、墨染めの衣から突き出た腕が丸太ん棒のように太い。大入道を兄者と呼んだところをみると、二人は兄弟であろう。そういえば、鉈《なた》で彫り刻んだような粗削《あらけず》りな顔立ちが、どこか似通っている。

弟の入道のほうは、背中に、四尺近い異様な長さの大太刀《だち》を背負っていた。

「すかした面構えが、〝さ〟の字の女から聞いていたのと同じじゃ。逃がすまいぞ」

男は背中の大太刀をぞろりと引き抜いた。

身幅《みはば》の厚い大乱《おおみだれ》の太刀である。月明かりを受け、刀身が銀色に冷たく光った。

大太刀の入道は才蔵の横へまわり込み、欄干を背負って大上段に身構えた。兄のほうは、十八貫（約六八キロ）はあろうかという鉄尖棒をかるがると頭上にかつぎ上げ、才蔵に正面から迫る。

「何のつもりだ」

才蔵は眉を曇らせた。

といって、二人の入道を恐れているわけではない。目潰《めつぶ》しひとつで、ゆうゆうと逃げ切る自信はある。

それでもあえて、才蔵が逃げなかったのは、彼らがなぜ自分を狙うのか、そのわけを確かめたいと思ったからだった。

「おまえたち、伊賀の霧隠に何の遺恨がある。わけを申せ」

「遺恨はないッ。遺恨はないが、殿の御《おん》ため、きさまを生かしてはおけぬ」

鉄尖棒を振りかぶった大入道が、思いがけぬ身軽さでダッと踏み込むや、満身の力でたたきつけてきた。

まともに食らっては、ひとたまりもない。

才蔵は足もとの橋板を蹴《け》った。ぐわんと振り下ろされる鉄尖棒を鼻先三寸でかわし、橋の欄干の上へヒラリと飛翔《ひしよう》する。

——とん
と、才蔵が幅五寸（約一五センチ）の欄干に下り立ったとき、大入道の鉄尖棒は橋板を突き破り、激しい音とともに砕けた木片を撒《ま》き散らしている。

（なんという馬鹿力だ……）

才蔵を愕然《がくぜん》とさせるに足りる剛力であった。

と、休む間もなく、今度は横にいた弟の入道が、

「カァーッ！」

と掛け声もろとも、大太刀で才蔵の足もとを薙《な》いでくる。

速い。しかも、一撃必殺の気合をはらんでいる。常人ならば、とうてい逃れるすべはないであろう。

銀光が闇にひとすじの尾を引いて流れた瞬間、才蔵の体は大太刀をかわして虚空《こくう》へ跳び、反対側の欄干へ逃れていた。

才蔵の超人的な跳躍に、大入道たちが目を剝《む》いた。

しかし、

(これは……)

とおどろいたのは、才蔵のほうも同じである。二人の入道は、才蔵が思ったよりもはるかに凄まじい力を身のうちに秘めていた。

ただ図体がでかいだけではない。みずからの怪力を自在にあやつる速さ、敏捷《びんしょう》さを身にそなえているのである。

はじめはいい加減にあしらってやろうと高《たか》をくくっていた才蔵だが、入道たちの実力のほどを見て、

(逃げるしかないか……)

と、思った。

木立のなかや屋内ならば、どうにでも目くらましがきくが、身を隠す場所とてない橋の上では、忍びの技は使いにくい。しかも、今日は連歌師の姿であるため、忍刀も所持していなかった。

得物《えもの》といえば、わずかにふところの小刀と襟元に仕込んだ手裏剣、目潰しなどを持っているにすぎない。

おのれが不利と見たとき、ためらわず遁走《とんそう》に転じるのも、忍びの大事な心得のひとつである。

才蔵はたもとから取り出した目潰しを、二人の入道の足もとで炸裂《さくれつ》させた。

――パッ

と、灰神楽《はいかぐら》が舞い上がる。

卵の殻《から》に詰めた才蔵の目潰しには、灰のほか、トウガラシ、胡椒《こしょう》、石灰など、刺激性の粉末が調合してある。

さしも怪力の大入道どもも、これにはたまらず、激しく咳《せ》き込み、目から涙を流し、構えを崩して顔を片手でおおう。

ようやく灰神楽がおさまったとき、才蔵の姿は橋の上から忽然《こつぜん》と消え失《う》せていた。

茫然《ぼうぜん》とする入道たちを尻目《しりめ》に、才蔵は橋の下の鴨川の河原に下り立っている。

忍者が飛び下りることのできる高さは、五十尺が限界といわれる。五十尺とは、十五メートルである。とはいえ、十五メートルもの高さをふつうに飛び下りられるはずもなく、風呂敷《ふろしき》を使ったり、陣羽織《じんばおり》の裾《すそ》を広げ持ったりして、風の抵抗を巧《たく》みに利用し、ムササビのごとく地上へ舞い下りるのである。

それを伊賀では、

――ムササビ化《ば》け

と、呼ぶ。

目潰しを投げると同時に、才蔵はとっさに胴着の裾をつかんで広げ、〝ムササビ化け〟で河原へ下り立ったのだ。

（このぶんでは、東山の庵《いおり》にはもどれそうもないな……）

才蔵は苦《にが》い顔になった。

彼らが才蔵の帰りを待ち伏せしたところから推《お》して、敵が庵を襲撃してくる可能性はじゅうぶんにある。

（羅刹《らせつ》谷の隠れ家《が》へでも、しけこもうか）

と、河原を南へ向かって走りだそうとしたとき、橋げたの下から、すうっと一艘《そう》の川舟が近づいてきた。

「才蔵さま」

竹竿《たけざお》で舟をあやつる細い影が、闇のなかから声をかけてきた。

「誰だッ」

才蔵は足を止め、振り向いた。

「ふふふ……」

と、影が笑う。

女であった。月明かりにしらじらと浮かび上がった顔は、夕顔のように美しい。媚《こび》をふくんだ艶冶《えんや》な瞳《ひとみ》が、才蔵をからかうように見つめていた。

「お迎えに参上しました、才蔵さま」

女は、大和国《やまと》奥吉野《おくよしの》、前鬼《ぜんき》の里の木ノ実であった。もとは猿飛佐助の女だったが、才蔵とも一度ならず契りを結んだことがある。

だが、木ノ実には幾度も煮え湯を呑《の》まされた経験があり、ここ一年ばかりは疎遠になっている。

「おまえは木ノ実《こ　み》……」

「佐助の話では、そなた近ごろは九度山に住み込んでいるそうだな」

「はい。幸村さまの配所で、飯の支度などを手伝うております」

しおらしく木ノ実が言った。

「前鬼の里で忍び技を仕込まれたそなたのことだ。飯炊き女の真似事をしているばかりではあるまい」

「ほほ……。佐助どのから、何か吹き込まれましたか」

「いや、聞かぬ」

才蔵は冷たく突き放した。

甘い顔を見せれば、いつまた付け込まれるかもしれない。木ノ実には、そういう危《あや》うさがあった。

「才蔵さまのほうこそ、九度山に顔をお見せになられませぬ。幸村さまは、しばしば、あなたさまのお噂をしておられますのに」

「おれは幸村どのの家来になったわけではない」

「でも、幸村さまに心服なさったのでございましょう」

木ノ実が不服そうな声で言った。

「そのことと、家来になることは別だ。おれは、自分勝手な男だ。おのれが気に入った仕事しかしない」

「そんな勝手なことばかり言っておられるから、味方にまであらぬ疑いをかけられるのです」

「どういうことだ」

才蔵が聞くと、木ノ実はくすりと笑い、

「さきほど、五条大橋の上であなたさまを襲った二人の入道、あれは幸村さまの子飼いの者どもでございます」

「なんだと」

才蔵は橋のほうを見上げた。

大入道たちは、才蔵が橋を渡って道を駆け去ったと思ったのか、すでに橋の上からいなくなっている。

「幸村どの子飼いの者どもが、なぜおれを狙ったのだ」

「わけは舟の上でお話しいたします。とにかく、お乗りください」

とまで言われては、才蔵も木ノ実の舟に乗らないわけにはいかない。

岸辺に寄った川舟に、ひらりと飛び乗った。

木ノ実が竹竿で岸を突く。

舟は月明かりの落ちる夜の鴨川を、ゆっくりと下りだした。

「どこへ行く」

「青楼《せいろう》の里へ、ご案内いたします」

木ノ実の瞳が、闇のなかで猫のように妖《あや》しく光った。

第九章　未来記《みらいぎ》

一

その昔——。
わが国に仏法の興隆《こうりゅう》をもたらした聖徳太子《しょうとくたいし》は、飛鳥《あすか》の宮の東西南北に、国家鎮護のための四つの寺を造ったという。
四つの寺に、それぞれ、
持国天《じこくてん》
増長天《ぞうちょうてん》
広目天《こうもくてん》
多聞天《たもんてん》
の四天王を祀《まつ》り、都を呪術《じゅじゅつ》的に守ろうとしたのである。
東は伊勢国の安濃津《あのつ》（現、三重県津《つ》市）、北は因幡《いなば》国の某地（現、鳥取県）、南は残念ながら伝承が残されていないが、西の守りは今の大阪市天王寺区《てんのうじ》にある四天王寺だといわれている。

その由緒《ゆいしょ》の古い大坂の四天王寺に、

――未来記《みらいぎ》
なる秘文書が伝わっていた。

未来記とは、聖徳太子ゆかりの予言書である。

聖徳太子は、生前、百済《くだら》から渡来した僧日羅《にちら》の不幸な最期《さいご》を見通し、またみずからの子孫である上宮《かみつみや》王家の滅亡を予知した異能の持ち主であったとされるが、その太子が書き残したのが未来記で、「太子廏戸《うまやど》これを勘《かんが》み奉《たてまつ》る」の書き出しではじまり、全五十巻にわたって将来起こるべき出来事が語られていた。

古来、天下に志《こころざし》を持つ者は、ひそかに四天王寺をおとずれ、未来記を披見しておのが行動決定の指針としたという。

『太平記』巻《まき》六にも、楠木正成《くすのきまさしげ》が四天王寺をたずねて未来記を見たときのようすが、次のように記されている。

「上宮《じょうぐう》太子（聖徳太子）のそのかみ、百王治天の安危をかんがへて、日本一州の未来記を書き置かせたまひて候《そうろう》なる。拝見もし苦しからず候はば、今の時に当たり候はん巻ばかり、一見つかまつり候はばや」

すなわち、楠木正成は、秘文書を管理する四天王寺の長老に、四天王寺の蔵には未来記という結構な予言書があるそうだが、さしつかえなかったら、今の世について書かれた部分だけこっそり見せてくれ、と頼み入ったのである。

正成は頭を下げるだけでなく、寄進の金も相当に積んだのだろう。四天王寺の長老は、たしかに当寺にはそういう秘文書が伝わっておりますとうなずき、

「これをばたやすく人の披見する事は候はねども、別儀を以《もっ》てひそかに見参に入れ候ふべし」

と、もったいぶって蔵の鍵《かぎ》をあけ、なかから一巻の金塗の巻物を取り出してきた。正成はそれを見、隠岐《おき》に流されていた後醍醐《ごだいご》天皇がふたたび都へもどってくることを知ったという。

ここに――。

いにしえの楠木正成の例にならい、未来記を披見すべく、四天王寺をひそかにおとずれた男がいる。

男のなりは、柿色の衣に兜巾《ときん》をつけた山伏姿。年は四十代なかばを過ぎているだろうが、肌の色つやが青年のように若々しい。静謐《せいひつ》な湖のごとき澄んだ目、広くひいでた額が、男の智恵深さを感じさせた。

もう一人、同じく柿色の衣をつけた年若い山伏が付き従っているが、こちらは身の丈五尺そこそこの小男、しかも猿のように皺《しわ》の多い顔をしている。

壮年の山伏の正体は、高野のふもと九度山の流人、真田左衛門佐幸村。

猿のような顔をした小男のほうは、幸村の供をしてきた猿飛佐助であった。

「殿、聖徳太子の未来記とは本物でありましょうか」

四天王寺の書院で、宝蔵の鑰《かぎ》役の僧侶《そうりょ》があらわれるのを待つあいだ、落ち着きのない表情をした猿飛佐助が主君幸村の耳もとでささやいた。

「わからぬ」

「殿にもおわかりになりませんか」

「これぱかりは、実物を目にしてみなければ、何とも言えない」

「しかし、その秘文書が、まことに未来に起こるくさぐさのことを言い当てているとするなら、いまわれらのなしている行為が、何やら空《むな》しゅうなってまいりますなあ」

佐助が空ぶいた。

「あらかじめ人の運命、世の流れが決まっているなら、その運命を変えるために無益な努力をするまでもないということか」

「さようでございます。先のことなど、いっそわからぬほうがよい。危険を冒《おか》し、わざわざ九度山から未来記を見に出てまいられた殿のお気持ちが知れません」

「それはちがうぞ、佐助」

幸村は理知的な目を佐助に向けた。

「四天王寺に伝わる未来記が真正のものだとして、そこに来《きた》るべき南朝の衰亡を見たであろう楠木正成は、なにゆえ、みすみす報われないとわかっているいくさに命を賭《か》けたと思う」

「わかりませぬな」

「わしには、わかる」

　幸村は莞爾《かんじ》として笑い、

「正成はみずからの運命を知っていた。しかし、その運命から逃れることをしなかった。ゆえに、武将としてきらびやかに輝く生涯をつらぬけたのではないかと、わしは思う」

「解《げ》せませぬな」

　と、佐助は首をひねった。

「行くすえに起きることがわかっていたなら、もっと賢く立ち回り、身の栄達をはかればよかったものを。正成は烏滸《ばか》でございますな」

「烏滸かもしれぬ。だが、烏滸でなければ、正成の名は史上に刻まれることはなかったであろう」

「そういうものでございますか」

「そうだ」

「…………」

「わしも、おのれの運命に逆らわず、限りある命のなかで、精いっぱいに生き抜く所存だ。わしが、聖徳太子がしたためた未来記を披見しようと思ったのは、うまく世を渡らんとするためではなく、真田幸村という男の生涯を天上の綺羅星《きらぼし》のごとく輝かせたいからよ」

と、幸村はおのれに言い聞かせるように言った。

大坂方と江戸方の確執が、やがては合戦に及ばねばすまぬことは、火を見るより明らかだった。

(もし……)

と、幸村は思う。

いざ合戦となれば、関ヶ原で牢人《ろうにん》となった者たちが、どっと大坂城へやって来るだろう。その数、二十万は下るまい。

となれば、いまは摂河泉六十五万七千石の一大名に落ちている豊臣家とはいえ、じゅうぶんに江戸方と天下の勢力を二分する存在となり得る。

(もし合戦となれば、関ヶ原以来の天下分け目のいくさとなろう)

ゆえに、その合戦でたとえ命を失おうと、綺羅星のごとく男の生涯を飾りたいのである。流人の身のまま、生ける屍《しかばね》のごとき境涯をつづけているより、はるかに男として幸せではないか——。

やがて、書院に鑰役の僧侶が入ってきた。

二人の前にすわった僧侶の目の前に、佐助が、

「これを」

と、金の板を差し出す。草鞋《わらじ》ほどもある、巨大な金貨である。

豊臣秀吉鋳造の天正大判であった。天正大判は、世界最大の金貨で、一枚十両の価値が

ある。大坂城入城のさいの支度金にと、秀吉の遺児豊臣秀頼から幸村に下賜《かし》されたうちの一枚を使ったのである。

大判を見て、

——わッ

と、寺の僧侶がひれ伏した。

僧侶は震える手で大判をふところにおさめると、わけをいっさい問うこともなく、四天王寺秘蔵の未来記を見せることを承知した。仏の世界といえども、大判の威力は絶大なのである。

「どうぞ、こちらへ」

卑屈な愛想笑いを浮かべる僧侶の案内で、幸村と佐助は、五重塔の横にある四天王寺の宝蔵へおもむいた。

幸村一人がなかへ入り、猿飛佐助は蔵の入り口で見張りに立つ。

そこで、真田幸村は見た。

聖徳太子が予見した、この世のすべてのことどもを——。

二

そのころ——。

才蔵は、大坂へ向かう三十石船の上にいた。
木ノ実のあやつる川舟を、鴨川と桂川が交わる納所《のうそ》の津で捨て、翌朝、伏見から下ってきた三十石船に乗り換えたのである。
船は、
山崎
水無瀬《みなせ》
枚方《ひらかた》
と、川湊《かわみなと》を結び、淀川を下っていく。
春の淀川はのどかだった。岸辺で投網《とあみ》をうってハヤを捕る川猟師の姿、薪《まき》を積んで流れを下る柴船《しばぶね》の白い帆も見える。
淀川の堤に枝を伸ばす桜の古木から、はらはらと雪のような花びらが舞い散っていた。
才蔵と木ノ実を乗せた三十石船は、その日の昼過ぎ、江口《えぐち》ノ里へ着いた。
江口ノ里は、神崎《かんざき》川と淀川にはさまれた葦《あし》の生い茂る中洲にある。王朝の昔より遊里として栄え、京の貴族は船で川を下って、この里で遊び興じ、
――天下第一の楽地
と、称されたほどである。
この時代、いにしえの殷賑《いんしん》はさすがに京や大坂の色里に奪われているものの、川面《かわも》に映る檜皮《ひわだ》葺《ぶ》きの妓楼《ぎろう》のみやびた風情が、往時の名残《なごり》をとどめていた。

「むかし、数寄者《すきしゃ》の西行《さいぎょう》法師が和歌にもうたった江口ノ里だな……」

木ノ実とともに、江口の船着き場へ下り立った才蔵は、あたりを見渡し、ひとりごとのようにつぶやいた。

「何でございますの、西行法師の和歌って」

才蔵の言葉を聞きとがめた木ノ実が、頭にかぶった網代笠《あじろがさ》のふちを指で押し上げ、小首をかしげて聞いた。

かつて、才蔵を幾度も窮地に陥《おとし》いれた食わせ者だが、こうして明るい春の陽ざしのもとで顔を見ると、思わず息を呑《の》むほどの艶麗《えんれい》な美女である。

「新古今和歌集に、西行法師がこの地の遊女とやり取りした歌が残っている」

「さすがは、連歌師の霧山孤舟さま。よくご存じでございますね」

からかうように、木ノ実がくすりと笑った。

「どんな歌でございます?」

「西行の和歌か」

「ええ」

うながされ、才蔵はその歌をそらんじてみせた。

世の中を厭《いと》ふまでこそ難《かた》からめ
　仮の宿りを惜しむ君かな

歌は、四天王寺参詣《さんけい》の途中、にわか雨に降られた西行法師が、江口の遊女に雨宿りを請《こ》うて、断わられたときに詠んだものである。

これに対し、江口の遊女の返歌は、

世を厭ふ人とし聞けば仮の宿に
心とむなと思ふばかりぞ

というものだった。

「西行法師と江口の遊女は、この歌のやり取りを機縁に、夜が明けるまで数寄の話などを語り明かしたそうだ」

「まあ、おこないすました法師のくせに、意外と好き者」

「西行は女と深い心の契りを結んだのだ。それがまことの数寄者というもの」

才蔵が言うと、

「ならば、才蔵さまはまことの数寄者とは申せませぬな。あちらこちらの女と、心なき契りを結んでおられますもの」

と、木ノ実はすねたような顔をした。

忍びの世界では伊賀一の腕を誇る霧隠才蔵も、この女にはかなわない。

二人は桟橋を歩いて岸辺に出た。

堤を歩いていくと、満開の花をつける唐桃《あんず》の木の陰に、巫女《みこ》姿の若い女が立っている。紅の切袴《きりばかま》に白い水干《すいかん》を着け、腰には金銅の瓔珞《ようらく》、首から黒水晶の数珠《じゅず》を下げていた。髪は肩までの切り下げ髪で、黒塗りの笠をかぶっている。

「お待ちいたしておりました」

才蔵と木ノ実を見て、巫女が頭を下げた。

木ノ実は巫女と顔見知りであるらしく、

「ご苦労さまです」

と、会釈を返す。

「この巫女は……」

「いいから、黙ってついておいでなされませ」

彫りの深い顔に不審の色を浮かべる才蔵に、木ノ実はかるく微笑してみせた。

才蔵らが連れていかれたのは、江口ノ里の北はずれに一軒離れて建つ妓楼であった。

檜皮葺きの堂々たる二階屋で、玄関は立派な造りの唐破風《からはふ》になっている。昼間のことと て客の姿もなく、妓楼はひっそりと静まり返っていた。

才蔵が玄関で草鞋を脱ぐと、案内役の女とは別の巫女姿の女が水桶《みずおけ》を運んできて、埃《ほこり》にまみれた才蔵の足を指の股《また》まで一本、一本、ていねいに洗ってくれた。

（巫女と遊女屋とは、また奇妙な取り合わせだな……）

才蔵は首をひねった。

磨き抜かれた廊下を歩いていくと、すれ違うのは遊女ではなく、いずれも若い妙齢の巫女ばかりだった。まるで神社にでもまぎれ込んだような、奇妙な気分である。

才蔵は、妓楼のもっとも奥まったところにある、廊下の突き当たりの広間へ通された。

「おお、よい眺めだ」

部屋へ入ったとたん、才蔵は簀《す》の子《こ》の広縁の向こうにひらけた景色に嘆声をあげた。

広縁はちょうど、淀川の葦のあいだに突き出すような格好になっている。開け放たれた窓から、心地のよい川風が流れ込み、陽光にきらめく川面がまぶしかった。

広間の隅のほうに、金箔《きんぱく》を押した六曲二双《ろっきょくにそう》の誰《た》ヶ袖《そで》図屏風《びょうぶ》が置いてある。床の間には秘《ひ》色《そく》と呼ばれる青磁の大きな壺《つぼ》がすえられ、桜の太枝が挿してあった。

船の上で、木ノ実は多くを語らなかった。が、前後の事情から、真田幸村ゆかりの者に引き合わせるつもりなのであろうとおよその見当はついている。

「お腹《なか》がおすきになったのではございませぬか」

木ノ実が言った。

「そういえば、朝から何も食べておらぬ」

「すぐに食事を運ばせましょう」

木ノ実がぽんぽんと手をたたくと、ややあって、膳《ぜん》をささげた女たちが入ってきた。これまた、巫女姿の者たちである。

本膳、二ノ膳、三ノ膳と、才蔵の前に山海の珍味を尽くした豪勢な膳が並べられた。

本膳は小鯛《こだい》の幽庵焼《ゆうあん》、鮒鮨《ふなずし》、白魚《しらうお》玉子寄せ、菜汁に御飯。二ノ膳はサヨリの膾《なます》、八幡《やわた》巻、穴子《あなご》春雨《はるさめ》揚げ、鮑《あわび》の酒浸《さかびて》、うじまる。三ノ膳には、焼き雉《きじ》、柚子《ゆず》釜《かま》、ひじき、鞘巻海老《さいまきえび》の汁がのっている。

「まるで大名の膳のようだな」

才蔵はあきれた。

「見ているだけで、腹が一杯になりそうだ」

「そう申されず、たんと召し上がってくださいませ。何しろ、才蔵さまにはこの先、幸村さまのために骨身を惜しまず働いていただかねばならないのですから」

「食い物でおれを釣ろうというのか」

「ほほ、ご冗談を」

手の甲を口もとにあてて煙るように笑い、巫女が運んできた徳利を手にとって、才蔵の横に膝《ひざ》をにじらせた。

「再会のしるしに、まずは一献」

「毒を盛ってはいまいな」

「私どもは、幸村さまの下で働く仲間でございます。毒など、どうして盛ることができましょうか」

「さあ、どんなものか」

「もっとも、才蔵さまがわれらを裏切り、徳川方に内通していたというなら、話は別でございますけれども」

「おれが幸村どのを裏切ることはない」

と、こればかりは才蔵の本音であった。

家来になるつもりは毛頭ないが、真田幸村という男には、敬慕に近い情を感じている。いまさら幸村のもとを離れて、徳川につく気もなかった。

才蔵は木ノ実の酌で酒を呑《の》み、かつ食った。

とはいえ、忍びのたしなみで、したたかに酔うほど酒を過ごすことはない。

「なぜ、おれをこんなところへ連れてきた」

才蔵は、小鯛の幽庵焼を箸《はし》でつつきながら聞いた。

「幸村さまのご命令でございます」

「幸村どのの？」

「はい」

木ノ実は、みずからも根来《ねごろ》塗りの朱杯に唇をつけ、

「才蔵さまは、なるほど佐助どのと友垣《ともがき》の契りを結び、大坂方のために働いているようだが、ほかの真田の家来衆とは交わりを持ったことがない。それゆえ、今後のために皆を引き合わせておこうと、幸村さまが仰せになったのです」

「昨夜、五条大橋で襲ってきた大入道どものように、おれを徳川の諜者《ちょうじゃ》と疑っている者が

おるのだな」

「ご明察のとおりです」

と、木ノ実は杯を置いた。

「あの入道どもは誰だ」

「あれは、三好清海《みよしせいかい》入道、伊三《いさ》入道の兄弟にござりまする。兄の入道は、もと出羽《でわ》国亀田《かめだ》の城主でしたが、佐竹《さたけ》氏に攻められて城を失い、諸国を流浪のすえ、兄弟そろって縁者の真田家の郎党になったと申します」

「もと城主にしては、ずいぶんと荒っぽい奴らだったが」

才蔵は皮肉な顔をした。

「ほほ……。三好兄弟は、大恩ある真田の殿のためなら、命を捨ててもかまわぬと公言するほどの熱血漢でございますからね。才蔵さまを、江戸に通じた者と頭から疑ってかかり、幸村さまのために成敗せねばならぬと思い込んだのでございましょう」

「とんだ忠義者もあったものだ」

あらぬ疑いをかけられた才蔵には、いい迷惑である。

「それはともかく」

才蔵は女にちらりと一瞥《いちべつ》をくれ、

「三好兄弟をおれのもとへ手引きしたのは、木ノ実、そなたであろう」

「おわかりでございましたか」

「おれの京での住まい、動きを知っている者といえば、猿飛佐助をのぞいて、そなたしかおるまい」

「そんな怖い目をなさらず、どうぞ、もっとお呑みになられませ」

木ノ実が、ぴたりと才蔵に自分の火照《ほて》った体を密着させた。

(かなわぬ……)

才蔵は菜汁で乾いた口をしめらせた。

「あなたさまを含め、幸村さまがもっとも信を置く手練《てだれ》の者が十人おりまする」

「十人……」

「むろん、佐助どのもその一人。三好兄弟もそうです。幸村さまは、十人の者どもを、たわむれに真田十勇士と呼んでおられます」

「真田十勇士か」

三

飯を済ませたあと、才蔵は屛風の陰でごろりと横になった。

ほかの者たちが姿をあらわすのは、日が暮れ落ちてからであるという。ならば、それまでのあいだに一眠りしておこうと、肘枕《ひじまくら》をついたのである。

「才蔵さま」

厠《かわや》へ行くと言って、しばらく姿を消していた木ノ実が、水仙の花のような華やかな香《こう》の薫りをさせてもどってきた。

「せっかく二人きりになったのです。狸寝入《たぬきねい》りはないでしょう」

木ノ実は屛風の陰にするりと身をすべり込ませると、肘枕をついている才蔵の腕に白い手をからませた。

「私はずっと、才蔵さまのことをお慕い申していたのです。もう一度、昔のように可愛がって……」

「ばかを言うな」

才蔵は取り合わなかった。

たしかに、木ノ実とは寝たことがある。しかし、それはあくまで、木ノ実が猿飛佐助の女と知る前のことだった。友の女とわかったうえは、欲を殺すのが男というものだと才蔵は思っている。

だが、木ノ実という女には、男同士の仁義が通じないらしい。

「夕べ、納所の舟宿で泊まったときも、才蔵さまが忍んで来てくださるのではないかと、ずっと目を醒《さ》まして待っていたのです。それなのに、つれないお人」

「おれではなく、佐助に可愛がってもらえばよいであろう」

「佐助どのとは、ずっと前に別れました。あの人は私を抱くより、幸村さまの仕事をしているほうが楽しいのです」

「嘘ばっかり。このあいだも、お美しい尼君と東山の草庵《そうあん》でむつみ合うておられたくせに」

「おれもそうだ」

「油断も隙もないな」

「可愛がってくださらないなら、尼さまにあなたの正体をばらしてしまおうかしら。あのお方、才蔵さまを伊賀者とご存じないのでしょう」

木ノ実が、濡《ぬ》れるような黒い瞳《ひとみ》で才蔵を見つめた。

「やめろ、木ノ実。静香尼さまの心を乱したくはない」

「でしたら、ねえ……」

木ノ実が辻《つじ》が花《はな》染めの小袖《こそで》の襟元を広げ、胸を才蔵に見せつけた。

白く豊かな二つの盛り上がりである。巨《おお》きいが、形もいい。

奥吉野の山奥で育った木ノ実は、男女の営みにおいて、大胆とも思えるほどおおらかであった。

奥吉野、前鬼の里の太古《たいこ》の森のなかで、はじめて抱いたときも、木ノ実は自分から才蔵をもとめ、奔放に燃えた。黒々と沈んだ闇のなかで、木ノ実の白い裸身が激しく乱れたのを才蔵はおぼえている。

木ノ実が才蔵の手をやわらかくつかみ、自分の胸へいざなった。

しっとりと肌がうるんでいる。

女の口から、ああっとため息が洩《も》れた。

才蔵の掌《てのひら》に、女の肌の熱さが伝わってきた。

裏表の多い女のこと、その言葉がどこまで真実かはわからない。だが、木ノ実の体が才蔵をもとめ、熱く燃えたぎっていることは事実だった。

「才蔵さま、じらさないで……」

「くどいようだが、まことに佐助とは切れておるのだな」

「ええ」

「佐助同様、おれも根無し草の忍びだ。忍びと契りを結んだとて、行く先に花も咲かぬ、実もみのらぬぞ」

「それでもいいの。どうせ、いつかは死ぬる命ですもの。せめていまだけでも、欲しいものを体で確かめたい」

「いつかは死ぬる命か……」

奔放に振舞っているように見えて、木ノ実にもどこか、おのれの生に対して冷めたところがあるようだった。

(闇の世界に生きる者の宿命だな……)

才蔵は力を込め、木ノ実のふくよかな胸を揉《も》みしだいた。木ノ実が白い喉《のど》をそらせ、切なげに息をあえがせ、身もだえする。

木ノ実の手が才蔵の股間《こかん》へ伸び、才蔵も片手で女の小袖を割って太腿《ふともも》の奥の秘所をさぐった。

木ノ実は太腿を大胆に広げ、

「来て……」

と、才蔵の耳もとにささやく。

そのまま、二人はもつれあうように四肢をからめた。木ノ実はオスをもとめるメスになり、才蔵もまた一匹の獣になった。


二刻（四時間）後――。

才蔵はあいかわらず、妓楼《ぎろう》の広間に寝そべっている。

すでに陽は西にかたむき、残照が葦原《あしはら》の向こうの川の流れを暗い橙《だいだい》色に染めはじめている。

才蔵は、木ノ実を三度も絶頂へ導いた。

木ノ実は才蔵の下で乱れに乱れたが、行為のあと、浅い眠りに落ちた才蔵が目覚めると、いずこかへ姿を消していた。

女に心を移さず、一度たりとて精を洩らさなかったので、才蔵の肉体にはいささかの疲れも残っていない。接して不用意に精を洩らさぬのは、忍びの心得ごとのひとつである。

身体に疲れはなかったが、心に砂を噛《か》むような空しさがあった。

（まことに心をゆるした相手ならば、この空しさはないのであろうか……）

才蔵にもわからない。

非情に生きる伊賀者には、愛や恋など、しょせん絵空事でしかない。掟《おきて》を破り、人らしい情をもとめた者には、間違いなく身の破滅が待っている。

あたら女に心をゆるしたがために、命を落としたすぐれた術者を、才蔵は何人も知っていた。

（おれは、陽炎《かげろう》のような空しさのなかで生きてゆくだけ……）

夕暮れの川面を見つめる才蔵の胸を、冷え冷えとした思いが流れた。

四

やがて——。

襖《ふすま》がカラリとあき、一人の男が部屋へ入ってきた。

才蔵がちらりと横目で見ると、木賊《とくさ》色の地味な小袖の上に胴服を着た五十過ぎの男である。顎《あご》にうすい髭《ひげ》をたくわえている。

才蔵の知らない顔だが、男のほうは才蔵が何者であるか承知しているらしく、

「霧隠どのでござるな」

と、おだやかな微笑を浮かべながら声をかけてきた。

「ここからの夕暮れの眺めは、また格別でござろう」

男は部屋を横切り、川をのぞむ広縁にすわった。

真田一党が集まるという刻限には、まだ少し間がある。それに、真田一党の手練《てだれ》というには、男の言葉、物腰は柔和すぎた。

(誰であろう、この男……)

才蔵が思っていると、男はそれを見透かしたかのように、

「わしは、この妓楼の亭主《おやじ》でござるよ」

「亭主どの……」

「さよう」

と、男がうなずく。

「貴殿が亭主どのならばお聞きするが、この家《や》はなにゆえ、巫女《みこ》ばかり置いているのだ」

「客が喜びますでな」

「そればかりとは言えまい。わしの見たところ、あの者どもは、遊女がかりそめに巫女のなりをしているのではないようだ」

「と、申されますと?」

「真田一族は、信濃国の歩き巫女、禰津《ねつ》のノノウを支配下におさめていると聞いたことがある。ここにいる巫女たちは、その真田配下の禰津のノノウではあるまいか」

「さすがは霧隠どのじゃ」

妓楼の亭主はニヤリと笑った。

かつて——。

真田一族の領地であった信州の禰津村に、歩き巫女の集落があった。ノノウと呼ばれる歩き巫女たちは、毎年、雪解けを待って村を旅立ち、日本全国をめぐって加持祈禱《かじきとう》、口寄せなどをおこなった。

ノノウの数は、常時、二、三百人。四十戸あったノノウ宿の親方が、それぞれ三、四人から三十人くらいまでの歩き巫女をかかえていた。親方は旅先で、容姿端麗な少女の噂を聞きつけると、親に頼み込んで貰《もら》い子したり、金で買ったりして村へ連れ帰るのである。娘たちは、寒中でも毎日水浴びをして体を清め、年上のノノウから生口《いきくち》、死口《しにくち》の伝授を受けるのだった。

その禰津のノノウを統括していたのが、望月千代女《もちづきちよじょ》という女人である。

望月千代女はもともと、真田の一族、望月盛時《もりとき》の妻であったが、川中島《かわなかじま》の合戦で夫が死ぬと、信濃を支配していた甲斐の武田信玄《たけだしんげん》から、禰津のノノウ頭になるよう命じられた。

諸国を自由にめぐり歩くノノウは、敵国の事情を知るのに役に立つ。すなわち、武田信玄は禰津のノノウを諜者《ちょうじゃ》として利用していたのである。

武田家滅亡後、禰津のノノウの支配を引き継いだのが、幸村の父、上田城主の真田昌幸だった。

真田昌幸は、信玄の例にならい、ノノウを情報収集に活用した。それは、息子の幸村も同じで、幸村が九度山の流人でありながら、諸国の事情にすこぶる通じていたのは、陰に禰津のノノウの力があったからにほかならない。

「しかし、禰津のノノウが江口ノ里で遊女の真似事をしていたとは……」

才蔵には、おどろきであった。

「ノノウのうちでも、多くの者は昔と変わらず旅に出ておりますがな、ことにみめかたちの美しい何人かの者は、こうして江口ノ里で遊女稼業をしておるのです」

「大坂と京を結ぶこの地に妓楼をかまえ、女と枕を交わす客の口から世の動きを探り出そうというのか」

「美しいおなごの前に出ると、男は口が軽うなると申しますでな。この亭主の耳にも、さまざまな話が入ってまいります」

男は自分の耳を指さし、思わせぶりに笑った。

「禰津のノノウを差配《さはい》するからには、亭主どのもただ人ではあるまい」

才蔵は男のほうを見た。

「これは申し遅れましたな。それがし、幸村さまが上田におわすころからの古参の家人《けにん》にて、海野《うんの》六郎《ろくろう》と申す者……」

と、亭主が名乗りを上げたとき、ミシリと天井がきしむ音がした。

「おお、誰か来たようじゃ」

海野六郎が天井を見上げた。

と、見るまに、天井板がはずれ、広間に飛び下りてきた者がいる。

細身の体にぴったりとした黒革の上着をつけ、革袴《かわばかま》をはいている。顔は陽焼けし、髪を短い三分刈りにし、肩の張った石のように堅い体つきをしているが、おどろいたことに、その者の両の胸にはゆたかな隆起があった。

（女か……）

胸をのぞけば、どう見ても男としか思われない。

その者の全身に女らしいうるおいはなく、新月のように細い目ばかりが、広間の薄暗がりのなかで冷たく光っていた。

「お引き合わせしておこう、霧隠どの」

合点《がてん》がゆかぬ顔をしている才蔵に、海野六郎が声をかけた。

「この者は、もとは禰津のノノウであったが、いまは忍びの修行を積み、漢《おとこ》として生きている」

「おとこ……」

才蔵には、ますますわけがわからない。

「女であったころは、禰津ノ神八《みや》と呼ばれておった。しかし、女であることを嫌い、髪を切って漢として生きることを諏訪《すわ》明神に誓った。いまは名を、根津甚八《ねづじんぱち》と変えておる」

根津甚八と呼ばれた若い男は、才蔵に向かって目で会釈をした。

（真田の家来には妙な者が多い……）

才蔵は思った。

夜になって、一人、また一人と仲間が集まってきた。

熊皮の羽織を着、背中に種子島《たねがしま》銃を背負った鉄砲の名手、筧十蔵《かけいじゅうぞう》。性、寡黙《かもく》であるらしく、仲間と顔を合わせても口をきかず、部屋の隅で、黒光りする種子島銃を油を染み込ませた布で磨いている。

つぎにあらわれたのは、由利鎌之助《ゆりかまのすけ》。鎖鎌を使わせては右に出る者がないという。

つづいて槍《やり》の達人、穴山小助《あなやまこすけ》。

少し遅れて、坊主頭の大入道が二人連れだって入ってきた。三好清海入道、伊三入道の兄弟である。

清海入道は、広間に才蔵の姿を見つけるなり、さっと顔面を朱に染めた。

「霧隠を誰が呼んだのじゃ！」

野太い声が、部屋じゅうに響きわたる。

「こいつは江戸の諜者だ。みな、だまされてはならぬッ！」

手に持った十八貫の鉄尖棒《かなさいぼう》で、いまにも才蔵に殴りかからんばかりの勢いである。

才蔵は黙殺し、肘枕《ひじまくら》のまま寝そべっていた。すると、入道はますます熱くなり、

「京の五条大橋では取り逃がしたが、今度は逃がさぬぞ」

広間のなかで重い鉄尖棒をぶんぶん振りまわしはじめた。

「やッ、お鎮《しず》まりなされ、入道どの」

妓楼《ぎろう》の亭主の海野六郎が見かねて、清海入道を制した。

「しかし、こやつは徳川の狗《いぬ》……」

「それは、むかしのことであろう。いまは、われらと同じように幸村さまに心服いたしておる。霧隠どのは、つい先ごろも、猿飛佐助とともに家康の命を狙って、東国へ下ってきたところじゃ」

「…………」

「殿の招いた客に、無礼をはたらくことは、幸村さま第一の臣、この海野六郎が許さぬぞ。これ以上騒ぎ立てるというなら、ここから出ていってもらう」

「うぬ……」

清海入道は広間の真ん中で仁王立ちになったまま、憤怒《ふんぬ》の形相《ぎょうそう》を浮かべて動かない。

そのとき、

「賑《にぎ》やかなことだな」

と、清海入道の背後で声がした。

声のしたほうに一同が目をやると、廊下に山伏姿の男が立っていた。

「おおッ」

男たちの顔に、にわかに喜色が浮かんだ。

その男一人があらわれたことで、殺気立っていた広間の雰囲気が、急速にやわらいでいく。

五

廊下に立っていたのは、山伏に姿を変えた真田幸村であった。うしろに、猿飛佐助を従えている。

山伏に身をやつしてはいたが、幸村の面貌《めんぼう》から滲《にじ》み出る際立った知性、人品骨柄《じんぴんこつがら》のさわやかさは隠しようもない。

暴れ者の三好清海入道ですらも、幸村の顔を見たとたん、猫のようにおとなしくなり、鉄尖棒をかなぐり捨てて平伏すると、

「幸村さま……。ご壮健のごようす、何よりにございます」

と、目にうっすらと涙を滲ませた。もともと、ものに感じやすい男のようである。

男たちは全員、居ずまいをあらため、幸村に頭を下げた。

才蔵は一人、冷めている。それでも身を起こし、一座の端にすわった。

「みなも変わりないようだな」

広間に入ってきた幸村は、春風そのもののような笑顔をみせた。一癖《ひとくせ》も二癖もある古強《つわ》者《もの》どもを心服させるだけあって、悠揚とした態度には、気品さえただよっている。

「どうぞこちらへ」

海野六郎が、幸村に床の間を背にした上座をすすめた。

ゆったりと腰を下ろした幸村は、

「よくぞ集まってくれた」

と、一同を見わたした。

「殿のほうこそ、よく九度山を無事に抜け出してまいられましたな。九度山のお屋敷は、紀《き》州の浅野長晟《あさのながあきら》の息のかかった地侍に見張られているはず。幸村さまのお姿が見えねば、地侍どもが騒ぎ立てましょう」

海野六郎が言うと、

「案ずるにはおよばぬ。屋敷には、わが影武者として、望月六郎を残してきてある」

「望月を影武者に……。いや、たしかにやつは幸村さまに背格好がよう似ておりますからな」

才蔵は知らなかったが、真田十勇士の一人に数えられる望月六郎は、年格好、姿かたちが、主君の幸村に酷似していた。敵将の家康は、おのれの影武者を十人持っていると言われたが、幸村もまた、望月六郎を影武者に仕立て上げ、敵の目を欺《あざむ》いて、しばしば大坂城へ出向いていたのである。

影武者の望月六郎をのぞき、この日、幸村のもとに集まったのは、
海野六郎
猿飛佐助
三好清海入道

三好伊三入道
根津甚八
筧十蔵
由利鎌之助
穴山小助
そして、霧隠才蔵の九人の男たちであった。
ずらりと並ぶ面構えを見ただけで、個性的な面々ばかりである。
「本日、みなに集まってもらったのは、ほかでもない。熊野《くまの》三所権現《さんしょごんげん》の牛王《ごおう》誓紙に盟約を交わし、行動をともにするとの誓いを立てんがためじゃ」
「牛王誓紙に誓いを?」
聞き返す海野六郎に、
「うむ」
と、幸村はしずかにうなずいてみせた。
牛王誓紙とは、紀州の熊野大社でくばられる厄《やく》よけの護符である。
〝牛王宝印〟と記され、熊野の神使いである八咫烏《やたがらす》の図が描かれた護符は、起証文をしたためる誓紙として使われ、平安、鎌倉の世のむかしから、謀議や挙兵などのさいの血盟の儀式に欠かせぬものであった。牛王誓紙に名を記した者が、ひとたび誓いを破れば、熊野権現の祟《たた》りで血を吐いて死ぬといわれている。

幸村は男たちの顔を一人、一人、見つめながら、言葉をつづけ、

「徳川との戦いは、けっして大坂方に有利とは言えぬ。いや、むしろ、不利と申してよい。勝利の目は、十に一つと言ってよいだろう。もし、大坂方に見切りをつけ、江戸に味方したいと思う者があるなら、ためらわず、この場で申し出よ。わしは、それを咎《とが》め立てする気はない。わしも人の子なら、おまえたちも人の子。それぞれに、生き方というものがあろう」

「殿ッ！」

と、叫ぶように声を放ったのは、武田家の旧臣穴山梅雪《ばいせつ》の甥《おい》にあたる、小太りの穴山小助であった。

「われらのなかに、殿を見かぎる者があろうはずがございませぬ。みな、生死を殿にあずけております」

「小助の申すとおりじゃ」

三好清海入道が声をそろえる。

「熊野の神に誓わずとも、わしは地獄の果てまで殿のお供をつかまつろうず」

「小助どの、入道どの、お気持ちはようわかる」

幸村のわきに控えていた猿飛佐助が、このとき、はじめて口を開いた。

「殿は、みなを疑っているわけではないのだ。ただ、一同の者の結束をはかり、気持ちをひとつにまとめるため、牛王誓紙に盟約することを思い立たれたのだ。悪《あ》しゅうとっては

ならぬぞ」

「わかった」

清海入道が素直にうなずいた。

「そうとなれば、このわしが真っ先に誓紙に名をしたためよう。佐助、牛王誓紙はいずこじゃ」

「これにござる」

と、猿飛佐助はふところから熊野三所権現の護符を取り出した。手まわしよく、筆と硯《すずり》も用意してある。

八咫烏の絵の刷られた誓紙を裏返し、まず真っ先に、三好清海入道が、

——清海
と、書いた。

小刀で親指を傷つけると、墨書した名前の下に、あかあかと血判を押す。

清海入道につづき、男たちがつぎつぎと誓紙に名をしたためた。

「おぬしの番だ、才蔵」

いちばん最後に、佐助が牛王誓紙を持って才蔵の前にやって来た。

「おれもやるのか」

と、才蔵は渋い顔をした。才蔵は、この手の仰々《ぎょうぎょう》しい儀式が嫌いである。ましてや、他人と誓いの盟約を交わすなど、鳥肌が立つ。才蔵は生まれながらの一匹狼なのである。

佐助は、そんな才蔵の性根を心得ていながら、

「むろん」

と、涼しい顔でうなずいた。ずいと膝《ひざ》を乗り出すと、

「幸村さまはな」

ほかの者には聞き取れない忍びの筒声《つつごえ》で、佐助が才蔵にささやきかけた。筒声とは、唇をすぼめ、意を伝えたい人物にだけ声を聞かせる秘術である。

「一匹狼のおぬしを、ほかの者の疑いの目から解き放つため、牛王誓紙などを持ち出されたのだ。おぬしが牛王誓紙に盟約すれば、みなからの風当たりもやわらぐだろう」

「と申して、幸村どのやおぬしも、誓紙でわしの本音をたしかめておるのではないのか」

才蔵も筒声で応じた。

「ふふ……」

佐助が目尻《めじり》に皺《しわ》を寄せたとき、

「おい、そこで何をぐずぐずしておる。さっさと盟約をすませぬか。それとも、やはり心にやましいところがあり、誓いを立てられんのかッ」

三好清海入道が、凄《すさ》まじい目で才蔵を睨《にら》んだ。

ほかの男たちの視線も、才蔵にそそがれている。幸村はと見れば、あいかわらず薫風《くんぷう》のごとき微笑を浮かべながら、こちらを見ていた。

「よし、誓紙に名をしたためよう」

と、才蔵は筆を手にした。

「ただし、おれが誓うのは、幸村どのへの忠誠でも、みなの衆への信義でもない」

ふてぶてしく言い放つ才蔵を見て、

「おい、才蔵」

さすがの猿飛佐助が、あわてた顔をした。

「つまらぬことを言うな……」

「いや、言わせてくれ、佐助」

才蔵は男たちをぐるりと見わたした。

「伊賀者は主《しゅ》取りをせぬのが、古くよりの習いじゃ。われらは、つねに契約によって仕事をなす。この霧隠もまた、そのようにしてきた。ひとたび、契約が終われば、今日のあるじを明日殺すのが伊賀者というもの」

「うぬは……」

いきり立つ清海入道を、

「黙って聞け」

才蔵は強い声で制した。

「たしかに、伊賀者の掟《おきて》どおりに生きてはきたが、反面、おれはそうした生き方に倦《う》んでもいた。江戸のために働こうが、大坂のために仕事をしようが、同じこと。おれの生きる甲斐《かい》は、どこにもない。そんなとき出会うたのが、真田幸村どのじゃ」

まっすぐ向けた才蔵の視線の先に、幸村はいいた。

「おれは、幸村どののもとでなら、おのが持てる技量を存分に発揮できるのではないかと考えた。誓紙に名を書いたとて、主取りをするわけではないが、命を賭《か》けて幸村どののために働くことだけは誓っておく」

才蔵はさらさらと流麗な文字で誓紙に名を書きつけ、血判を押した。

「よし」

幸村がうなずいた。

「これで天下の豪傑、忍びが一枚の誓紙に名をつらねたことになる。さっそくだが、みなにはすぐに動き出してもらわねばならぬ」

と、告げたとき、廊下にけたたましい足音が響いた。

障子をあけ、髪を振り乱した木ノ実が、転《まろ》ぶように広間に飛び込んでくる。

「どうした、木ノ実。何かあったか」

猿飛佐助が腰を浮かせた。

「は、はい。この妓楼《ぎろう》のまわりを、徳川の捕吏《ほり》たちが隙間なく取り囲んでおります。少なく見ても、百人は下らぬであろうと……」

六

「くそッ！　徳川の者どもに、なぜこの場所がわかったのだ」

猿飛佐助が唇を嚙《か》んだ。

「わしとしたことが、抜かったわ」

「それより、佐助。いまは、どうやって、ここから幸村さまを外へお逃がしするかだ」

才蔵はすっくと立ち上がり、縁側の障子を細めにあけた。

障子の隙間から外をうかがうと、川面に月明かりが落ちている。川向こうの岸にも、川の上にも人の気配はないようだ。

敵は街道のほうから忍び寄り、妓楼を囲んだものらしい。

「舟の用意はあるか」

才蔵は、妓楼の亭主の海野六郎に聞いた。

「いざというときのために、川に突き出した広縁の下に、小舟が一艘《そう》つないでござる」

「佐助」

才蔵はつかつかと佐助に歩み寄った。

「おれたちが囮《おとり》になって敵の目を引きつける。おぬしは幸村さまを守り、舟で川づたいに脱出してくれ」

「しかし、敵勢は百人を下らぬというぞ」

「おれに策がある」

「まことか」

「ああ。いまは一刻を争う。とにかく、おぬしは幸村さまを」

「わかった」

危急にさいしては、決断の早さがものをいう。一瞬の判断ができるかどうかで、脱出は可能にもなり、不可能にもなる。

「木ノ実、そなたも幸村さまの供をせよ」

才蔵は女のほうを見た。

木ノ実はうなずき、すばやく障子をあけて広縁へ出ると、舟の用意をはじめる。

どかどかと、玄関のほうで足音がした。徳川の捕り方たちが踏み込んできたらしい。おどろき騒ぐ巫女《みこ》たちの悲鳴が夜の闇をつん裂いた。

「われらはどうすればいいッ」

という声がした。

誰が言ったかはわからない。才蔵の機敏な判断に、この場は伊賀一の術者といわれた才蔵にまかせたほうがよかろうと、男たちの気持ちがまとまりをみせはじめたのだろう。

「幸村さまと佐助をのぞき、囮を三手に分ける」

才蔵は言った。

「表口と裏口、それに屋根の上から攻撃をしかけて、敵を攪乱《かくらん》する」

「おれたちは、表口に行くぞッ」

早くも鉄尖棒《かなさいぼう》を手にした三好清海入道、大刀の伊三入道が広間を飛び出し、廊下をダッと駆け出してゆく。

敵勢は、廊下をかなり奥まで踏み込んでいたようすで、すぐに入道兄弟の怒声と刀を合わせる金属音が響いてくる。

「裏口は、われらが」

と、言ったのは、鎖鎌の名手由利鎌之助と槍《やり》の穴山小助である。長老格の海野六郎も、床の間の掛け軸の裏の隠し穴から刀をつかみ出し、

「わしも裏へまわろう。武器が必要なら、ここにあるぞ」

隠し穴の奥を目でしめした。

なかをのぞくと、おびただしい数の刀や槍、縄梯子《なわばしご》などがおさめられている。

才蔵は一振《ふり》の刀をつかんだ。二尺二寸ほどの中太刀を選んだのは、屋内の闘諍《とうじょう》では刀が短いほうが有利だからである。

隠し扉には、硫黄《いおう》、炭、松脂《まつやに》、火薬をかためた炮烙玉《ほうろくだま》も入っていた。

「筧どのと根津どのは、屋根へ上がって、敵勢めがけ炮烙玉を投げてもらいたい。火薬が炸裂《さくれつ》すれば、敵はおどろいて算を乱そう」

「おぬしはどうするのだ」

寡黙な筧十蔵が、短く言った。

「おれは天井裏をつたって、廊下を進んでくる敵の裏側へ飛び下り、斬って斬って斬りまくるまで」

「たがいに、武運を」

言い捨てると、筧十蔵と根津甚八が縄梯子を使って屋根の上へのぼっていった。

ふと外を見ると、幸村を乗せた小舟は、すでに夜の淀川へ漕《こ》ぎ出している。

佐助がついているうえは、幸村の身はまず心配なかろうが、才蔵たち妓楼に残った囮は、百人近い捕吏をできるかぎり足止めしておかねばならない。無事に生きてここから脱出できるかどうか、才蔵にも自信はなかった。

（やるしかあるまい……）

才蔵は胴着を脱ぎ、小袖《こそで》を脱ぎ捨てた。小袖の下から、蘇芳《すおう》色の忍び装束があらわれる。

二尺二寸の中太刀を紐《ひも》で背中にくくりつけるや、

――はッ
と、天井に跳んだ。

忍びは、手と足の指の力だけで桟《さん》をつかみ、天井に貼りつくことができる。蜘蛛《くも》のようにするすると天井を動いた才蔵は、部屋の東北隅の板をはずし、天井裏にもぐり込んだ。

暗い。

しかし、才蔵にはわずかな薄明かりだけでも周囲のようすが見て取れる。剣戟《けんげき》の音や喚《わめ》き声をたよりに、才蔵は梁《はり》の上を進んだ。

しばらく行くと、足もとから、

「うおーッ！」

と、凄《すさ》まじい声が湧いた。

鉄尖棒を振りまわす、三好清海入道の雄叫《おたけ》びにちがいない。少しおくれて、どっと重い物音がしたのは、鉄尖棒で頭を打ち砕かれた捕吏が床に倒れた音だろう。

（幕府の捕吏どもも、とんだ男を敵にしたものだ……）

才蔵はなおも、五間ばかり先へ進んだ。

天井板に小刀を突き立て、板の隙間から下をのぞくと、捕吏たちの頭が見えた。陣笠《じんがさ》をかぶり、腹に胴丸をつけた足軽衆である。

陣笠に描かれた家紋は左巴《ひだりどもえ》三頭《みつがしら》。左巴三頭は、京都所司《しょし》代板倉勝重《だいいたくらかつしげ》の紋所であった。

（所司代の手勢が百人もやって来るとは……。よほどたしかな情報をつかんだのでなければ、これほど大袈裟《おおげさ》な動きはせぬはずだ）

その情報の出どころが、才蔵には気になった。だが、いまは悠長にものを考えている暇はない。

さらに、梁の上を十歩ほど進む。

天井板の節穴から下をのぞき込むと、そこは玄関の広い土間の真上である。

土間には、目結《めゆい》崩しの前立《まえだて》をつけた筋鉢兜《すじばちかぶと》に、伊予札《いよざね》の当世具足《とうせいぐそく》を着込んだ男が立っていた。物頭《ものがしら》であるらしい。

「ええい、何を手間取っておるかッ！」

物頭は顔をゆがめ、しきりに采配《さいはい》をふるって叱咤《しった》の声を上げている。

廊下の勢が、立ちはだかった大入道に行く手をはばまれ、なかなか奥へ進めぬことに業《ごう》を煮やしているらしい。

才蔵は小刀を天井板の隙間に差し込み、一枚だけ剝《は》ぎ取った。

（何じゃ……）

と、物頭が頭上をあおいだ瞬間、才蔵は天井裏から音もなく舞い下りるや、男の喉笛《のどぶえ》にふかぶかと棒手裏剣を突き立てている。

すっと才蔵が手裏剣をうしろに引くと、物頭は血を噴きながら二、三歩よろめき、どうと頭から土間の上に倒れた。

「敵じゃ、敵じゃーッ！」

異変に気づいた足軽が、大声で叫んだ。

振り向きざま、才蔵は手にしていた棒手裏剣を足軽めがけて放った。手裏剣が足軽の胴丸をつらぬき、悲鳴とともに男の手から槍がころがった。

才蔵は背中の太刀を抜いた。

廊下にいた足軽がどっと槍を繰り出してきた。

突き出される槍の穂先を才蔵は柄《え》ごと斬り捨て、すばやく廊下へ駆け上がり、胴丸の泣きどころである腋《わき》の下を、正確に斬り上げる。

ザッと襖《ふすま》に血しぶきが飛んだ。

あとは乱戦と言っていい。何人斬ったか、自分でもさだかでない。

敵も倒したが、才蔵も手傷を負った。左腕と太腿《ふともも》から、生ぬるい血が流れている。

おのれの血と人の返り血で、刀の柄がぬるぬるとしてきた。

（そろそろ引き揚げの潮時だな……）

才蔵は玄関の土間に下りた。

すでに、幸村たちはかなりのところまで川を下っていよう。二里半、川を下ったところには、敵の手のおよばぬ難攻不落の巨城、大坂城がそびえている。

大坂城に逃げ込んでしまえば、いかに幕府の出先機関、京都所司代とて手出しはできない。

外で、炮烙玉の爆発する音が遠雷のように響いた。

一発
二発
と、立てつづけに轟音《ごうおん》がとどろく。

屋根の上の筧十蔵と根津甚八が、妓楼《ぎろう》を包囲する所司代の勢に向かって、炮烙玉を投げつけているのである。外は大混乱に陥《おちい》っているはずである。

三発めが響いた。

「清海入道ッ！　伊三入道ーッ！」

才蔵は叫んだ。

足軽衆の陣笠の上から突き出た入道頭が二つ、こちらを振り返る。

二人の凄まじい闘いぶりと気迫に押された足軽衆は、すこしずつ後退し、手出しできず遠巻きにしている。

「外へ出て、囲みを突破するぞ」

才蔵の言葉に、

「おうッ！」

と、応じた清海入道が、足軽を二、三人、鉄尖棒で薙《な》ぎ倒し、廊下からドスドスと土間へ下りてきた。

法衣の下の白い帷子《かたびら》の襟元や袖が、赤く血に染まっている。あとから合流した弟の伊三入道も、肩から血を流していた。

満身創痍《まんしんそうい》の姿に、戦いの激しさが滲《にじ》み出ている。

「霧隠、わしはおぬしを見損《みそこ》のうておったわ」

と、清海入道が返り血を浴びて赤く染まった顔を才蔵に向けた。

「どういうことだ」

「いまの働きを見て、おぬしが江戸の諜者《ちようじや》にあらずとわかったということよ」

「つまらぬことを」

つぶやくと同時に、才蔵の手から手裏剣が放たれた。入道の背後から槍《やり》を繰り出そうとしていた足軽が、胸をつらぬかれ、前のめりに倒れる。

「それよりも、行くぞッ」

才蔵は血刀をつかんだまま、外へ駆け出た。いきなり戸口の外から斬りかかってきた足軽を斬り捨て、往来に目をやった。

捕り方の姿はない。

道に重なり合うように、炮烙玉でやられた足軽たちが倒れている。

生き残った足軽たちは、屋根から降ってくる炮烙玉を恐れ、道の向こうの家と家のあいだの路地の暗がりに逃げ込んでいた。

才蔵たちの姿を見て、屋根の上の二人が地上に跳び下りてきた。

「みな、無事か」

才蔵は闇のなかで目を光らせた。

男たちが、無言でうなずく。

「裏口の者どもは、ついいましがた、崩れた敵の囲みをくぐり抜け、西へ逃げ去ったようです」

男女《おとこおんな》の根津甚八が言った。

「おれたちも逃げよう。ただし、ひとつになって逃げるのは、かえって敵の目を引く。思い思いの方向へ走り去るのだ」

と言うと、才蔵はふところから目潰《めつぶ》しを取り出し、道の向こうの敵勢めがけて投げ込んだ。

夜の川風が、目潰しの灰を吹き散らしたときには、才蔵たちの姿は闇に溶け込み、あとには、青白い月明かりだけが道を照らしていた。

第十章　西国道中《さいごく》

一

東本願寺の黒書院からは、能舞台が見える。

白砂の庭にしつらえられた能舞台とのあいだには、桜の古木があり、書院の縁側から花の風情《ふぜい》と舞台を眺められるようになっている。

おりしも——。

盛りをやや過ぎた桜から、はらはらと白い花びらが散っていた。花は降りしきる雪のように舞い、さながら夢幻のごとき美しさである。

その絢爛《けんらん》たる庭の眺めに背を向けるように、黒書院の障子をぴたりと締め切り、向かい合っている二人の男がいた。

一人は肉厚の頬《あご》に、頑健な顎をそなえた壮年の男。もう一人はそれより若く、色白で彫りの深い秀麗な顔立ちをした、年のころ三十四、五の男である。

しずかに対座しているが、男たちの背中からは、陽炎《かげろう》のような冷たい剣気が立ちのぼっている。

壮年の男は、徳川将軍家兵法指南役《ひょうほうしなんやく》、柳生但馬守宗矩《やぎゅうたじまのかみむねのり》。

いまひとりの黒羽織を着た武芸者風の男は、その但馬守の甥《おい》、柳生兵庫助利厳《ひょうごのすけとしよし》であった。

「息災《そくさい》のようだな」

柳生但馬守が、甥に声をかけた。

「叔父上《おじうえ》も、ご壮健などようす、何よりにござります」

言葉とはうらはらに、叔父と甥のあいだには、一種異様な、冷ややかとも言える空気が流れている。

そのわけを知るには、まず、剣の名門柳生家の複雑な家庭事情を語っておかねばなるまい。

そもそも柳生家は、大和国小柳生庄をおさめていた土豪であったが、天文《てんぶん》十三年（一五四四）、筒井順昭《つついじゅんしょう》に攻められて落城し、一族は四散した。

そのとき、当主であった柳生石舟斎宗厳《せきしゅうさいむねよし》はわずかに十六歳。

柳生家の再興をはかった石舟斎は、大和の地を支配した松永弾正《まつながだんじょう》、その弾正を倒した織田信長について戦国乱世を乗り切ろうとしたが、うまくいかず、四十五歳で隠棲《いんせい》したのちは、上泉伊勢守秀綱《こういずみいせのかみひでつな》から授けられた新陰流剣術の研鑽《けんさん》にはげむことになる。

この石舟斎が徳川家康と出会ったのは、それから二十一年後のことである。

〝無刀取り〟をはじめとする石舟斎のすぐれた剣技に惚《ほ》れ込んだ家康は、

「ぜひとも、わが徳川家の兵法指南役になってもらいたい」

と、懇願した。

だが、石舟斎は老齢のゆえをもってこれを辞退し、かわりに息子の宗矩を家康に推挙した。

ちなみに、宗矩は石舟斎の五男。これに対し、柳生兵庫助の父、新次郎厳勝《しんじろうとしかつ》は石舟斎の長男であった。本来であれば、長男の厳勝が家を継ぐはずであったが、若いときに戦場で流れ弾に当たり、脚に重傷を負っていた厳勝は、とても徳川家の兵法指南役をつとめられる体ではなかった。

つまり、厳勝の息子の兵庫助は、柳生家の嫡流《ちやくりゆう》を継ぐべき立場を、不幸にして生まれながらに奪われていたことになる。

そのためかどうか、石舟斎は多くの孫たちのなかでも兵庫助をことに可愛がり、手もとに置いてみずから新陰流の太刀を徹底的に仕込んだばかりか、息子の宗矩にさえ授けなかった新陰流の印可を与えた。

のちに兵庫助が、

——石舟斎の生まれかわり
と言われるようになったのは、幼いころから祖父の薫陶《くんとう》を受け、その強い影響下で育てられたためである。じっさい兵庫助は、顔立ちから、立居振舞い、太刀筋までが、石舟斎に生き写しであったという。

祖父ゆずりでとにかく腕が立つ。

しかしながら、その性、非情な面も持ち合わせていた。

兵庫助がはじめて仕官したのは、熊本藩加藤《かとう》家である。

柳生石舟斎が、孫の兵庫助を秘蔵っ子として育てているという噂は、かねてより大名のあいだで評判になっていたが、藩主加藤清正《きよまさ》より直々《じきじき》に申し入れがあり、禄高《ろくだか》五百石で仕官の話がまとまった。

ときに兵庫助、二十五歳。

だが、加藤家へ仕官した翌年、兵庫助は人を斬って出奔《しゆっぽん》した。斬った相手は、熊本藩の家老伊藤長門守《いとうながとのかみ》。ことの起こりは、藩内高原《たかはる》郷で起きた一揆《いっき》だった。

藩主清正は、伊藤長門守を総指揮官として一揆鎮圧にあたらせていたが、なかなか成果が上がらないため、新参の兵庫助に役目を任せることにしたのである。当然、長門守と兵庫助のあいだに対立が起きた。

「一揆の本拠地を急襲し、これを殲滅《せんめつ》する」

という兵庫助の強硬意見に、長門守が真っ向から反対した。

「他国から来た若造づれに、何ができる」

と、長門守がののしった瞬間、兵庫助の手が腰の刀に伸び、刃をひらめかせざま、家老の体を袈裟《けさ》がけに斬り下ろしていたのである。

呆然《ぼうぜん》とする家臣たちに、すぐさま出陣を命じた兵庫助は、疾風怒濤《しっぷうどとう》のごとく一揆の本拠地を襲い、これを壊滅させた。

翌朝——。

兵庫助は家老斬殺の責任を取って、熊本の地を出奔した。

以来、今日にいたるまでの九年間、兵庫助は名門柳生家の一員でありながら、権力とは無縁の諸国流浪《るろう》の暮らしを送ってきた。

後年、尾張《おわり》徳川家に兵法指南役として迎えられ、

——尾張柳生

の祖となったのは、この兵庫助利厳にほかならない。

一方、叔父の但馬守宗矩にしてみれば、徳川将軍家兵法指南役のおのれに印可が与えられず、若い甥の兵庫助のほうに柳生新陰流の正統が伝わったことを、内心、不愉快に感じていた。

書院に向かい合った柳生家の叔父、甥のあいだには、ただの肉親とは異なる複雑な感情が流れていたのである。むろん、両者とも、それを口に出すことはなかったが——。

「先日、京都所司代の板倉勝重どのより知らせがあった」

「江口ノ里の一件でございますか」

低く押さえた声で、兵庫助が言った。

「そうじゃ。九度山の流人が謀議をなしている現場を押さえたはいいが、奇怪な術を使う

者どもにしてやられ、まんまと取り逃がしたという」

「所司代は無能にござりますな」

兵庫助は侮蔑《ぶべつ》するように、うすい唇のはしを吊り上げた。

それを見て、叔父の宗矩はやや不快げに眉《まゆ》をしかめ、

「板倉勝重どのは、こと民政においてはすぐれた力を持っておられる。しかし、捕り物となると、話は別。しかも、九度山の流人、真田左衛門佐幸村は、腕利きの忍びや豪傑を集めておるでな。所司代にはちと、荷が重かったかもしれぬ」

「荷が重いどころではないでしょう。せっかく、大坂方随一の策士を葬《ほうむ》り去る機会をつかみながら、それをみすみす取り逃すとは、将たる器《うつわ》に欠けているとしか申し上げようがない」

「京都所司代に襲撃を依頼した、このわしを責めておるのか」

「いや、さようなことは」

口では否定しながらも、兵庫助の唇には冷笑が浮かんでいた。

（こやつ……）

宗矩は、自分に向かってずけずけものを言う甥を、面憎《つら》いやつと肚《はら》のうちで思った。

しかし、徳川幕府において、柳生家の一員である二人が果たす役割は共通している。

すなわち――。

柳生家は、剣の家という表看板の陰に、幕府の隠密《おんみつ》という裏の顔を持ち、数々の謀略に

手を染めていたのである。

但馬守宗矩は、家康のもとで政治的謀略に暗躍し、一方、兵庫助は諸国を自由にさすらいながら外様《とざま》大名の情報を但馬守にもたらしていた。

十年前、兵庫助が加藤家に仕官したのも、じつは、豊臣家に近い外様大名の動向を探るためで、家老を斬って出奔したのは、突発的な事件ではなく、かねてよりの予定の行動であった。

「ところで、叔父上《おじうえ》。それがしをいつまで京に留《とど》め置くおつもりです。この東本願寺黒書院に起居するようになってから、もはや一月《ひとつき》。坊主の念仏には飽き飽きしております」

兵庫助が皮肉な顔をした。

「おぬしには、大事な役目を頼みたいと思い、わざわざ旅先から京へ呼び寄せたのじゃ」

「ならば、よろしいが」

「利厳」

と、宗矩が顔つきを厳しくした。

「おぬし、真田襲撃に失敗した板倉勝重を無能と申したな」

「いかにも」

「ならば、おぬしに真田のたくらみを叩《たた》き潰《つぶ》すことはできるか」

「それがしを京へ呼び寄せたのは、そのためですな」

「そう」

宗矩の目が凄愴《せいそう》な光を放った。

「わしの見たところ、大坂城には将たる器の者がおらぬ。城を仕切っているのは、豊臣秀頼の母淀殿と、淀殿お気に入りの老女、大蔵卿局《おおくらきょうのつぼね》の息子の大野修理大夫治長《おおのしゅりのだいぶはるなが》じゃ。指揮をとるのが女と女官の息子では、いくさをしても幕府の勝ちは見えておる。しかし、大坂城に真田幸村が入ったとなると、事情は一変する」

「幸村は、智謀神のごとしと言われる男でございますからな」

兵庫助は口もとをゆがめ、

「いっそ、斬りますか」

「いや。それはできぬ」

と、宗矩は首を横に振った。

「このたびのように、やつが外へ忍び出たところを斬るなら大義は立つが、配所で蟄居《ちっきょ》しているものをむやみに斬れば、剣の家柳生の名に傷がつくばかりでなく、幕府の威信にもかかわろう」

「…………」

「大事なのは、幸村の翼をもぐことよ」

「それは、配下の忍びどもの動きを封じようということですな」

ふふふと、宗矩が含み笑いをした。

「幸村とて流人の身、一人では何もできまい。忍びどもを斬り捨てれば、やつは翼をもがれた鳥も同然。やってくれような、利厳」

「忍びの斬り味とは、いかがなものでござりましょうか」

兵庫助が脇に置いた太刀の柄をつかみ、抜く手も見せず立ち上がりざま、天井板を突き刺した。

――うぐぐ……

と、蛙《かえる》の潰れたような声がし、刀身をつたわって、鮮血が流れ落ちてくる。

兵庫助は天井から刀を引き抜き、何事もなかったかのように、ふところから取り出した懐紙で血糊《ちのり》をぬぐった。

「大坂方の忍びじゃな」

と、宗矩も顔色を変えない。

「向こうも必死じゃ」

「江戸と大坂のいくさ、このぶんではだいぶ近うござりますな」

「大御所さまは、おんみずからが壮健なうちに片をつけたいと、つねづね仰せになられておる」

「なるほど」

兵庫助は刀を鞘《さや》におさめた。

「面妖《めんよう》な技を使う忍びを相手に、おぬしも一人では何かと不都合があろう。幕府の根来組を三十人、江戸より呼び寄せてある。それを好きに使え」

「ご厚意、ありがたく受け取っておきましょう。ところで、真田の忍び衆のうちで、もっとも手強《てごわ》い者は？」

「聞いてどうする」

宗矩が眉を上げた。

「もっとも強い者から倒すのが、兵法の極意。手応えがあったほうが、おもしろい」

「霧隠才蔵」

と、宗矩はつぶやいた。

「真田の郎党のなかにまぎれ込ませてある諜者《ちょうじゃ》が、そのように知らせてきた。わしも以前、霧隠を使ったことがあるが、同意見じゃ」

「霧隠ですな……」

兵庫助は天井からしたたり落ちる血を見つめながら、すっと目を細めた。

二

霧隠才蔵は、砂埃《すなぼこり》のなかを歩いていた。

強い春の南風が巻き上げる、黄色っぽい埃である。

埃で視界が閉ざされていなければ、街道のわきにつらなる松林の向こうに、青々とした瀬戸内《せとうち》の海をのぞむことができたであろう。

才蔵が歩いているのは、京から西へ向かう西国街道（山陽道）であった。

才蔵——。

黒の十徳《じっとく》に野袴《のばかま》、頭に菅笠《すげがさ》という連歌師の旅姿をしている。

桐油《とうゆ》紙《がみ》でつつんだ旅行李《ごうり》を振り分け荷物にして肩にかけ、手には白樫《しらかし》の道中杖《づえ》を持っていた。杖には刃渡り二尺の刀が仕込まれ、振り分け荷物のなかには忍びの十六道具がおさめられている。

連れはいない。

一人旅である。

二日前、京を旅立った才蔵は、摂津西《にし》ノ宮《みや》で一泊し、早朝から歩いて、風光明媚《めいび》な須磨《すま》の浦にさしかかったところである。

（みなは、どうしておることか……）

才蔵は、風に吹き飛ばされそうになる菅笠を前へ傾けた。十徳の袖《そで》が、ハタハタとなびく。

九度山の配所へもどった幸村の密命により、男たちは諸国へ散っていった。

由利鎌之助は江戸へ旅立ち、穴山小助は播州姫路《ひめじ》へ旅立った。おのおの徳川幕府のお膝《ひざ》元《もと》と山陽《ようしょう》路の要衝で武芸の道場を開き、情報収集にあたるためである。

筧十蔵および、三好兄弟は九州へおもむき、幕府の禁教令に反発するキリシタン勢力を味方に引き入れよとの命令が下された。

海野六郎、望月六郎、猿飛佐助、根津甚八の四名は、主君幸村を守り、その手足となって働くため、畿内にとどまる。

才蔵にも、幸村から密命が下された。

「そなたは、安芸《あき》の福島正則《ふくしままさのり》、肥後《ひご》の加藤忠広《かとうただひろ》、旧豊臣恩顧《おんこ》の諸大名のもとへ行き、秀頼さまの密書を届けてもらいたい」

と、幸村は言った。

ただ密書を届ければよいというのではない。

かつては豊臣家に従っていたとはいえ、関ヶ原合戦ののち、彼らは徳川幕府の外様大名に列している。いざ大坂と江戸のあいだで合戦となったとき、彼らがいかなる動きをする肚《はら》づもりであるか、本音《ほんね》を探ってまいれというのである。

「福島正則どのはもともと、故太閤殿下に可愛がられた小姓《こしょう》上がり。加藤忠広どのは、福島どのと同じく太閤殿下の小姓であった加藤清正どのの息子。まずは、彼らの抱き込みをはかるのが上策であろう」

と、いうのが幸村の考えであった。

幸村から密書を預かり、いったん京へもどった才蔵は、人目を忍ぶように深夜、旅立ったのである。

忍びのことゆえ、才蔵はこの手の仕事には慣れている。しかし、今度の旅には、おのれの命運がかかっているような気がして、冷めたこの男にはめずらしく、才蔵は心のたかぶりをおぼえた。

砂埃の舞う海沿いの道を半里ばかり歩いていくと、赤松の古木が街道わきに生えていた。濃い緑の枝が、となりにある茶店の藁《わら》葺《ぶ》き屋根をおおいつくすほどの大きな松である。

——行平松《ゆきひら》
と、木の下に札が立っている。

(これが名高い、在原《ありわらの》行平ゆかりの松か……)

連歌師をおもてのなりわいにし、和歌や歌枕にくわしい才蔵には、すぐにわかった。

ちょうど昼めしどきである。小腹もすいてきた。

才蔵は、行平松の茶店に入った。

縁台に腰を下ろした才蔵は、名物の行平餅《もち》と茶を、店の婆《ばば》に注文した。

「宗匠さま、歌枕をめぐる風雅の旅でございますかいの」

まずは白湯《さゆ》を運んできた婆が、才蔵にたずねた。

姿を見て、才蔵を連歌の宗匠と言い当てるあたり、やはり歌枕で名高い須磨の茶店の婆である。

「婆どの。そこの行平松の由来を聞かせてくれぬか」

才蔵は白湯をすすった。埃でいがらっぽくなった喉《のど》が、白湯でうるおう。

「ようございますとも。むかし、この茶店がございます場所に、在原業平卿《なりひらきょう》の兄、行平さまが都から流されてお住まいになっておられました。その庭に生えていた松が、あれなる行平松で、いまでも街道の名所になっておるのです」

「そうか」

「行平さまは、この須磨の浜で汐汲《しおく》みをしておった、もしお、こふじという姉妹を愛し、姉のもしおを松風《まつかぜ》、妹のこふじを村雨《むらさめ》と名づけたのでございます」

「松風、村雨の話は知っている。立ち別れいなばの山の峰に生《お》ふる、待つとし聞かばいまかへりこむ——という古今集におさめられた在原行平の歌は、松風、村雨姉妹との別れの辛《つら》さを詠《よ》んだ歌だそうな」

「さすがは宗匠さま、ようご存じで」

婆は男前の才蔵を年甲斐《としがい》もなく、惚《ほ》れ惚《ぼ》れと見つめた。

「ところで婆どの。須磨の浦には、いまも汐汲み女がいるのか」

「おりますとも」

「ほう、そうか」

「かく申す婆も、若いころは汐汲みの仕事をいたしておりました。村雨、松風ほどではないにせよ、言い寄る殿御もおりましたわいのう」

婆が運んで来た行平餅を、才蔵は茶を呑《の》みながら食った。

餅は、ほのかに塩の味がする。須磨の浦でとれた塩を、餡《あん》のなかにしのばせているのであろう。

才蔵はしばし重い役目を忘れ、旅の情趣にひたった。非情の忍びではあるが、才蔵には殺伐《さつばつ》とした戦いの世界とかけはなれた、風雅を愛《め》でる歌人の心がある。

それがいつか、おのれの命取りになるのではないかとわかっていても、才蔵は歌ごころを捨てる気にはなれなかった。

いつしか、砂埃を巻き上げていた風がおさまり、松林を透かして海が見えた。

弓なりに延びた須磨の浜辺に、ほそぼそと白い煙が立ちのぼっている。藻塩《もしお》を焼く煙であろう。汐汲み女が汲んできた海水を藻にかけ、それを浜辺で焼き、大釜《おおがま》で煮詰めて塩をつくるのである。

——藻塩垂れつつわぶと答へよ
ふっと、才蔵の胸に、須磨の浦の藻塩を詠んだ在原行平の歌が浮かんだ。

和歌の下《しも》の句は思い出したが、どうしたことか、上《かみ》の句のほうが出てこない。度忘れというやつだろう。

だが、思い出せぬとなると、気分が悪い。

「藻塩垂れつつわぶと答へよ、藻塩垂れつつわぶと答へよ……」

才蔵は、空《から》になった茶碗《ちゃわん》を見つめ、声に出して下の句を繰り返した。

と、そのとき——。

目の前に影が差した。才蔵がはっと顔を上げると、

「わくらばに問ふ人あらば須磨の浦に、藻塩垂れつつわぶと答へよ。古今集、雑歌の部にある在原行平の歌である」

三

赤松の木陰《こかげ》に、長身の若者がにこにこ笑いながら立っていた。

虚無僧《こむそう》姿の若者である。

年はまだ、二十《はたち》になるやならずだろう。

濃紺の小袖に白帯、手甲脚絆《てっこうきゃはん》をつけ、肩から金襴《きんらん》の大掛絡《おおがら》、胸に〝明暗〟と書かれた偈箱《げばこ》を下げている。

だが、肩幅広く大柄な体に、その姿が何となく馴染《なじ》まず、いかにも窮屈そうな感じがした。

虚無僧独特の藺笠《いがさ》はかぶっておらず、額に鉢巻を巻いている。

若者が、空になった才蔵の皿を無遠慮にのぞいて言った。

「ここの餅はうまいか」

「ああ、うまい」

「ならば、私も食っていくことにしよう」

若者は才蔵の向かいの縁台に腰かけると、手にしていた尺八《しゃくはち》を縁台に置き、

「餅を持ってまいれ」

と、店の婆に声をかけた。

傍若無人《ぼうじゃくぶじん》な物言いである。だが、顔に不思議と卑《いや》しさがない。

肌は色抜けるように白く、唇赤く、諸国を流浪する虚無僧というより、どこかの公家《くげ》の公達《きんだち》といった駘蕩《たいとう》とした顔立ちをしていた。

(妙な男だ……)

才蔵の目の前で、若者は餅をたちまち三皿平らげた。茶もお代わりをして呑む。底なしの胃袋である。

「外にはうまいものが多い」

虚無僧姿の若者が、しみじみとつぶやいた。

「こんなことなら、もっと早くに城を抜け出せばよかった」

「城……」

若者の言葉を、才蔵は聞きとがめた。

「城とは?」

「私の住まいじゃ。母上がうるさいので、子供のころから外へ出してもらったことがなかった」

「…………」

ますます奇妙なことを言うものだと、才蔵は思った。

(城の外へ出たことがないというからには、どこかの大名の御曹司《おんぞうし》なのか。しかし、それにしては、この虚無僧姿……)

胡散臭《うさんくさ》いこと、この上ない。大事な役目のある身ゆえ、できるかぎり、得体の知れぬ人間との接触は避けねばならなかった。

才蔵は縁台に食い代を置き、立ち上がろうとした。

と、その手を若者が押さえる。

「待ってくれ」

「何か……」

「じつは、連れの者とはぐれてしまい、困っている。そのへんを探してきてくれ」

見ず知らずの才蔵に、当たり前のように用を言いつける若者に、

(何をばかな……)

才蔵は眉《まゆ》をひそめた。

よほどの世間知らずか、さもなくば頭の箍《たが》がゆるんでいる男にちがいない。

無視して行ってしまおうかと思ったが、若者があまりに頼りのない目をするので、つい
気になった。飼い主にはぐれた仔犬《こいぬ》のようである。

「連れの者とは、どんな男だ」

「男のようで男でない。女のようで女でない」

「人をからかっているのか」

「いや、さにあらず。見たままを申したまでじゃ」

（やはり、頭がおかしいようだな、この男……）

才蔵が若者を持てあましていると、街道の向こうから、あたりをしきりに見まわしながら、小走りに駆けてくる人影が見えた。

虚無僧である。こちらは若者とちがい、藺笠を深くかぶっている。

「そなたの連れは、あれか」

才蔵は顎《あご》でしゃくった。

「おお、そうだ。根津甚八じゃ」

「いま何と言うた……」

「根津甚八。私の供だ」

才蔵という若者の姿をみとめたらしく、藺笠の虚無僧が、茶店に近づいてきた。ほかに人影がないのをたしかめてから、すっと才蔵の横にすわる。

「才蔵どの、いいところでお会いした」

「おぬし、根津甚八か」

才蔵の問いに、虚無僧は藺笠のなかでかすかにうなずいた。

「男のようで男でない。女のようで女でない……。なるほど、たしかにこの男の言うとおりだ」

「何か申されたか、才蔵どの」

「いや、こちらのこと」

連れが見つかって安心したのか、若者はまた餅《もち》を食べている。
「甚八、この若者は誰だ。九度山に残ったはずのおぬしが、なぜ、このような者を連れてここに来ている」
才蔵は小声で甚八に話しかけた。
「はばかりあって、このお方の名はここでは申せませぬ。わけは、歩きながら……」
「わかった」
若者が餅を食い終わるのを待って、才蔵は茶店を出た。
才蔵と根津甚八、それに虚無僧姿の若者は、西国街道を西へ向かう。
街道沿いの須磨の家並みは、どの家も、おもてに日除《ひよ》けの長い簾《すだれ》を吊っている。
かつて、この地で一《いち》ノ谷《たに》の合戦があったとき、平家が奉ずる安徳《あんとく》天皇が、里の海士《あま》の苫《とま》屋《や》に宿を借りて、しばらく行宮《あんぐう》としていた。そのとき、天皇の顔をじかに拝んでは恐れおいと、家ごとに簾をかけたのが習わしとして残ったというが、真偽のほどは定かではない。
やがて、道は、
一ノ谷
二ノ谷
三ノ谷
を越え、塩屋《しおや》の集落を過ぎた。西の空が、夕焼けに染まりだしている。街道を歩く人影も、めっきり少なくなった。

「そろそろ話してくれてもよいだろう。誰なのだ、あの若者は」

才蔵は、近くに人がいないのをたしかめてから、うしろを歩いている若者にちらりと目をやり、根津甚八に聞いた。

才蔵も若者がただ者ではないと、気づきはじめている。でなければ、根津甚八がわざわざ供をしてくるはずがない。

「それは……」

と、甚八は用心深い。なおもしばらく歩き、まわりに人家のない畑のなかの道にさしかかったところでようやく、

「幸村さまが申されるには」

口をひらいた。

「私と霧隠どのに、全力であの方をお守りするようにとのこと。あの方にもしものことがあれば、大坂方は戦わずして徳川に負けたも同然」

「だから、誰かと聞いているのだ」

「おどろかれるな」

甚八はそばにいても聞き取れぬほど、声を低くし、

「あのお方は、大坂城のあるじ、豊臣秀頼さま」

「何ッ……」

思わず顔色を変える才蔵に、

「われらは命にかえて、秀頼さまをお守りせねばなりませぬ。よろしいな」

根津甚八が、わずかに震えをおびた声で言った。

四

豊臣秀頼の人となりについて、伝わっていることは少ない。

秀頼は文禄《ぶんろく》二年（一五九三）、太閤秀吉の子として大坂城に誕生した。母は、近江《おうみ》小谷《おだに》城主浅井《あざい》長政《ながまさ》と信長の妹お市《いち》ノ方のあいだに生まれた茶々《ちゃちゃ》。長ずるにおよび、天下人となった秀吉の側室となり、淀城を与えられて、

——淀殿
と、呼ばれた女人である。

天下の美女として名高いお市ノ方の血を引くだけに、淀殿もまた美貌《びぼう》にめぐまれ、気位《きぐらい》も高かった。

まだ世継ぎの子供にめぐまれていなかった秀吉は、親子ほども年の離れた若い淀殿を寵《ちょう》愛《あい》した。二人のあいだに最初の子ができたのは、秀吉五十三歳、淀殿二十三歳のとき。

淀城で生まれた男子は、鶴松《つるまつ》と名付けられた。

「わしにもついに世継ぎができたぞッ」

秀吉は狂喜乱舞した。

しかし、その喜びもつかの間、鶴松はわずか二年後、病死してしまう。秀吉の落胆、思いやるべしである。

もはや自分に子はできぬと思った秀吉は、甥《おい》の秀次《ひでつぐ》を豊臣家の後継者と決め、関白職をゆずった。

ところが皮肉なもので、翌々年、またしても淀殿が男子を生んだ。幼名、お拾《ひろい》。のちの秀頼である。

秀頼が生まれたことで、豊臣家の事情は一変した。

秀次は関白職を解かれ、高野山青巌寺《せいがん》で切腹に追い込まれる。新たな秀吉の後継者として、秀頼は伏見城で大事に育てられた。

だが——。

秀頼六歳のとき、父の秀吉が死んだ。

「せめて、お拾が十五歳になるまで生きたかった……」

秀吉は死にのぞみ、人目もはばからず涙を流したとつたえられる。

秀吉の死後、秀頼は大坂城に入った。

だが、天下を統《す》べるには、秀頼はあまりに幼すぎた。そこに付け込んだのが、関東近隣二百五十万石の所領を持ち、五大老の筆頭徳川家康であった。

家康は、秀吉によって禁じられていた大名同士の婚姻をおこない、諸大名の抱き込みをはかって、着々とおのが勢力を拡大していった。

「家康に天下簒奪《さんだつ》の意志あり」

と、このとき、家康に敢然《かんぜん》と立ち向かったのが、五奉行の一人、利《き》け者の評判高い石田《いしだ》治部少輔三成《じぶのしょうみつなり》だった。

三成ひきいる西軍と、家康を総大将とする東軍のあいだに、天下分け目の関ヶ原合戦がおこなわれたのは、慶長五年（一六〇〇）。結果は、家康の勝利に終わり、三成をはじめとする西軍諸将は斬首され、大坂城の秀頼は天下人の地位から摂河泉六十五万七千石の大名に転落した。

ときに、秀頼八歳。

関ヶ原の戦後処理のさい、みちのくの雄伊達政宗《だてまさむね》は、家康に対し、

「いっそ秀頼どのを江戸へ連れ帰り、家康さまの手もとで傅育《ふいく》なされてはいかがです。秀頼どのを大坂城に残しては、あとあと、天下の騒乱の火種となりましょう」

と、忠告した。

しかし、家康はその必要はなしと告げ、理由を問われると、源平合戦のさいの源義経《みなもとのよしつね》の例を引き、

「義経は平家を完膚《かんぷ》なきまでに打ち破ってしまった。それゆえ、次には自分が兄頼朝《よりとも》から追討を受けるはめになった。敵を完全に潰《つぶ》してしまうのは、本当のいくさ上手のすることではない。敵の牙《きば》を抜き、じょじょに弱らせ、みずから滅んでゆくのを待つのが、最上の

策というもの」

家康は、無理押しをして、天下の世論が秀頼に同情し、徳川家に反発するのを恐れたのである。老獪《ろうかい》な家康ならではの策であった。

家康は朝廷から征夷《せいい》大将軍を拝命し、江戸に幕府を開いた。その後、家康は将軍職を息子の秀忠にゆずり、みずからは駿府に隠居して、大御所として天下に睨《にら》みをきかせることになった。

だが、その家康にも心配はある。

慶長十六年三月二十八日、家康は京都の二条城《にじょう》でひさびさに秀頼と対面した。そのとき、家康は、

（おう……）

と、思わず息を呑《の》んだ。目の前にあらわれたのは、十八歳に成長し、堂々たる偉丈夫《いじょうふ》になった豊臣秀頼の姿だったのである。

徳川家康の胸に去来したのは、複雑な思いであった。日々、たくましさを増していくであろう秀頼にくらべ、自分の何と醜く老いぼれたことか。家康はすでに、七十歳の老人になっていた。

（妬《ねた》ましい……）

と、家康は秀頼の若さを憎んだ。憎んだだけでなく、恐れを感じた。

『明良洪範《めいりょうこうはん》』によれば、秀頼と対面した家康は、

――秀頼は賢き人なり、なかなか人の下知《げち》など請《う》くべきにあらず。

という印象を持ったという。

小男だった秀吉の子にしては、父にはまったく似ておらず、背丈高く、立派な体軀《たいく》を持っていた。

温室育ちの甘さはぬぐえないものの、幼いころから呉子《ごし》、大学《だいがく》などの学問をみっちり学んできた秀頼には、英明の資質を垣間《かいま》見ることができた。

家康が、秀頼を生かしておけぬと思ったのは、まさにこのときからだった。

――年長ずるに従い、智勇加うる……

と、『日本西教史』も、当時の宣教師が見た秀頼のようすを書いている。

その豊臣秀頼が、才蔵が手を伸ばせば届きそうな近さで、かるい寝息を立てている。

五

才蔵は眠れなかった。頭がしんと冴《さ》えている。

（たしかに鬼謀といえば、鬼謀だな……）

才蔵は天井の闇を見上げた。

天下の誰もが、大坂城のあるじが城を抜け出し、こんな賤《しず》が苫屋《とまや》にいるとは思うまい。

才蔵たちがいるのは、山陽道に沿った垂水《たるみ》川近くの立場茶屋だった。旅慣れない秀頼を連れているため、垂水村で日が暮れ、川を越えたところにある一軒屋の立場茶屋で草鞋《わらじ》を解いたのである。

立場茶屋は、通常、旅人に軽い食事を出すだけで、人を泊めることはゆるされていない。ドライブインのようなものである。

その立場茶屋の主人に金を握らせ、ようやく、茶屋の二階に一夜の宿を借りることができた。

「秀頼さまを、西国大名とじかに対面させようというのは、幸村さまの発案です」

茶屋で簡素な夕飯をすませ、秀頼が歩き疲れたと言って先に寝てしまったあと、根津甚八が才蔵にくわしい事情を語った。

「密書を送るだけでは、西国大名の心は動くまい。しかし、もし秀頼さまがじきじきに彼らのもとへ出向き、説得をおこなえばどうなるか」

「まず、無下《むげ》に追い返すことはできまいな」

才蔵は言った。

「そのとおりです。なかには、感激のあまり、涙を流し、助力を誓ってくれる者もありましょう。とにかく、たんなる密書を送るより、効果は絶大」

「であろう」

「このままでは、江戸と手切れとなったとき、幕府に逆らって豊臣家にお味方する大名は一人もいない。最後の切り札として、秀頼さまにご出馬いただくことを、幸村さまは大坂城のお歴々に願い出られたのです」

「しかし、よくぞ淀殿や、大野修理が秀頼さまを城の外へ出したものだ」

才蔵ならずとも、不思議に思うところであろう。

「秀頼さまが、おんみずから大名を説得に行くと言い出されたのです」

「ほう、秀頼さまとはそういう男であったか」

外見がどこか頼りないだけに、才蔵は意外な気がした。

「幸村さまの話では、目を吊り上げて大反対する淀殿を、秀頼さまは自分も二十歳《はたち》になる、天下を統べるには城の外へ出て世情を知り、民の心を知ることが大切だと口説《くど》き落とし、なだめすかされたとか」

「だとすれば、たいした器かもしれぬ。しかし、秀頼さまの供をしてきたのが、甚八ただ一人とは……」

「警護の人数が多くては、かえって動きを怪しまれます。才蔵どのと私の二人で秀頼さまを守護するようにと幸村さまより申し渡され、ここでお待ちしておりました」

「大変な役目だな。幕府がことを知れば、即座に追っ手を差し向けるは必定《ひつじょう》」

「それゆえ、行動は慎重のうえにも慎重を期さねばならぬのです。秀頼さまの守役として、われら二人が選ばれたのは、十勇士のうちで、もっとも冷静沈着な者どもと、幸村さまが見込まれたからにほかなりませぬ」

「たしかに、命懸けの仕事だ……」

根津甚八とのやり取りを、才蔵は闇のなかで思い返した。

その根津甚八も、秀頼の向こう側ですでに眠りに落ちている。秀頼を挟み、二人の忍びが両側から守る形をとっていた。

異変が起きたのは、一番鶏が鳴いたころであった。

遠くで馬の蹄《ひづめ》の音がした。

常人には聞こえないだろうが、研《と》ぎ澄《す》まされた才蔵の五感には、はっきり伝わってくる。

(二頭、三頭……。いや、五、六頭はいる)

その馬の群れが、

——ドッ、ドッ、ド
と、怒濤《どとう》のように近づいてくる。音はしだいにはっきりと耳で聞き取れるようになり、才蔵たちのいる立場茶屋の前で止まった。

才蔵は全身を緊張させた。

よもやとは思うが、早くも秀頼の隠密行を徳川方が嗅《か》ぎつけ、追っ手が放たれたということもある。

ややあって、茶屋の板戸をたたく激しい物音が聞こえてきた。

「戸が開《あ》かねえぞ」

「かまわねえから、木槌《きづち》でぶち破っちまえッ!」

荒々しい男たちの怒号が飛び交った。

(野盗だな)

才蔵には、瞬時にして察しがついた。

西国街道にかぎらず、諸国の街道筋には、旅人や集落を襲い、金品を強奪、女を凌辱《りょうじょく》して暴虐のかぎりを尽くす野盗が巣くっていた。江戸に幕府ができたとはいえ、諸国の治安は、まだまだ定《さだ》まっているとは言いがたい。

おそらく、そうした野盗の一団が、金目当てに立場茶屋を襲ったものと思われる。

どこかから木槌を持ち出し、板戸を壊しはじめたのか、ドン、ドンと、建物全体が揺らぐほどの音が響きだした。

(まずいな……)

才蔵一人なら、二階からさっさと逃げ出すところだが、秀頼という大変な荷物を背負っているだけに、ことは簡単にはいかない。

枕元に置いた仕込み杖《づえ》をつかみ、才蔵はむくりと身を起こした。

「才蔵どの……」

と、むろん根津甚八も目覚めている。

才蔵も、甚八も、いつ何が起きてもいいようにと、夜のあいだも平装のまま、忍び道具はすべて身に帯びていた。

これだけの騒ぎが起きても、なお秀頼が平然と寝ているのは、貴人の度量の広さと言うべきか、それとも鈍感さと言うべきか。

「どうやら、野盗が押し入ったようですな」

根津甚八が押し殺した声で言った。才蔵同様、いささかもあわてたようすはない。

「どうします」

「そうだな」

そのとき、大音響が響き、めりめりと板戸が割れる音がし、どっと男たちが茶屋になだれ込んでくる気配がした。

下の階で悲鳴が上がる。茶屋のあるじか、その家族のものだろう。

「やつらはじきに二階へ上がってこよう。逃げるとしたら、窓から下へ飛び下りるしかない」

「しかし、秀頼さまは……」

「あのとおりの体格だ。おまえに背負って逃げろと言っても無理だろう。おれが背中に背負って飛び下りる」

「何の話だ」

と、このとき、ようやく秀頼が寝ぼけまなこをこすりながら目を覚ました。

六

才蔵は、下の気配に神経をくばりつつ、

「説明している暇《いとま》はござりませぬ。とにかく、これへ」

と、秀頼に背中を向けた。

「そなたにおぶされと申すのか」

「さよう」

「はは、人の背中におぶわれるのは、子供のころ以来じゃ」

秀頼は無邪気《むじゃき》に笑い、深くわけを聞きもせずに才蔵に体をあずけた。

相手が大の男だけに、さすがに重い。

が、才蔵はかるがると秀頼をかつぎ上げると、窓辺に駆け寄った。

片手で障子をあけ、外をうかがうと、幸い、裏庭に盗賊たちの影はない。野盗たちはみな、茶屋のなかで金目のものを物色しているようである。

ドスドスと、階段を踏み鳴らす音が聞こえた。

「いかん。急ぐぞ、甚八」

低く叫ぶや、才蔵は大兵の秀頼を背負ったまま、手すりを乗り越え、宙へ跳んだ。根津甚八もあとにつづく。

才蔵たちは、茶屋の裏庭に下り立った。

外へ出てしまえば、あとはわき目も振らず逃げるだけである。

裏庭の向こうは菜畑になっていて、作事小屋や柿の木があり、さらに向こう側に林が広がっていた。

あたりはまだ暗い。

秀頼を背中から下ろした才蔵は、

「よろしいか。あの林まで一息に走り、木立に身をひそめて、夜が明け切ってから間道づたいに西へ向かいまする。二里も行けば、明石《あかし》の町に出ましょう」

と、早口に告げた。

「逃げるのか」

と、秀頼。

「狼藉者《ろうぜきもの》どもに襲われ、この家の者どもは難儀いたしておろうぞ」

「へたにかかわりあえば、秀頼さまの身に危険がおよびます。大事の前の小事と割り切り、ここは目をつぶるしかありますまい」

才蔵が言ったとき、裏口の戸が内側からあいた。奥から、肩口と脇腹のあたりを血で染めた茶屋の主人が転がり出てくる。

はっと、才蔵たちの姿をみとめるなり、

「お、お助けください……。女房と娘が、野盗どもに……」

主人のゆがんだ形相から、なかでおこなわれていることの想像がついた。めぼしいものを漁《あさ》りつくした野盗どもが、女に手出しをしはじめたにちがいない。

「頼み入ります、旅のお方……」

「………」

地面に膝《ひざ》をつき、涙ながらに訴える主人の懇願を、才蔵はあえて黙殺しようとした。哀れには思うが、秀頼の身の安全にはかえられない。行きずりの者に情をかけていては、大事をしそんじる。

（しかし……）

瞬時、ためらいをみせた才蔵に、

「助けてやれ、才蔵」

秀頼が言った。

「これは主命じゃ。助けぬというなら、そなたとはもう旅をせぬ」

「烏滸《ばか》なことを仰せられるな」

「私は書物で、正しき君子の道というのを学んだ。困っている者を助けるのが、君子というものだ」

お坊っちゃん育ちの素直さであろう。秀頼の論理は真っすぐで、どこまでも単純明快である。

（ここで口答えしては、かえって時を無駄にする……）

と、判断した才蔵は、

「されば、仰せに従いまする」

「うむ」

「甚八、おぬしはこ、、の方をお連れし、一足先に明石のつぎの加古川《かこがわ》の宿まで行っていてく

らである。

れ。宿場のいちばん大きな旅籠《はたご》で落ち合おう」


　秀頼という名を口にしなかったのは、茶屋の主人に秀頼の存在を知られたくなかったか
　才蔵は秀頼に向かってかるく目礼すると、仕込み杖《づえ》を手に、立場茶屋のなかへ引き返した。

　裏口から入ると、そこは台所になっていた。土間に、大きな竈《かまど》が三つ並んでいる。人影は見えず、闇だけが満ちていた。

　才蔵は竈の横をすり抜け、奥へ進んだ。

　台所から、土間の通り庭がおもてへ向かって真っすぐ伸びている。通り庭に沿ってさらに行くと、男の後ろ姿が見えた。

　袖《そで》なしの毛皮の胴着を着た蓬頭垢面《ほうとうこうめん》の野盗である。

　才蔵は仕込み杖を抜くと、足音を殺し、男の背後へ忍び寄った。一間《けん》（約一・八メートル）の近さまで迫ったとき、気配に気づいて男が振り返る。

「きさまッ」

　男が醜い乱杭歯《らんぐいば》を剝《む》き出しにした。手にした打刀《うちがたな》で、

「わりゃーーッ！」

　掛け声もろとも、大上段から斬りかかってくる。

　才蔵は横へ身をかわし、すかさず前へ踏み込むと、男の胴を薙《な》ぎ払った。

男の体が、くの字型に折れ曲がった。

顔を苦悶《くもん》にゆがめ、手から刀を取り落とし、前のめりにどっと倒れる。

落ちた刀が転がって水瓶に当たり、チャリンと音が響いた。

騒ぎを聞きつけ、通り庭の横の部屋にいた野盗が二人、抜き身の刀を引っさげて土間へ飛び下りてきた。

才蔵の左手がさっと動いた。

闇に銀光が走り、つぎの瞬間、棒手裏剣の切っ先が男の眉間《みけん》をするどく抉《えぐ》っている。

さらに一閃《いっせん》。

手裏剣は、もう一人の男の喉笛《のどぶえ》を確実にとらえていた。

急所をやられた野盗どもは、悲鳴を上げる間もなく、重なり合うように倒れる。

才蔵は座敷に上がった。

板戸を一枚、カラリとあけると、奥の間に白い女の裸身が見えた。男が三人がかりで、若い娘と年増の女を押さえつけ、上からのしかかり、まさに凌辱《りょうじょく》せんとしている。

その情景を、冷たい目で見下ろす才蔵に気づいて、

「何だ、きさまは」

頭目らしい髭面《ひげづら》の巨漢が、娘の体を放して、のそりと立ち上がった。

赤ら顔の、顎《あご》に古い刀傷のある男である。男は背中に結《ゆ》わえつけた朱鞘《しゅざや》から、三尺ばかりの刀をぞろりと抜き放った。

盗品であろう。互《ぐ》の目乱《めみだれ》の反《そ》りの強い、備前《びぜん》あたりの古刀である。

「野盗の持ち物にしては、過ぎた刀だな」

才蔵は冷笑した。

「何をッ！」

男の赤ら顔がますます朱を含む。こめかみの血管がぶち切れんばかりだ。

手下の野盗も刀をとって立ち上がる。

「きさま、何者だ」

才蔵の落ち着きぶりが気になったのだろう、髭面の頭目が、刀を右脇に低く構えつつ、声を放った。

才蔵は答えない。

(介者剣法《かいじゃけんぽう》か……)

相手の構えを見つめる才蔵の目が、すっと細まった。

介者剣法とは、戦場から編み出された実戦的な剣法である。刀を地面すれすれに構えて近づき、敵を力でたたき伏せる。その豪快な技から、別名、柴《しば》たたきとも呼ばれる。

介者剣法を使うからには、男はもともと、陣場借りをしていた武者であったのだろう。

それが、泰平《たいへい》の世となって働き場がなくなり、野盗にまで成り下がったとみえる。

才蔵は、男よりも、さらに身を低くした。ほとんど、地面すれすれまで身をかがめ、仕込み刀を横に構える。

「きさま、忍びだな」

男の目が光った。

ぐわっと男が踏み込み、刀をたたきつけてきた。

才蔵は身をかがめたまま、後ろへ跳びのく。

目標を失った男は、刀の重さで前のめりになったが、すぐに体勢を立て直し、刀を振りかぶる。

（今だッ）

才蔵は闇のなかをツッと動き、頭目の水月《みぞおち》を下から突き上げるように刺していた。

――忍び突き
と、呼ばれる伊賀の刀法である。

才蔵が仕込み杖をねじりながら抜くと、男の巨体は血を噴き、大木が倒れるように、手下たちの前にどうと転がる。

首領をやられた手下たちはにわかに怖《お》じけづき、じりじりと後ろへ下がっていき、ついには情けない悲鳴を上げておもての往来へ飛び出していった。

馬が駆け去る音がした。

座敷の隅で肩を寄せ合っておびえている娘と女房に、床に落ちていた小袖《こそで》を投げ与えた才蔵は、仕込み杖を鞘におさめ、裏庭へもどった。

「野盗どもは始末したぞ」

庭の井戸の陰で脇腹を押さえたまま呆然《ぼうぜん》としていた立場茶屋のあるじに、才蔵は声をかけてやった。傷は浅そうだ。命に別条はあるまい。

「女房と娘も無事だ」

「あ、ありがとうございます……」

いっぺんに緊張の糸がゆるんだのだろう、あるじがへなへなと腰を落とし、井戸端にしゃがみ込んだ。

「ところで、あるじ」

「はい」

「このあたりは、たしか、姫路五十二万石、池田《いけだ》家の領内であったな」

「いかにも、さようでございますが」

「そうか」

(騒ぎを起こしたのが外様大名の領内で、まだよかった……)

と、才蔵は思った。

池田家は、徳川家とのかかわりが薄い外様の大名だからまだいいが、これが徳川の親藩や譜代の領内だったら、騒ぎをきっかけに、才蔵たちの正体がばれてしまわぬものでもない。

(いや、たとえ外様の領内でも、われらのことは知られてはならない)

才蔵はあるじのそばに歩み寄り、その肩にかるく手を置くと、

「女房と娘を助けた代わりに、ひとつ、おれの頼みを聞いてくれぬか」

「それはもう、命の恩人の頼みでしたら何なりと」

「ことが公《おおやけ》になり、役人が取り調べに来ても、われらのことは言ってくれるな」

「はっ？」

「役人には、野盗どもが仲間割れして殺し合ったと言っておけば、それで済むだろう。とにかく、われらがここにいたことは誰にも伏せておいてもらいたいのだ」

「わ、わかりました」

よく事情が呑《の》み込めないながらも、あるじは才蔵の言うとおりにすることを約束した。どのみち、自分たちに迷惑がかかることではない。

「では、頼みおくぞ」

あるじにいま一度、念を押すと、才蔵は立場茶屋を去った。

道にうっすらと冷たい朝靄《あさもや》が立ちこめ、東の空がほのぼのと白みはじめていた。

第十一章　裏切り

一

西国街道を進んだ才蔵の一行が、安芸国広島の城下に着いたのは、それから十日後のことであった。

広島城の城主は、福島左衛門大夫《さえもんのだいふ》正則。秀頼が大坂城入りをもっとも期待する、豊臣家の旧臣である。

広島の城下は、川が多い。

猿猴《えんこう》川
京橋《きょうばし》川
元安《もとやす》川
本《ほん》川
天満《てんま》川

福島川《ふくしま》
山手川《やまて》
と、七本の河川が町の周辺を流れている。すなわち、広島城は平野を流れる川の中洲の上につくられた城であった。

地盤のしっかりした山や台地に築くのとは違い、湿地帯の上で築城がおこなわれたため、まずは川底を浚《さら》い、堤を築いて地面を固める〝島普請《ぶしん》〟からはじめねばならなかった。ために、工事は非常な困難をともなったという。

猿猴川にかかる猿猴橋を渡った一行の行く手にあらわれたのは、五重五層の威風堂々たる大天守閣であった。

「なんと、大坂城に似ておることよ」

川柳の向こうの城をあおいだ秀頼が、嘆声を上げた。

似ているのも道理である。かつてこの城を築いた毛利輝元《てるもと》が、上洛のおり、大坂城の壮麗さに魅了され、

——このような城を構えたい
と、大坂城を真似て造ったのである。

外壁の下見《したみ》板《いた》は分厚い黒漆塗り、軒先の瓦《かわら》には華麗な金箔《きんぱく》が押してある。

関ケ原合戦以前、西国一の大名であった毛利氏が築いた城だけに、その規模、豪華絢爛《けんらん》たる外観は、天下の名城とうたわれる大坂城にも劣らない。毛利氏が関ケ原で西軍に加担

した責を問われ、長門萩《ながとはぎ》へ減封されたのちは、四十九万八千余石の大封をもって福島正則が入城した。

「正面きって、城へ押しかけるわけにもいきますまい。どのように城へ近づくか、まずは宿に腰を落ち着けて、手立てを考えねば」

虚無僧姿の根津甚八が言った。

幸村が秀頼の供に選んだだけあって、甚八はじつに細かいところに気のつく忍びである。世間知らずの秀頼を連れた道中で、才蔵はどれほど甚八に助けられているかしれない。

秀頼は悪気はないにせよ、わがままで自分勝手な若殿で、

「せっかく旅に出たのだ。土地の名物が食べたい」

「ゆっくり名所を見物したい」

などと好き放題を言って、才蔵たちを困らせた。

(どこが、賢《かしこ》き人なりじゃ。家康は秀頼をかいかぶったのではないか……)

さすがの才蔵も、秀頼のお守りには手を焼いた。

しかし、根津甚八はもともとが女であるから、根気よく秀頼に付き合い、辛抱してわがままを聞いている。才蔵には、とても真似ができない。

「信用できる宿の心当たりはあるか」

才蔵は甚八に聞いた。

「いささか」

「どんな宿だ」

「ノノウ宿にございます」

と、甚八が藺笠《いがさ》の奥で言った。

ノノウ宿とは、諸国をめぐる禰津《ねつ》のノノウが泊まる宿である。

ノノウ宿は、土地、土地で決まっており、その家の多くは諏訪《すわ》神の信奉者で、先祖代々、信州望月《もちづき》氏のかかわりが深かった。なかには、ノノウが土地の男と契り、そのまま居着いて宿の提供者となった例もある。

ノノウ宿では、歩き巫女《みこ》たちの旅の便宜をはかり、また、加持祈禱《かじきとう》をもとめる土地の者との橋渡し役をつとめた。

いわば、ノノウ宿は、諸国巡行のかたわら、隠密活動にもあたったノノウたちの隠れ宿のようなものだったのである。

「広島の城下の紙屋《かみや》町で薬種《やくしゅ》商をいとなむ杏雲堂《きょううんどう》の後妻は、もと禰津のノノウです。あそこなら、安んじて宿所にできましょう」

「信用できるのか」

「ノノウであったころ、私も何度か世話になったことがあります。心配はご無用かと」

「では、案内してくれ」

「はい」

先に立って歩く甚八の男姿を眺めながら、

（なぜ、男になりたいと思ったか知らないが、それにしても、変わったやつだ……）

才蔵は思った。

橋をもう一本渡り、繁華な城下の町並みを通って、才蔵たちは薬種商、杏雲堂の裏門にたどり着いた。

おもて通りに面した店の構えは、千本格子に金看板をかかげたごく当たり前の薬種商だが、裏門から入ると、そこはまるで神社の境内《けいだい》のようになっている。

白砂が敷かれた庭に檜皮葺《ひわだぶ》きの社《やしろ》が祀《まつ》られ、社の横に、禰津のノノウが寝泊まりする高床造りの丸木小屋があった。

根津甚八が、才蔵と秀頼を連れていったのは、その丸木小屋である。

巫女が出入りする部屋らしく、奥に祭壇が組まれ、

——諏訪大明神

の掛け軸がかかっていた。祭壇にはあおあおとした榊《さかき》の枝が供えられ、鏡、梓弓《あずさゆみ》、五色の幣《ぬさ》が置かれている。

「私は店のあるじ夫婦に挨拶《あいさつ》してまいります。しばし、ここでお待ちを」

甚八は言い残し、二人をおいて小屋を出て行った。

「のう、才蔵」

甚八がいなくなると、秀頼が話しかけてきた。

「甚八のことだが、あれはなぜ、女を捨てて男になったのであろうな。見ればまだ若いよ

うだし、髪を伸ばして化粧《けわい》すれば、大坂城にいる女官どもより、よほど美しくなるであろうに」

「人にはそれぞれ、他人に言えぬ悩みというものがございます。甚八にも、それなりの事情があるのでしょう」

「甚八にわけを聞いたことはないのか」

「わけを知ったとて、何をしてやれましょう」

「そういうものか」

「はい」

「しかし、私は甚八に世話になっている。心に悩みを抱《かか》えているなら、聞いてやりたいな」

「人に触れられたくない疵《きず》というのもあります」

才蔵は言った。

「疵なら、私にもある」

「ほう、秀頼さまにも？」

「母上にも、大野修理にも、女官たちにも、誰にも言えぬ心の疵がある」

秀頼は少し、寂しそうな顔をした。

（城の奥で何不自由のない暮らしを送る秀頼でも、こんな孤独な顔をすることがあるのか……）

才蔵は意外に思った。

「秀頼さまの悩みとは、どのようなことでござります。来《きた》るべき、徳川とのいくさのことですか」

「いくさはなるようになる。どうせいずれかが勝って、いずれかが負けるのだ。ほんとうを言えば、私はいくさになど興味がない。西国大名を説得すると言って出てきたが、ようは牢獄《ろうごく》のような城から外へ飛び出てみたかったのよ」

そんなことではないかと、内心、才蔵は疑っていた。

どうも、この若者には、おのれの立場に対する自覚が感じられない。江戸と大坂の争いなど、まるで人ごとのようなのだ。

「西国へ行くと言ったら、みな、私がたいした御《おん》大将に成長なされたと言って感激したが、ああでも言わなければ、私は落城のその日まで、大坂城に閉じ込められていなければならぬ」

「まだ、落城すると決まったわけではござらぬ」

戦う前から、大将に落城と決めつけられた日には、大坂のために必死に動いている才蔵たちはたまったものではない。

「才蔵は大坂が勝つと思っているのか」

「秀頼さまの御《おん》父上、太閤秀吉さまが築き上げた大坂城は、難攻不落の大要塞《ようさい》にございます。いかに家康が大軍をもって囲んだとて、容易には落とせますまい。一年や二年の籠城《ろうじょう》は、十分に可能。城を攻めあぐねるうちに、敵将のなかに寝返り者が出て、形勢が一変するやもしれませぬ」

「そなたは楽天家だ」

「勝ちを信じなければ、いくさはできぬでしょう」

「まあ、それもそうだが……」

秀頼は草鞋《わらじ》が擦《す》れてできた足の血豆を、痛そうに見た。

才蔵はふところから、ガマの油、当帰《とうき》、蓬《よもぎ》、地黄《じおう》、南天《なんてん》を練った伊賀秘伝の膏薬《こうやく》を取り出し、若者の足に塗ってやった。

「ところで、さきほど仰せになっていた、秀頼さまの心の疵とは……」

「言えぬな」

「は……」

「人には誰でも、触れられたくないことがあると言ったのはそなた自身ではないか」

秀頼は、小さく笑った。

二

その夜――。
才蔵は忍び装束を身につけ、紙屋町のノノウ宿を出た。

秀頼の護衛は根津甚八にまかせてある。

寝静まった夜の城下を、才蔵は疾風のごとく走った。

月はない。新月の晩である。

ただし、新月でなくとも、月は見えなかったであろう。空には厚い雲が垂れ込め、家々の屋根をぽつりぽつりと雨が濡《ぬ》らしはじめている。

物陰をつたいながら城下を走っているうちに、やがて、雨は本降りになった。

才蔵が携帯している火器や袖火《そでび》は、桐油紙《とうゆがみ》でくるんであるから、雨に濡れてもしける心配はない。むしろ、人目をくらますには、雨のなかのほうが好都合だった。

才蔵は、広島城に入ろうとしていた。

秀頼の行動は、あくまで隠密であるがゆえに、白昼堂々、正面の門から城主の福島正則をたずねることはできない。何とかして、秀頼が城下に来ていることを、隠密裡《り》に正則自身に伝えねばならないのである。

城への潜入には慣れている才蔵といえども、むずかしい仕事だった。

広島城の御殿や櫓《やぐら》のおおよその配置は、御用商人として城にも出入りしている杏雲堂の主人から聞き出し、しっかり頭にたたき込んである。

やがて——。

水しぶきを上げ、雨中を走っていた才蔵の足が止まった。

目の前に、満々と水をたたえた濠《ほり》がある。広島城三ノ丸の水濠であった。

水濠の向こうは、急勾配《こうばい》の石垣がせり上がり、その上に白塀がつらなっていた。

周囲を見まわし、人気《ひとけ》がないのをたしかめてから、才蔵は用意してきた水蜘蛛《みずぐも》をふところから取り出した。

才蔵は水蜘蛛を使い、三ノ丸の水濠を渡り切った。

向こう岸の石垣に取りつき、腰の鉤縄《かぎなわ》をはずして頭上へ投げ上げる。ヒュルヒュルと闇のなかを縄が伸び、先端についた鉄の鉤爪《かぎづめ》が、

――ガッ
と、音を立てて、白塀の上の屋根瓦《がわら》を嚙《か》んだ。

(よし……)

手もとの縄を引いて感触をたしかめてから、才蔵は縄をつたって石垣をよじのぼった。

白塀の上にのぼりつき、あたりを見まわす。

真夜中のこととて、明かりはない。闇に慣れた目で見ると、三ノ丸には、城主の一門、重臣たちの住まいらしい長屋門の大きな屋敷が建ち並んでいる。

(本丸は向こうだな)

天守閣を目印にして行けば、けっして道に迷うことはない。

才蔵は、同じ手立てを使って水濠と石垣をもう一度越え、ようやく本丸へ到達した。

広島城の大天守は、本丸の乾《いぬい》(北西)の隅にある。大天守の南には、ふたつの小天守にはさまれる形で本丸御殿があった。

その本丸御殿が、城主福島正則の住まいである。御殿のどこかに、正則は寝《やす》んでいるはずだった。

（さて……）

才蔵は植え込みに身をひそめ、御殿のようすをうかがった。

城の御殿というのは、たいていどこでも構造は同じである。玄関に近いほうから、〝表〟〝中奥〟〝奥〟の三カ所に区分されている。

このうち、〝表〟は公の場所で、家老や奉行衆が出勤して政務をおこない、また、城主が来客や家来たちと対面するところである。〝中奥〟は、城主の起居する場所、〝奥〟には城主の奥方や家族が暮らしている。

御殿の仕組みさえ理解していれば、城主の寝所の位置は、おおよその見当がつくのである。

玄関には、篝火《かがりび》が焚《た》かれていた。

篝火の横に、槍《やり》を持った見張りの城兵が一人立っている。

その城兵が物陰に小用を足しにいった頃合いを見はからい、才蔵は闇をぬって、玄関のわきの大広間と思われる建物にするすると近づいた。

檜皮葺《ひわだぶ》きの屋根の破風《はふ》めがけ、鉤縄を投げ上げる。

破風の格子に鉤が食い込み、才蔵は縄づたいに大広間の屋根へのぼりついた。

小用からもどった見張りの城兵は、むろん異変に気づかない。

降りしきる雨と夜の闇が、才蔵の姿をおおい隠している。

才蔵は、破風の格子をシコロ（携帯用ノコギリ）を使って用心深く切り取り、人がはいれるほどの隙間をあけると、屋根裏へするりと身をすべり込ませた。

太い梁《はり》の上を歩いて奥へ進み、ときどき下のようすをうかがいながら、城主の福島正則の居室を探した。

天井板の隙間から、明かりの洩《も》れている部屋は少ない。

御殿はほとんど寝静まっているのである。

時おり、廊下をきしませて歩くのは、殿中見まわりの者であろう。ほかに、物音は聞こえなかった。

御殿の艮《うしとら》（北東）隅まで進んできたとき、

（このあたりだな……）

才蔵は足もとを見下ろした。

あたりには御座の間があり、小書院があり、湯殿があった。奥の部屋の天井板の隙間に、かすかな明かりがこぼれている。

才蔵は息を殺し、そこに近づいた。

——ううッ
と、獣のうめきにも似た、奇妙な嗚咽《おえつ》が聞こえてくる。

隙間に顔を近づけ、下をのぞくと、八畳ほどの部屋に夜具がのべられ、その上で男があぐらをかいていた。

奇妙な嗚咽は、男の口から洩れている。

よくよく見ると、男は夜具の上で朱塗りの酒杯をかたむけながら、男泣きに泣いているのだった。

（あれが福島正則か……）

男は五十すぎだろう。団子鼻に濃い眉毛《まゆげ》、首は太い猪首《いくび》で、がっちりとした体格をしている。

かつて、

――賤《しず》ケ岳《たけ》の七本槍

の一人として、天下に勇名を馳《は》せた荒武者の面影はたしかに残っていたが、酒を食らい、肩をふるわせて嗚咽する姿には、孤独の影が濃くにじんでいた。

「太閤殿下……」

とか、

「おれは間違っていない」

とか、男は酒を呑《の》みながら、低くうわごとのようにつぶやいた。

ひどく辛《つら》そうでもあり、ときに怒っているようでもある。

見たところ、福島正則は酒浸《びた》りのようであった。今宵だけでなく、毎夜のように一人で酒に溺《おぼ》れていると思われる。酒に溺れなければ癒《いや》しがたい疵《きず》が、正則の心に残っているのだろう。

（関ヶ原で旧主の豊臣家を裏切り、徳川方についたことを、いまだに後悔しているのか……）

そうでなければ、正則の荒廃しきったいまの姿は、説明がつくまい。

三

福島正則は、いまから二年前、肥後熊本城で病死した加藤清正と並び、秀吉子飼いの武将であった。尾張二ッ寺村の桶屋《おけや》の息子で、秀吉の遠縁にもあたる。

――市松《いちまつ》の幼名で、秀吉に小姓として仕え、天正十一年の賤ヶ岳合戦で功名を立て、一躍、荒武者の名をとどろかせた。

秀吉の天下取りとともに、正則もとんとん拍子に出世をとげ、播州竜野《たつの》城、つづいて伊《い》予《よ》府中《ふちゆう》の城主となり、文禄《ぶんろく》の役《えき》後、秀吉の甥《おい》の関白秀次が失脚すると、その旧領を引き継ぐかたちで、尾張清洲《きよす》二十四万石のあるじとなった。まさに、正則は、秀吉の手で豊臣家の番兵たるべく育てられたような男だったのである。

ところが、秀吉が死に、関ヶ原の合戦が起きると、正則は秀吉の遺志に反して、徳川家康の東軍方についた。

豊臣家に叛意《はんい》があったわけではない。

秀吉亡きあと、豊臣家を仕切っていた吏僚《りりよう》派の筆頭、石田三成と激しく対立し、三成憎さのあまり、同じ尾張出身の加藤清正らとともに、旧主に牙《きば》を剝《む》く結果になったのである。

関ヶ原合戦は東軍が勝ち、大将の家康は、

「わが軍が勝利できたのは、ひとえに清洲侍従（正則）のお陰じゃ」

と、正則を持ち上げて、備後《びんご》安芸四十九万八千余石の大封を与えた。

正則が真の野心家であれば、破格の大出世におおいに満足し、深夜、酒に溺れることもなかったであろう。

（だが……）

正則の心には、豊臣家に対する負い目がある。だから、一人で苦しんでいるのだ。秀吉の子である秀頼が対面し、心を打ち割って説けば、なるほど正則は動くかもしれぬと、才蔵はそう見た。

寝所の次の間にも、宿直《とのい》の者の気配はない。

酒の酔いでしか心を癒せない、おのがぶざまな姿を知られないために、正則が遠ざけているのだろう。才蔵にとっては、かえって好都合だった。

才蔵は、手練《てだれ》の技で天井板を音もなく剝《は》がすと、火明《ほあ》かりのとどかぬ部屋の隅の暗がりに、黒い影のように下り立った。

「何奴じゃッ！」

と、正則が酒杯を手からはじき飛ばし、背後を振り返る。その手が、早くも枕元の佩刀《はいとう》に伸びようとしているのは、さすがと言うべきか。

「どうか、お静かに」

一瞬早く、背中の忍刀を抜き放ち、畳に片膝《かたひざ》をついた才蔵は、脅すような目で正則を見た。

ぎろりと、正則が血走った大きなまなこで才蔵を睨《にら》み返す。

「きさま、忍びか」

「いかにも」

「わしを殺しにきたな」

「ことと次第によっては、お命を頂戴《ちょうだい》することも辞しませぬ。しかしながら、今宵は、さるお方の使いにて、話を聞いていただくために参りました」

「忍びの話を聞けと申すか」

正則の酒焼けした顔が、ちらと傲岸不遜《ごうがんふそん》にゆがんだ。一時のおどろきから立ち直り、おのれを取りもどしてきたらしい。

「わが話、ぜひとも聞いていただかねば……。もし、お騒ぎになるというなら、附子《ぶす》を塗ったこの刃が、殿の胸をつらぬきまするが、それでもよろしいか」

「賤ヶ岳の七本槍《やり》として鳴らしたこのわしを、脅そうというのか。ふん、いい度胸だ」

逆らっても無駄と覚悟を決めたか、福島正則は佩刀に伸ばしていた手をもどし、酒杯を拾った。

瓶子《へいじ》をかたむけて酒をなみなみとそそぎ、ぐいとあおる。

「そなたの度胸にめんじて話を聞いてやろう。ただし、長話は無用ぞ」

「こちらも長居をするつもりはございませぬ。ご安心を」

才蔵はかすかに目で笑うと、忍刀を鞘《さや》におさめ、ふところから一通の書状を取り出した。

城下紙屋町のノノウ宿にいる秀頼が、みずから筆をとってしたためたものである。

才蔵が差し出した書状を、正則は受け取り、包みを解き、紙を開いた。

最初は、酔いで濁《にご》っていた正則の瞳《ひとみ》が、しだいに異様な光を帯び、驚愕《きょうがく》に揺れ、やがて涙に濡《ぬ》れる。

「こ、これは、秀頼さまの……」

「まぎれもない直筆《じきひつ》でござる。秀頼さまが、お書きになったものです」

「まさか、まさか……。秀頼さまが、わざわざ、この福島左衛門大夫に会うために、広島へお出ましになっておられたとは」

正則は書状を押しいただき、感涙にむせんだ。

秀頼の書状には、そなたに会いに来た、ついては内々に人目のないところで面談したいとしたためてあった。

万が一、書状を偽物と疑われたときのため、才蔵は秀頼から、太閤伝領の粟田口吉宗《あわたぐちよしむね》の短刀も預かってきているのだが、どうやら、こと福島正則に関しては、それを見せるまでもないようである。

もともと猪突猛進《ちょとつもうしん》型で、直情的な男なのだろう。

「もったいないことだ。徳川の監視の目も光っておろうに、秀頼さまおんみずから、御出座たまわるなど。わしのような男のために……」

正則は肩をぶるぶる震わせ、文の上に滂沱《ぼうだ》の涙をしたたらせた。

「秀頼さまに会っていただけますな」

才蔵が言うと、

「むろんのことじゃ。お会いして、わしの胸に、積もり積もった思いも聞いていただきたい」

「では……」

「いや、待て。城にお出でいただくのは、さすがに具合が悪い。折あしく、幕府からの使いの者が、今夕、わしをたずねてまいったところじゃ」

「幕府の使いでございますと？」

黒覆面の奥で、才蔵の目が光った。

「幕府は、わしが大坂方に与《くみ》するのでないかと疑っておるのよ。それで、しきりにわしのもとへ使いを寄越し、ようすを探らせている」

「それは……」

と、不審の目を向ける才蔵を、

「案ずるな」

正則は手で制し、

「秀頼さまのことは、ゆめゆめ幕府の使いには気《け》どられぬようにする。それが、関ヶ原で秀頼さまをお守りできなかったわしにできる、せめてもの償《つぐな》いじゃ」

「幕府の使いとは、忍びでござりますか」

身近にひそむ敵のことゆえ、才蔵は知っておかねばならなかった。

「いや、武芸者じゃ」

「武芸者？」

「さよう。徳川家兵法指南役、柳生但馬守宗矩の甥で、兵庫助利厳と名乗っておった」

「兵庫助……」

柳生兵庫助利厳の名は、才蔵も聞いたことがあった。

剣の腕は、祖父石舟斎ゆずりで、叔父《おじ》の但馬守宗矩をもしのぐと言われている。才蔵は、兵庫助に直接会ったことはなかったが、幕府の隠密御用をつとめる柳生家において、諸国流浪をしながら、但馬守の耳目《じもく》の役割を果たしているくらいの噂は聞いたことがあった。

（柳生が動き出しているか……）

才蔵は、はたと思い出した。

以前、配下の呼子鳥が、江戸幕府ゆかりの東本願寺黒書院に、凄腕《すごうで》の武芸者が出入りしていると言っていた。

（もしや、その武芸者が、柳生兵庫助だったのではないか……）

才蔵の胸の底に、痺《しび》れに似た悪寒《おかん》が走った。

兵庫助が偶然、広島に使いとして来たならいい。しかし、もし、兵庫助が京から才蔵たちを追って来たのだとしたら、自分たちの動きは、徳川方に完全に筒抜けになっていることになる。

（まさか……）

信じたくはなかった。だが、忍びはつねに、最悪の事態をも予測しておかねばならない。

「どうした」

福島正則が、才蔵を見た。

「いえ」

「とにかく、秀頼さまとは、城の外でお会いする。三日後、宮島《みやじま》の厳島《いつくしま》神社で、御烏喰式《おとぐい》なる神事がおこなわれるが、わしはその神事を見物に行くことになっておる。御烏喰式が終わったあと、厳島神社の棚守《たなもり》屋敷に秀頼さまをお連れしてくれ」

「承知」

才蔵は目でうなずくと、跳躍し、天井の穴から姿を消した。

四

広島城を抜け出した才蔵は、あとを尾《つ》けて来る者がないのをたしかめてから、紙屋町の杏雲堂にもどった。

黒塀をのりこえ、裏庭の丸木小屋の戸をあけた。なかは真の闇である。

「もどったぞ」

と、声をかけたが、返事はなかった。

(妙だな……)

目が闇に慣れるのを待って、才蔵はなかへ入った。

寝床に秀頼の姿が見えない。護衛役の根津甚八もいなかった。

(何があったのだ……)

見ると、小屋の床に、秀頼が使っていた尺八や偈箱《げばこ》が転がっている。部屋のなかは、引っ掻《か》きまわしたように荒らされていた。とても、秀頼たちが自分でしたものとは思えない。

才蔵がいないあいだに、何か異変があったのは、火を見るより明らかだった。

才蔵は念のため、外へ出て、小屋の横にある諏訪大明神の社をのぞいてみたが、社のなかにも、二人の姿は見えなかった。

(どこへ行った)

さすがの才蔵も、総身から血の気が引くのをおぼえた。

この真夜中、甚八が秀頼を連れてどこかへ行くはずもない。何者かが小屋に踏み込み、二人を連れ去ったか、あるいは危ういところを逃げ出したのか――。

（杏雲堂の者に聞けば、何かわかるかもしれぬ……）

と、思った才蔵は、忍びの覆面をはずし、薬種商の一家が暮らしている母屋へ走った。

台所の板戸を開けたとたん、血臭が鼻をついた。

通り庭を通って座敷に上がると、人が倒れている。杏雲堂の主人夫婦、それに店の使用人と思われる若者が、生ぬるい血の海のなかで息絶えていた。

みな、胸を一突きで殺されている。

あざやかすぎる刺し傷から見て、たんなる物盗りのしわざではないのは明白だった。人を殺すことに毛すじほどの痛みも感じない冷徹な忍びが、ごく短時間のうちに、凶行におよんだものと思われた。

（どこの忍びだ）

殺し方からは、伊賀の忍びとも、甲賀の忍びとも、また、それ以外の忍びのしわざであるとも判断がつかなかった。

屋敷を隈《くま》なく見てまわったが、狭い女中部屋に若い女の死体が二つ転がっていただけで、秀頼と甚八の姿をどこにも見出すことはできなかった。

（やはり、どこかへ連れ去られてしまったのか……）

才蔵は唇を噛《か》んだ。

連れ去られただけならよいが、この家の者たちのように、すでに冷たい骸《むくろ》と化しているとしたら——。

(霧隠才蔵、一世一代の不覚ぞ)

才蔵の腕を信じて、秀頼を託した真田幸村に対し、合わせる顔がなかった。ばかりでなく、自分の失策のゆえに、天下の形勢は一変するであろう。

(落ち着け、才蔵。落ち着くのだ……)

才蔵は自分に言い聞かせた。

(まだ、秀頼さまが敵の手にかかったと決まったわけではない……)

とにかく、いったん屋敷の外へ出ることにした。

このまま、ノノウ宿にいても、秀頼たちを探す妙案は浮かぶまい。それよりも、どこか落ち着ける場所を見つけ、ひとまず眠ることである。

危難にさいし、

——眠るとは、何と悠長な

と、思う人間は、忍びというものの本質を理解していないだろう。忍びは、無駄なことを一切しない。つねに、その行動は冷静沈着、何らかの意味がなければならない。

たとえ、才蔵が夜の城下を走りまわって、秀頼を探しても、見つかる可能性は低いと言える。

とすれば、次なる行動にそなえて力をたくわえること——それこそが、いま才蔵がなすべき仕事であった。

小屋のなかに残っていた旅行李《ごうり》を肩にのせると、才蔵は外へ出た。

雨はすでに上がっていたが、まだ夜は明けていない。

元安川にかかる橋を渡り、寺町を見つけると、才蔵は仏護《ぶつご》寺という浄土真宗《じょうどしんしゅう》の寺の境内へ入り込んだ。

広島城下の寺は、そのほとんどが浄土真宗、すなわち一向《いっこう》宗の寺である。戦国の世に、武力をたくわえ、諸国の大名と争った一向宗の寺々は、造りが城に近く、敷地のまわりに濠《ほり》をめぐらせ、石垣と高塀を築き、鐘楼《しょうろう》と称する物見櫓《やぐら》をそなえていた。

仏護寺もまた、小城のごとき構えをみせている。阿弥陀《あみだ》堂も、御影《ごえい》堂も、庫裏《くり》も、城の御殿より大きい。

才蔵は鉤縄《かぎなわ》を使って庫裏の屋根にのぼると、瓦《かわら》をはがして屋根裏へもぐり込んだ。

太い梁《はり》の上に腰を下ろし、柱にもたれかかる。とたんに、昨夜来の疲れが体にどっと湧いてきた。

（ここならば、人に見つかる心配はない。とにかく、いまは眠ろう……）

才蔵は目を閉じた。

夢も見ず、ただひたすらこんこんと眠る。

いついかなる場所でも、たちどころに眠りにつけることは、忍びが生きるために身につけた技術のひとつである。
やがて――。
目覚めたとき、才蔵の全身には力が満ちていた。鍛え上げられた肉体に、疲労はいささかの陰も落としていない。
才蔵は腰の袋のなかから兵糧丸《ひょうろうがん》を取り出し、腹ごしらえをした。
屋根の上へ出ると、陽はすでに高い。昼近くになっているだろう。
忍び装束を平装にあらためた才蔵は、人に見つからないように、庫裏の屋根から跳び下りた。
(手がかりがないか、まずは城下を歩いてみるか)
才蔵の顔は、もとの連歌師のそれにもどっている。
信者がまばらに行き交う仏護寺の境内を、才蔵は何食わぬ顔で歩き、白木の杖《つえ》をつきながら山門をくぐって通りへ出た。
この時代の広島城下は、本通《ほんどおり》と呼ばれる道がもっとも賑《にぎ》やかで、
両替屋
呉服屋
米屋
油屋
刀剣屋

などが、通りの両側に軒を並べている。

才蔵は、人波にまじって本通をぶらつき、店先の人の話などに耳をかたむけた。ちょっとした手掛かりでもいい、何げない人の噂話の端からでも、秀頼たちの消息が知れないかと思ったのである。

だが、見知らぬ町で、そう都合よく情報がつかめるはずもない。

さすがに、先夜、紙屋町の杏雲堂に何者かが押し入って、店の者たちが殺されたらしいと噂している者が、一、二人いたが、それ以上のことは何もわからなかった。

(福島正則が裏切り、秀頼さまを捕らえたのではないか……)

ちらりと思わぬでもなかった。

が、才蔵が正則と対面した刻限からして、ほとんど同じころ、正則が秀頼の宿所を襲わせるなどあり得ない話である。

それより、才蔵が気にかかるのは、広島に滞在しているという幕府隠密、柳生兵庫助の存在であった。

(柳生兵庫助が、配下の者を使い、われらの宿所を襲わせたとも考えられる)

むろん、兵庫助が秀頼の失踪《しっそう》にかかわっているという証拠はどこにもなかった。

だが、

(柳生があやしい……)

と、才蔵の直感がはたらくのである。

忍びの直感はあなどりがたい。野の獣と同じで、忍びにはあやしいものを嗅《か》ぎわける独特の嗅覚《きゅうかく》がある。

（いっそ、こちらから柳生兵庫助に近づき、探りを入れてみるか）

と、顔を厳しくしたとき、才蔵はこちらを見ている視線に気づいた。

五

人ではない。

才蔵のほうをじっと見ているのは、油屋の店のわきにいる赤毛の犬であった。

野良犬であろう。毛が薄汚れている。

尾をだらんと垂れ、ヤニの浮いた目はしょぼついているが、その視線はまっすぐ才蔵だけに向けられている。

（なんだ、こいつ……）

才蔵は不審を感じた。

ふと、犬の首を見ると、薄汚い野良犬にはおよそ不似合いな、色あざやかな紐《ひも》が巻いてある。

（あれは……）

才蔵が近づいて、紐をあらためてみると、犬が首に巻きつけていたのは、まぎれもない真田紐であった。

真田紐とは、刀の柄《つか》に巻いて使う木綿《もめん》の組み紐である。天正のころに、幸村の父、真田昌幸が考案したために、この名がついている。

関ヶ原合戦で所領を失い、九度山に隠棲《いんせい》した幸村は、近在の女どもに組み紐の技術を仕込み、作った真田紐を配下の者たちに行商して歩かせて食いぶちの足しにした。もっとも、組み紐売りとはたんなる口実で、幸村は行商人に化けた配下に、諸国の事情を探らせるのが狙いだったともいわれる。

犬の首に巻かれた真田紐を見たとたん、

(甚八からの合図だな……)

才蔵には、ピンときた。

根津甚八は犬を使いに仕立て、真田紐で自分たちのありかを才蔵に伝えようとしているらしい。信州禰津のノノウには、犬や貂《てん》、イタチなどの小動物を自在にあやつる〝管狐《くだぎつね》の術〟が伝わっていると聞いたことがある。

「よし、案内せい」

才蔵が背中をポンとたたくと、犬はくるりと方向を転じ、早足に歩きはじめた。

才蔵は、あとをついてゆく。

犬は道の辻々《つじつじ》で立ち止まり、才蔵を導くように振り返った。

(どうやら……)

と、ひとまず才蔵はほっとした。

甚八たちは無事だったようである。

敵に襲われ、秀頼をかばって逃げ出したものの、城下には敵の目があるため、うかつに姿をあらわすことができず、犬を放ったのであろう。

犬に導かれるまま歩いていくと、なんと、橋を渡り、才蔵がさっきまでいた寺町のほうへ出た。

（灯台もと暗しというやつか……）

何のことはない、甚八たちは思いのほか近くに身をひそめていたらしい。

犬は寺町を通り抜け、さらに一町ほど進んで、今度は山道をのぼりだした。ためらうことなく、駆けのぼってゆく。

才蔵もあとを追って駆けだそうとしたが、その足を、途中でふっと止めた。

（尾《つ》けられている）

ちらりと後ろに目をやると、寺町のはずれの地蔵堂のわきに、腰蓑《こしみの》をつけ、背中に小笹をさした放下師《ほうかし》の格好の男が一人、立っている。

才蔵に見られているのに気づき、男はすっと御堂の陰に身を隠した。

（忍びだな）

才蔵は顔をしかめた。

どこから尾けられていたのかわからぬが、男はたしかに才蔵を意識している。

ほかに、人影はなかった。

甚八の使いの赤犬は、山道を駆け上がっていったが、才蔵があとをついて来ないので、途中で道を引き返して、つくねんと草のあいだに座り込んでいる。

犬のあとを追いかけることはできなかった。そのまま行けば、みすみす敵に秀頼の居場所を教えるようなものである。

（ほかに仲間はおらぬようだ……）

才蔵はあたりを注意深く見まわした。

おそらく、男は町なかで才蔵の姿を見かけ、あわててあとを尾けてきたのだろう。敵が一人ならば、始末もつけやすかった。

才蔵は、何事もなかったかのように、犬のあとについて、ふたたび山道をのぼりだした。

放下師の忍びもついてくる。

半町ばかり行き、道が左に曲がったところで、才蔵は道をそれ、深い藪《やぶ》のなかに身をひそめた。

男が道を近づいてくる。

やがて、目の前に来た。

（いまだッ！）

瞬間、才蔵は仕込み杖《づえ》を抜き放ち、藪のなかから躍り出た。男の肩めがけ、ザッと斬り下ろす。

才蔵の刀が肩骨を砕いた——と、思ったとき、男は放胆にも腕で一撃を受け止め、横へ払った。

——ガッ

と、音がする。

男は、腕に嵌《は》めた鉄籠手《ごて》で、才蔵の一撃をしのいだのである。

（しまった……）

反動で、才蔵の手から仕込み杖がはじけ飛んだ。藪のなかに転がる。

すかさず、男が才蔵につかみかかってきた。才蔵の腹に頭をぶつけながら、ぐわっと腰をつかむ。

たまらず、才蔵はどっと後ろへ転がった。

男が、才蔵の上に馬乗りになってきた。動けない。

ふところから、男が小刀を抜き出すのが見えた。才蔵の喉笛《のどぶえ》を突こうというのだ。

（させるかッ）

男の手が動いた刹那《せつな》、才蔵は膝頭《ひざがしら》で相手の尾骨をしたたかに蹴《け》っていた。

——わッ

と、男の体が前のめりになり、小刀の切っ先が頭の上の土を突き刺す。

才蔵は体を斜めに反転させ、男の下から逃れるや、相手の腕を取り、関節を逆にねじり上げた。

「う、ぐぐ……」

顔を地面にすりつけた男が、地にのめり込むような声を発した。

なおも才蔵は締めつける。

才蔵が使っているのは、伊賀流体術の関節技である。関節技をかけられた者は、たとえ修練を積んだ忍びといえども、あまりの痛さに息もできなくなる。

現代の格闘技家が、殴られても蹴られても平気な顔でいるのに、関節技をかけられた瞬間、ギブアップしてしまうのは、その痛みが人間の耐えられる性質のものではないからだ。

それだけ、苦痛が激しい。

「きさま、幕府の手の者か」

才蔵は腕の関節を締め上げながら、問いただした。

男は白目を剝《む》き、歯を食いしばって必死に耐えている。

「きさまを使っているのは柳生であろう」

「…………」

「言わぬと、腕をへし折るぞ」

男の首筋が真っ赤に染まった。玉のような汗が首筋をしたたり、黒土の地面に染み込んでいく。

「おい」

と、才蔵が声をかけたとき、男の全身から急に力が抜けた。見ると、口の端から、血の糸が垂れている。

(舌を嚙《か》み切ったか……)

才蔵は、かすかに苦い顔になり、男から手を離した。

忍びは敵方につかまった場合、情報を洩《も》らさぬため、みずから死を選ぶ。舌を嚙み切ることもあれば、奥歯に詰めた毒薬を嚙んで自害することもあった。

忍びとしての、非情の定めである。

才蔵にもまた、いつ男と同じ運命がおとずれるかもしれない。

才蔵は男の骸《むくろ》が野犬や狼の餌とならぬよう、下を流れる谷川に突き落としてやった。

ふたたび犬に導かれて行くと、やがて、山中の岩壁にぽっかりとあいた洞窟《どうくつ》にたどり着いた。入り口にシダがおおいかぶさった、大きな洞窟である。

犬は躊躇《ちゆうちよ》なく、その洞窟へ入っていく。

ほどなく、なかから人が姿をあらわした。黒革の忍び装束に身を包んだ根津甚八である。

「才蔵どの。やはり、ここがわかったか」

と、甚八は才蔵を洞窟へ招き入れた。

「秀頼さまはご無事か」

「うむ。あのとおり、お健《すこ》やかにしておられる」

甚八が言うとおり、洞窟の奥にすわった秀頼に、怪我はないようである。

「昨夜はいったい、何があったのだ、甚八」

「私にも、よくわからぬ。突然、母屋のほうで悲鳴が上がり、人が騒ぐ気配がしたので、秀頼さまをお連れして裏口から逃げ出したのだ」

「敵の姿は見たか」

才蔵が聞くと、

「裏口から出るとき、一瞬、庭へ出てきた人影を見たが、あれは根来の忍びであった」

「根来衆……」

「ああ。根来衆独特の、長い髪を肩まで伸ばした下げ山伏のなりをしていた」

甚八は言った。

「彼らの狙いは秀頼さまであろうか、才蔵どの」

「いや、それはどうかわからない。だが、このまま秀頼さまを連れて、旅をつづけるのは、あまりに危険が大きすぎよう」

才蔵が、先刻から考えつづけていたことである。何かあってからでは、取り返しがつくまい。

「では、大坂へ引き返しますか」

「そうだな……」

才蔵と甚八が相談していると、

「私は大坂へはもどらぬぞ」

と、忍びの兵糧丸をまずそうに食っていた秀頼が声を上げた。

「それより、福島正則との対面の件はどうなったのじゃ、才蔵」

「おお、そのこと」

才蔵は秀頼の前に片膝をつき、広島城で会った福島正則との話のようすを、一部始終、語って聞かせた。

「正則が会うと言ったか」

秀頼はさすがに嬉《うれ》しそうな顔をした。いくさに興味はないとは言っていたが、やはり、多少なりとも大坂城のあるじとしての責任を自覚しているようである。

「ならばなおさらのこと、大坂へ引き揚げるわけにゆかぬではないか。まだ、私は何もしていない」

「しかし、秀頼さま。われらの身辺には、すでに徳川の手が伸びております。ここで引き返すのも、軍略のうちですぞ」

「いや、徳川の影におびえ、尻尾《しっぽ》をまいて逃げ帰るのはいやだ。おまえたちも、そのつもりでおれ」

秀頼は色白の顔を紅潮させ、命じるように言った。とても、素直に才蔵たちの意見を聞き入れるようすはない。

(仕方がない……)

才蔵は甚八と目を見合わせた。

「そうと決まれば、ただちに、この洞窟を出立しましょう」

「なぜじゃ」

「山へのぼる途中、敵の忍びを始末してまいりましたゆえ、ここも安全とは申せませぬ」

「どこへ行くつもりだ、才蔵」

「山中を二日ばかり転々とし、敵の目をくらましてから、厳島《いつくしま》神社のある宮島へ渡ります る」

六

安芸の宮島——。

広島城下から、三里離れた瀬戸内海に浮かぶ神の島である。

島の真ん中にそびえる弥山《みせん》の山頂には、巨石が積み重なった、

——岩座《いわくら》
があり、古代から神の棲《す》む山として信仰されてきた。

平安時代の末、安芸守となった平清盛《たいらのきよもり》が、平氏一門の氏神《うじがみ》として、島の北岸に壮麗な厳島神社を造営してから、安芸の宮島の名は世に広く知られるようになった。

厳島神社の境内は、潮が満ちると海中に没し、朱塗りの社殿と大鳥居のみが海上に浮かんで見える。さながら、竜宮城のごとき美しさである。

約束の御鳥喰《おとぐい》式の朝、神社参拝のための白装束に身を包んだ、才蔵、根津甚八、そして

秀頼の三人は、漁師のあやつる小舟に乗って宮島へ渡った。

大鳥居の下を舟でくぐり、着いたのは厳島神社の祓殿《はらいでん》である。

舟から下りた一行は、

「せっかく、ここまで来たのだ。戦勝祈願をして行きたい」

という秀頼のたっての願いで、神社に参拝していくことになった。

「やはり、秀頼さまは大坂城の行く末を、案じておられるようですね」

拝殿に進んだ秀頼の後ろ姿を見つめながら、甚八が言った。

才蔵は、周囲に気をくばりつつ、

「そうであろうか。おれにはどうも、秀頼さまというお方がよくつかめぬ」

「口では世を拗《す》ねたようなことを言っておられるが、根は真っすぐなお方です。秀頼さまは」

「…………」

「大坂城の行く末に関心がないようなことを言っておられるのは、何か理由があるからではありますまいか。私には、あのお方が心のうちに深いお悩みを抱えているような気がします」

「おれも聞いたことがある。誰にも話せぬ心の疵《きず》があると言っていたが」

「何のことでしょうか」

「さあ。いずれにせよ、われらの旅には関係のないことであろう」

二人が話しているうちに、祈願を終えた秀頼が拝殿から出てきた。

福島正則が秀頼との対面場所として指定してきたのは、宮島の棚守《たなもり》屋敷である。

宮島には、

棚守
上卿《しょうけい》
祝師《ものもうし》

という、古くからつづく神職の名家があり、俗に〃宮島三家〃と呼ばれていた。

このうち、棚守家は平清盛と結んで厳島神社造営に功のあった佐伯景弘《さえきかげひろ》の子孫で、神社の神職、内侍の支配をまかされていた。三家のなかでも、もっとも勢力があり、屋敷もとび抜けて大きい。

竹箒《たけぼうき》で境内の掃除をしていた神人《じにん》に聞くと、棚守屋敷は厳島神社の裏手から清らかな小川を渡り、大聖院という寺のほうへ歩いて行く途中にあるという。

「棚守屋敷へ用があるなら、帰りがけに大聖院のご本尊を拝んで行かれるとよかろう」

「霊験《れいげん》あらたかな御仏《みほとけ》か」

「ほいな」

白髪《しらが》頭の老神人はうなずき、

「ご本尊の波切《なみきり》不動尊は、太閤秀吉公が朝鮮出兵のおりに、海上の安全を祈って軍船に安置なされた由緒《ゆいしょ》ある御仏じゃ。秀吉公は瀬戸内海を船で通るたびに、宮島へお立ち寄りになり、大聖院の庭で歌会を開いておられた。思えば、豊臣家も落ちぶれたものじゃが、つい昨日のことのように秀吉公のお姿を思い出すのう」

その秀吉の息子、秀頼が目の前にいるとも知らず、神人はとくとくと語った。

「秀吉公といえば、ほれ、丘の上にあるあれもそうじゃ」

と、神人は社殿の向こうの岬を指さした。赤松の茂る緑の濃い岬の上に、屋根に黒瓦《くろがわら》を光らせた堂々たる建物がそびえている。

「あれは千畳閣《せんじょう》と申してな、同じく秀吉公がお造りになったものじゃ。完成を見ぬ間に秀吉公がお亡くなりになり、いまでは作事も途中で投げ出されておるわい。屋根裏には猿が住みつき、柱は心なき者の落書きでいっぱいじゃ。せめて、広島城の福島さまでも、作事をつづけてくだされば、千畳閣も落書きなどされぬであろうにのう」

神人は深いため息をついた。

才蔵の横で話を聞く秀頼は、何も言わず、神妙な顔をしている。

「ときに、ご老人。今日は御烏喰式《おとぐい》という神事がおこなわれると聞いたのだが、もうはじまっているのか」

と、才蔵は聞いた。

「いまごろ、養父崎《やぶざき》でカラスが粢団子《しとぎだんご》をくわえておるころじゃろうて」

御烏喰式とは、神の使いである二羽のカラスが、島の南の養父崎の沖で、船から流した粢団子を雅楽の音色《ねいろ》に合わせてくわえ、森のなかへ持ち帰るという、摩訶不思議《まかふしぎ》な神事である。

「カラスが団子をくわえにやって来れば、その年は豊作、来なければ不作と言われておる。さて、今年はどうであろうかの」

「カラスで吉凶を占うのか」

「さよう」

「いろいろと、おもしろい話を聞かせてもらった」

才蔵は神人に礼を言うと、秀頼をうながし、棚守屋敷のほうへ向かって歩きだした。

屋敷までは一本道である。

小川を渡ると、道の両側に神社の神職のものと思われる古式ゆかしい屋敷が並んでいる。

家々の門には、鹿戸《しかど》と呼ばれる背の低い立格子がついており、島に放し飼いにされている鹿が、勝手に家のなかへ入らないようになっていた。

道をわが物顔に歩いている鹿を見て、秀頼がめずらしそうな顔をする。大坂城からほとんど外へ出たことのない秀頼は、見るもの聞くもの、すべてが目新しく、新鮮に映るらしい。

もっとも、才蔵のほうは、のんびり見物などしていられない。

ひときわ重厚な薬医門を構える棚守屋敷の、少し手前まで来たところで、才蔵はにわかに方向を転じ、家と家のあいだの小径《こみち》へ入った。

「棚守屋敷へはまいらぬのか」

秀頼が怪訝《けげん》そうな顔をした。

才蔵は歩きながら、

「まだ、御鳥喰式が終わるまでには間がありましょう。まずは裏山へのぼり、屋敷のようすを調べておいたほうがよろしいかと」

「正則が、罠《わな》を仕掛けておらぬかどうか、たしかめるのじゃな」

「さきほどの漁師の小舟を、神社の西の網《あみ》ノ浦《うら》に待たせてあります。少しでも怪しい動きがあれば、すぐに島を出るつもりでございます」

「人を信じられぬとは、哀しいことだな」

秀頼は、ぽつりと言った。

赤松の茂る裏山からは、棚守屋敷のようすが手に取るように見下ろせた。

母屋、邸内社、二階建ての蔵のほかに、広い池があり、池のほとりから裏山へ向けて、せり上がるように銘石、銘木、石灯籠《いしどうろう》を配した庭園が造られている。

その庭園のなかほどに、数寄屋《すきや》風の建物があった。

赤壁、柿葺《こけらぶ》きの侘《わ》びた建物である。

福島正則は、

「棚守屋敷の離れでお会いしよう」

と、言っていた。

(離れとは、あれであろう……)

才蔵が見たところ、離れと呼べる建物はそれしかなかった。離れのまわりに、人影は見えない。

神事で出払っているのか、母屋のほうにも人の姿はなかった。

とくに、罠を仕掛けているような気配は感じられない。

（どうやら、正則は秀頼さまを裏切るつもりはないようだ）

とりあえず安堵《あんど》したが、まだ油断はならない。

才蔵たちは裏山で待った。

七

半刻ほどして、浅葱《あさぎ》色《いろ》の袴《はかま》をはいた神職たちが屋敷のほうへもどってくるのが見えた。神職にまじって、福島正則の姿がある。うしろに、小姓、茶坊主、近習ら、十数人を従えていた。それだけで、武装した兵をつれているようすはない。

一行が屋敷に入ってしばらくすると、母屋の大広間で宴会がはじまった。

神事のあとの直会《なおらい》であろう。女たちが酌をしてまわり、侍や神職が膳《ぜん》の上の珍味を肴《さかな》に酒をあおる。そのようすは、裏山からもよく見えた。

才蔵が見下ろすうちに、宴会の席から福島正則がただ一人で抜け出し、庭の斜面をのぼりだした。

正則の足は、真っすぐ離れへ向かっている。

「われらもまいりまするか」

才蔵は秀頼を見た。

「うむ」

と、秀頼は落ち着いている。と言うより、育ちが育ちだけに、いかなる相手に対しても恐れを知らぬのだろう。

三人は赤松の下から出て、山の斜面をすべるように下りた。

下りたところが庭のつづきになっている。

木立に隠れながら、数寄屋造りの離れに近づいた。

「そなたたちは、庭で待っておれ」

離れの前で、秀頼が才蔵たちを振り返った。

「お一人で大丈夫でございますか」

甚八が気づかわしげに言うと、

「私は子供ではない。正則とは、一対一、男と男として話がしたいのだ」

と、秀頼はいつになく生真面目《きまじめ》な表情をみせた。

「甚八、秀頼さまの仰せに従おうぞ」

「才蔵どの……」

「江戸と大坂の戦いは、すでにはじまっていると言ってよい。秀頼さまは、福島正則と直《じか》談判《だんぱん》することで、いくさの先陣を切ろうというお覚悟なのだ」

「先陣を切るというほど、大袈裟《おおげさ》なものでもないがな」

秀頼は、茶の席にでも行くように、すたすたと離れに歩み寄り、沓脱《くつぬ》ぎに草鞋《わらじ》を脱いで縁側に上がった。すっと障子をあけ、部屋のなかへ姿を消す。

才蔵と甚八は、庭先のツツジの茂みに身をひそめ、警戒にあたった。

（うまく話が進めばよいが……）

才蔵は離れの真っ白な障子を見つめた。

もし、秀頼が福島正則の説得工作に成功すれば、それは大坂方にとって、大きな力となる。秀頼自身にも、大将としての自覚が芽ばえよう。まさに、一石二鳥の効果がある。

（幸村さまは……）

と、才蔵は思った。

そこまで見越して、秀頼を旅に出したのではないか。事実、才蔵がはたで見ていても、はじめは線の細い脆弱《ぜいじゃく》なばかりの若者だった秀頼が、道中を重ねるうちに、日々、浅黒く陽焼けし、表情にも精悍《せいかん》さがまじってきたような気がする。

（情が移ったかな）

才蔵はいつしか、秀頼という若者に対し、兄のような親愛の情をおぼえだしているのを感じた。

雇い主に情を移すなど、忍びにはあるまじきことだが、闇の道を生きることを運命づけられた才蔵には、秀頼の持って生まれた伸びやかさが、暗い岩間からあおぎ見る日輪の輝きのように、まばゆく思えてならなかったのだ。

やがて――。

障子があき、秀頼が一人で外へ出てきた。草鞋をはいて、ものも言わずに、屋敷の表玄関のほうへ歩きだす。

「秀頼さま」

才蔵は思わず、押し殺した声で叫んでいた。

「そちらは人目もあります。裏山へまわりましょうぞ」

「よいのだ」

秀頼は後ろも振り向かず、銘木銘石のあいだを早足に下っていく。

「話し合いはうまくまとまったのですか」

「いや」

（いったい、二人のあいだに何があったというのだ……）

才蔵はいぶかった。

「とにかく、玄関から出るのはまずい。裏山から外へ出て、そのうえで話をお聞かせ願いましょう」

才蔵は、頭に血がのぼっているようすの秀頼を、甚八と二人して引きずるように連れもどし、斜面をのぼってもといた裏山へ引き返した。

「行こう、才蔵。もはやここには、長居は無用だ」

「…………」

才蔵は逆らわなかった。

裏山から道を下って浜へ下り、漁師の舟を待たせている網ノ浦へ急ぐ。

浜を歩きだしてもなお、秀頼は黙りこくったままだった。

「正則は、泣いておった……」

海のほうを見つめながら、秀頼がぽつりと言った。

「泣いたと？」

「ああ。泣きながら、正則は私に詫《わ》びた。秀頼さまには申しわけないが、大坂に味方することはできないと……。自分の人生は、関ヶ原のときに終わってしまった。太閤殿下の遺志にそむき、徳川に取り込まれたときに、すべて終わってしまったとな」

「関ヶ原は関ヶ原。あのとき、福島どのが東軍についたのは、石田三成との対立があったがため。関ヶ原とこたびの合戦では、まったく事情がちがう」

「私も、そう言った」

秀頼は青い海に目をやったまま、

「しかし、正則は老いて怖くなったと申した」

「怖いとは、何が」

「いまの、五十万石近い禄《ろく》を失うことがよ。おとなしく徳川幕府に従っていれば、正則の身は安泰《あんたい》じゃ。いまさら、大坂方について、築き上げてきたものを失うのが恐ろしいというう」

「ばかな……」

才蔵の見た正則は、酒を食らい、おのれの過去のあやまちを呪っていたではないか。だが、悔恨に悔恨を重ねても、正則はまだ保身に走ろうというのか。

（おのれの心を裏切り、五十万石の禄を必死に守ることが、人のまことの幸せか……）

いや、そうではあるまいと才蔵は思う。自分らしく生きずして、何の人生ぞ。才蔵は、一介の忍びながら、おのれの生き方をつらぬいているという自信がある。なればこそ、自分はいつ死んでも悔いがないと思うのだ。

「正則は、私に自重《じちょう》せよと、繰り返し訴えた。徳川の世は、すでに盤石《ばんじゃく》、いくさをしても勝ち目がない。家康の無理難題にも、ひたすらおとなしく忍従しておれば、命まで取られまいと言いおった」

「で、秀頼さまは何と？」

「腰抜けめッ、と一喝《いっかつ》して席を立った」

「…………」

「私は間違っているか、才蔵」

秀頼が才蔵に目を向けた。ひたむきな目である。

「もし才蔵が私の立場なら、どうした」

「わかりませぬな」

と、才蔵は首を横に振り、

「しかし、秀頼さまがお決めになったのなら、それでよいのでしょう。道端に人知れず咲く野花にも、譲れぬもののひとつこそあり、という歌もございます」

「道端の野花のような取るに足りぬものにも、意地があるということか」

「意地をなくしたら、男は終わりでございます」

「そうかもしれぬ……。私は、正則のごとき、寂しげな目をした男にはなりたくない」

ふっと、秀頼が明るい表情をみせた。

網ノ浦に待たせてあった漁師の舟に、三人は乗り込んだ。

ギイ
ギイ
と、漁師が櫓《ろ》を漕《こ》ぐ音とともに、濃い緑におおわれた宮島の島影が、しだいに遠ざかっていく。


（下巻へつづく）

本書は、『霧隠才蔵』（一九九七年一月）、『霧隠才蔵――紅の真田幸村陣』（一九九七年七月）、『霧隠才蔵――血闘　根来忍び衆』（一九九八年一月）全三巻として祥伝社文庫から刊行された作品を元に、上下巻として刊行したものです。

霧隠才蔵《きりがくれさいぞう》 上

火坂雅志《ひさかまさし》

平成21年 3月25日　初版発行
令和7年 7月25日　8版発行

発行者●山下直久

発行●株式会社KADOKAWA
〒102-8177　東京都千代田区富士見2-13-3
電話　0570-002-301（ナビダイヤル）

角川文庫 15620

印刷所●株式会社KADOKAWA
製本所●株式会社KADOKAWA

表紙画●和田三造

●お問い合わせ
https://www.kadokawa.co.jp/（「お問い合わせ」へお進みください）
※内容によっては、お答えできない場合があります。
※サポートは日本国内のみとさせていただきます。
※Japanese text only

ISBN978-4-04-391901-7　C0193

角川文庫発刊に際して

角川源義

第二次世界大戦の敗北は、軍事力の敗北であった以上に、私たちの若い文化力の敗退であった。私たちの文化が戦争に対して如何に無力であり、単なるあだ花に過ぎなかったかを、私たちは身を以て体験し痛感した。西洋近代文化の摂取にとって、明治以後八十年の歳月は決して短かすぎたとは言えない。にもかかわらず、近代文化の伝統を確立し、自由な批判と柔軟な良識に富む文化層として自らを形成することに私たちは失敗して来た。そしてこれは、各層への文化の普及滲透を任務とする出版人の責任でもあった。

一九四五年以来、私たちは再び振出しに戻り、第一歩から踏み出すことを余儀なくされた。これは大きな不幸ではあるが、反面、これまでの混沌・未熟・歪曲の中にあった我が国の文化に秩序と確たる基礎を齎らすためには絶好の機会でもある。角川書店は、このような祖国の文化的危機にあたり、微力をも顧みず再建の礎石たるべき抱負と決意とをもって出発したが、ここに創立以来の念願を果すべく角川文庫を発刊する。これまで刊行されたあらゆる全集叢書文庫類の長所と短所とを検討し、古今東西の不朽の典籍を、良心的編集のもとに、廉価に、そして書架にふさわしい美本として、多くのひとびとに提供しようとする。しかし私たちは徒らに百科全書的な知識のジレッタントを作ることを目的とせず、あくまで祖国の文化に秩序と再建への道を示し、この文庫を角川書店の栄ある事業として、今後永久に継続発展せしめ、学芸と教養との殿堂として大成せんことを期したい。多くの読書子の愛情ある忠言と支持とによって、この希望と抱負とを完遂せしめられんことを願う。

一九四九年五月三日

角川文庫ベストセラー

花月秘拳行　火坂雅志

秘拳「明月五拳」の極意を修得した西行は、学べば死に至ると伝えられる「暗花十二拳」の謎を求め、歌枕を訪ねる漂泊の旅に出た。西行を襲う刺客たちと、蝦夷に隠された怨念の謎とは――。衝撃のデビュー作。

忠臣蔵心中　火坂雅志

世を騒然とさせた赤穂浪士による吉良上野介邸討ち入り。今なお語り継がれる大事件の陰に、もう一つのドラマがあった！　おのれの命を賭して意地を貫いた男たちと、新たな忠臣蔵を描く長編時代小説。

軍師の門　(上)(下)　火坂雅志

豊臣秀吉の頭脳として、「二兵衛」と並び称される二人の名軍師がいた。野心家の心と世捨て人の心を併せ持つ竹中半兵衛、己の志を貫きまっすぐに生きようとする黒田官兵衛。混迷の現代に共感を呼ぶ長編歴史小説。

業政駈ける　火坂雅志

西上野の地侍達から盟主と仰がれた箕輪城主・長野業政。河越夜戦で逝った息子への誓いと上州侍の誇りを胸に、義の戦いへおのれの最後を賭す。度重なる武田軍の侵攻に敢然と立ち向かった気骨の生涯を描く！

戦国秘譚　神々に告ぐ　(上)(下)　安部龍太郎

戦国の世、将軍・足利義輝を助け秩序回復に奔走する関白・近衛前嗣は、上杉・織田の力を借りようとする。その前に、復讐に燃える松永久秀が立ちふさがる。彼の狙いは？　そして恐るべき朝廷の秘密とは――。

角川文庫ベストセラー

浄土の帝　安部龍太郎

末法の世、平安末期。貴族たちの抗争は皇位継承をめぐる骨肉の争いと結びつき、鳥羽院崩御を機に戦乱の炎が都を包む。朝廷が権力を失っていく中、自らの存在意義を問い理想を追い求めた後白河帝の半生を描く。

天下布武（上）（下）　夢どの与一郎　安部龍太郎

信長軍団の若武者・長岡与一郎は、万見仙千代、荒木新八郎ら仲間に支えられ明智光秀の娘・玉を娶る。大航海時代、イエズス会は信長に何を迫ったのか？　信長の夢に隠された真実を新視点で描く衝撃の歴史長編。

密室大坂城　安部龍太郎

大坂の陣。二十万の徳川軍に包囲された大坂城を守るのは秀吉の一粒種の秀頼。そこに母・淀殿がかつて犯した不貞を記した証拠が投げ込まれた。陥落寸前の城を舞台に母と子の過酷な運命を描く。傑作歴史小説！

佐和山炎上　安部龍太郎

佐和山城で石田三成の三男・八郎に講義をしていた八十島庄次郎は、三成が関ヶ原で敗れたことを知る。徳川方に城が攻め込まれるのも時間の問題。はたして庄次郎の取った行動とは……。（『忠直卿御座船』改題）

平城京　安部龍太郎

遣唐大使の命に背き罰を受けていた阿倍船人は、突如兄から重大任務を告げられる。立ち退き交渉、政敵との闘い……数多の試練を乗り越え、青年は計画を完遂できるのか。直木賞作家が描く、渾身の歴史長編！

角川文庫ベストセラー

光秀の定理　垣根涼介

牢人中の明智光秀が出会った兵法者の新九郎と、路上で博打を開く破戒僧・愚息。奇妙な交流が歴史を激動に導く。光秀はなぜ瞬く間に出世し、滅びたのか……「定理」が乱世の本質を炙り出す、新時代の歴史小説！

信長の原理（上）（下）　垣根涼介

信長は、幼少から満たされぬ怒りを抱え、世の通念に疑問を抱いていた。破竹の勢いで織田家の勢力を広げる信長はある日、どんなに兵団を鍛え上げても、能力を落とす者が必ず出るという〝原理〟に気づき――。

葵の月　梶よう子

徳川家治の嗣子である家基が、鷹狩りの途中、突如体調を崩して亡くなった。暗殺が囁かれるなか、側近の書院番士が失踪した。その許嫁、そして剣友だった男は、それぞれの思惑を秘め、書院番士を捜しはじめる――。

軍師 竹中半兵衛（上）（下）新装版　笹沢左保

美濃の斎藤家から織田家への使者に抜擢された竹中半兵衛は、信長のもとで運命の人・お市と出会う。やがて織田家に迎えられ、藤吉郎秀吉の軍師役として才を発揮するが。不世出の軍師の天才と孤独を描いた長編。

新選組血風録　新装版　司馬遼太郎

勤王佐幕の血なまぐさい抗争に明け暮れる維新前夜の京洛に、その治安維持を任務として組織された新選組。騒乱の世を、それぞれの夢と野心を抱いて白刃とともに生きた男たちを鮮烈に描く。司馬文学の代表作。

角川文庫ベストセラー

はだれ雪（上）（下）　葉室　麟

浅野内匠頭の〝遺言〟を聞いたとして将軍綱吉の怒りにふれ、扇野藩に流罪となった旗本・永井勘解由。若くして扇野藩士・中川家の後家となった紗英はその接待役を命じられた。勘解由に惹かれていく紗英は……。

孤篷のひと　葉室　麟

千利休、古田織部、徳川家康、伊達政宗――。当代一の傑物たちと渡り合い、天下泰平の茶を目指した茶人・小堀遠州の静かなる情熱、そして到達した〝ひとの生きる道〟とは。あたたかな感動を呼ぶ歴史小説！

天翔ける　葉室　麟

幕末、福井藩は激動の時代のなか藩の舵取りを定めきれず大きく揺れていた。決断を迫られた前藩主・松平春嶽の前に現れたのは坂本龍馬を名のる1人の若者。明治維新の影の英雄、雄飛の物語がいまはじまる。

信長死すべし　山本兼一

甲斐の武田氏をついに滅ぼした織田信長は、正親町帝に大坂遷都を迫った。帝の不安と忍耐は限界に達し、ついに重大な勅命を下す。日本史上最大の謎を、明智光秀ら周囲の動きから克明に炙り出す歴史巨編。

悪名残すとも　吉川永青

厳島の戦いで毛利元就と西国の雄を争い、散っていった陶晴賢。自らの君主・大内義隆を討って、下克上の代名詞として後世に悪名を残した男の生涯は、真摯なひとつの想いに貫かれていた――。長篇歴史小説。